OL

L'ÉTOILE RUSSE

ロシアの星

アンヌ=マリー・ルヴォル　河野万里子 訳

集英社

ロシアの星

星々への道を切りひらいたすべての人に
とりわけ、その命を捧げた人々に

「地球は人類のゆりかごだ。だが人類は、いつまでもゆりかごに留《とど》まってはいないだろう」

独学でロケット工学の基礎を築いた近代宇宙工学の父、
コンスタンチン・ツィオルコフスキー

《いとしく、大切な、僕の最愛の妻ワーリャ、娘たちレーナ、ガーリャよ！

僕のいまの幸福や喜びを、おまえたち三人みんなと分かちあいたくて、今日、こうしてペンをとっています。というのも、国家委員会が僕を、宇宙に送る最初の人間に決めたのです。

いとしいワーリャ、僕はこの知らせを受けて天にも昇る心地だし、おまえたち三人も同じ気持ちになってくれたらと思います。考えてもごらん！　宇宙への道を切りひらくという祖国の一大任務《ミッション》が、素朴な一人の男に託されたのだよ。そしてその素朴な一人の男というのが、この僕なのだよ。人生で、これ以上に夢のようなことがあるでしょうか？　これはわれわれの歴史に刻まれる大きな出来事となります。人類の新しい時代が始まるのです！

ただ、僕が担う責任は、きわめて重い。打ちあげは二日後の予定ですが、その日はおまえたちのほうも、いつもの生活や仕事で忙しいことでしょう。飛び立つ前に少しいっしょに過ごして、楽しい語らいの時などを持ちたいけれど、それはかないません……。でも、大丈夫。おまえたちとは、ああ、こんなに離れていても、僕はみんなをいつもそばに感じているのだから。

今回の任務における技術的な面には、全幅の信頼を置いています。それでも、つまずきや失敗は、誰にでも起きること。僕にも当然、あらゆる可能性が考えられます。こうして手紙を書いているいまは、失敗などまったく想像できなくても。だからおまえたち三人に、とりわけおまえ、ワーリャにたのんでおきます。何が起きても、絶望に引きずられないように。人は先のことを何もかも見通せるわけではありません。人生はそのようにしかできていません。明日、おまえのほうが車にはねられないと、誰に言えるでしょう？　おまえ自身と娘たちの体に気をつけて過ごしてください。僕が娘たちを愛するように、おまえも娘たちを愛してほしい。しっかりした教育を受けさせてやってほしい。気どり屋にはさせないで。いつまでも母親のスカートにしがみついているような、自立できない娘にもさせないで。何ものも恐れず、共産主義者《コミュニスト》の名にふさわしい人間になれるよう、自分を強く鍛えあげる手助けをしてやってほしい。

国はいつでも力になってくれると覚えておくように。おまえが見捨てられるようなことは、けっしてありません。プライベートでは自由にしていればいい。僕は何も束縛しません。そんな権利はないでしょう。

なんだか別れの手紙みたいになってきました。僕としては、ちょっと感傷的すぎます。よけいなことまで書いたかもしれません。でもどの点についても、おまえが人づてに聞くことになどならないようにと思ったのです。そして僕が戻ってきたときには、一時的にこんな弱気におちいっていたのだと、恥ずかしがれるように。でも、もし僕に何かあったときには、おまえはちゃんと知っていておくれ。その日まで、僕が率直で誠実な人間として、あらゆることをおこなったのだと。ささやかであっても、人民のために力を尽くしたのだと。

子どものころに読んだ、ワレリー・チカーロフの言葉が忘れられません。「何者かになりたいのなら、最初の一人になりなさい」。僕は、つねにそうなろうとしてきたし、最後までそうありたいのです。

この飛行を新しい共産主義社会の人民と、偉大なる祖国と、われわれの科学に捧げます。

あと何日かしたら、またみんなでうれしく再会できるでしょう。

ワーリャ、両親をたのみます。もし機会があったら、二人の力になってやってください。僕からと言ってキスしてやってください。この任務について知らせていなかったのを許してもらえるよう、たのみます。二人には何も知らせてはならなかったのです。何も。

さあ、これで胸の内を、ぜんぶ書き終えたようです。

それでは、行ってきます。

熱いキスとともに
おまえたちの父、そして夫であるユーリー》

1　元医師　――二〇一一年四月十二日

アメリカ　ニューヨーク　ブルックリン区リトルオデッサ

しゃがれた叫び声が、部屋から部屋へと響きわたった。

怒りの叫び声。恐怖の叫び声。腹の底からの叫び声。ターニャが、過去のかなたに葬るようにして忘れていた声だ。ソ連に連れもどされたかのような声。宇宙開発のためのあの「星の街」に、両親と住んでいた昔の家に。子どものころも思春期も、若い娘となってからも、たびたび夜を引き裂いた声だった。けっして慣れることができず、これからもけっして慣れることのできない声――。

「お父さん、起きて。しっかりして。ほら、わたしよ、お父さんもいっしょよ、ニューヨークにいるのよ。自分を責めるのはもうやめて。あの人のことは誰も救えなかったんだから。お父さんでも救えなかったんだから」

「あっちへ行け。ほっといてくれ」

「次は、ウェストバーリントン・アベニュー！　個人連絡、個人連絡――アンドリューシカ、ニンテンドーをしまって、降りる支度をしなさい！」

男の子は目を見開いて、外の世界など忘れたように、ヒルデバートの城のなかで石のかたまりをどけるのに夢中だ。

「アンドリューシカ、いまはバスのなかです！　さあ、着いた！」

最後の言葉に突然反応すると、アンドレイは乗客をかき分け、歩道に飛びおりた。その拍子に、持っていた厚紙製のタンブラーが大きく揺れて――車内から若い女性の声が飛んできた。

「ちょっと、そのカフェオレ、私の両足に飛んできたわよ！」

「ごめんなさい、めっちゃ急いでて……あとはぼくのお母さんに言って！」

バスの運転席から、アンドレイに到着を告げたのと同じ声が、また響いた。

「愛してるわ、わたしの宝《モイ・ダラゴイ》！」

「やめてよママ、もう幼稚園生じゃないんだから」オーシャンパーク・アベニューを走りながら、男の子はむくれている。

バスをふたたび発車させる前に、ターニャはいとしさで胸をいっぱいにしながら、またマイクのスイッチを入れた。

「息子がご迷惑をかけたお客さま、クリーニング代をおわたししますので、声をおかけください。運転手はターニャ、このバスはB68、スティルウェル・ターミナル／ルナパーク行きです。次は、ブライトンビーチ・アベニュー／コニーアイランド・アベニュー！」

　母親からの注意にもかかわらず、アンドレイ・ベイカーは――年は十歳、公立第二五三小学校の五年生――ベンチを見つけたとたんにすわりこむと、またもやゲーム機を取り出した。

　城をもっと強くするために、マグローヌ姫を塔に避難させ、火の弓を狙うヒルーンを追いはらう――単純な操作だが、アンドレイはまる三十分も熱中して、結局学校に遅刻する時間になってしまった。注意されるのが三回めになると、罰が待っている。〈今日はさぼろう〉とアンドレイは決めた。説得力ある理由もなしにシャーマン先生に立ちむかうのは、まるで「プログラムしておいた自殺」みたいになるのが目に見えている。

　家のリビングには、二年前から祖父が寝泊りしているので、そこで怒られるのもいやだったけれど、一人でブルックリンの街をぶらつくよりましだ。いざとなったら、こんなに早い時間になぜもう帰ってきたのか上手に嘘《うそ》をつけるよう、自分の想像力をたよりにしながら、アンドレイはこっそり自分の部屋に入ろうとした。

　祖父カジミールは、キッチンの掃除中だったが、かばんを背負ったまま腹ばいで廊下を進んでいくアンドレイを見つけて、飛びあがるほど驚いた。

「アンドレイ、そんなところで何してる？　真っ昼間に廊下でぺちゃんこになって、床に鼻をすりつけて」

「クリップ捜してるんだ。ギターの楽譜を留めてた青いやつ。今夜レッスンがあるから……」

「ばか《カコーヴァ・チョルタ》言うな、クリップなんぞどうでもいい！　どうして学校じゃなくて、こんなところにいるのかと訊《き》いてるんだ！　ひっぱたかれたくなければ、さっさとまともな理由を言いなさい」

　思わずカッとなったが、これは孫の信頼を得る言いかたではなかったと、カジミールは少々反省した。小さなアンドレイには心を痛めているものの、忍耐力や寛大さを試されているのかと思うほど、いらつかされもする。

　ノートのように薄っぺらで痩せていて、内気そのもので――アンドレイはときどき、まるで透明人間のようだ。ほとんど口をきかない。耳も聞こえないかのよう。勉強はクラスでビリから二番め。学校は大嫌い。生徒も先生たちも、いっしょになって自分を学校嫌いにさせているんだと思っている。時間や規律は無視。いつでも、何でも食べる。特にコーンスナック「ねじねじ《ツイステッド》チートス」と、ケロッグの「ポップタルト」クッキー&クリームに目がない。いつも立ち食い。すわって食べたためしがない。空《から》になった袋やら箱やらが、そこらじゅうにある。寝るのも起きるのも家で最後、母親とも祖父とも時間がずれている。何かないかぎり、けっして外にでかけない。着がえ、洗顔、返事、食器のあとかたづけ、読書、食事、食洗機から食器棚へのかたづけ、歩くこと、ベッドを整えること、宿題、お祈りといった毎日の些細《ささい》なことも、アンドレイにとっては身体的偉業となるかのようだ。

　これにはカジミールもターニャもとまどい、心配しているが、どうすれば、何を言えば、どんな援助の手を差しのべればいいのか、もうわからずにいる。カジミールやターニャに対してと同じように、アンドレイは学校でも口をきかない。精神科医のところでも。

　カジミールは、乱暴にどなりつけたことを後悔するように、口調をやわらげて言いなおした。

「どなったのは悪かった。あやまるよ。でもおじいちゃんの身にもなってごらん。心臓が止まるかと思ったぞ」

祖父の急な方針転換が功を奏して、アンドレイは、ちょっと話してみようかという気持ちになった。

「今朝はさ、ちょー遅くなっちゃったんだよ、おじいちゃん……だってね、ヒルーンの鉤爪《かぎづめ》からマグローヌ姫を救って……」

「マ……マグ何だって？」

「マグローヌ姫だよ。スクロール王国のお姫さまで、戦いの女神ヒルダの生まれ変わりなんだ……」

「アンドレイ、いつになったら現実の世界に戻ってくる？」

日々をなんとかやっていくために、ターニャの息子アンドレイは、ゲームの世界に逃避した。自分が全能のように感じられる、胸躍る世界に。誰も自分に「トイレの水をストローで飲め」などとは言わない世界に。

マグローヌ姫やヒルーン、ヒルデバート、渓流に住むエルフたちと出会ったのは、彼の父が死んだ年だ。二〇〇九年十月、アフガニスタンで。特殊部隊マウンテン・ワリアーの志願兵だった父は、東部ヌーリスタンの山地で、タリバンの銃弾に頭を撃ち抜かれた。ほかにも七人の兵士が死亡した。新聞全紙が一面で、テレビニュースもすべてトップでそれを報じた。だが学校の休み時間に、同情してくれる子は一人もいなかった。

父マーティン・ベイカー大尉に、アンドレイは最後のお別れをすることもできなかった。母ターニャは、した。ほかの妻たちが遺体安置所にでかけるのを控えたなか、ターニャは一人で行き、顎《あご》を吹き飛ばされ目玉のなくなった夫の亡《な》き骸《がら》と対面して、そのまま精神科の病院に運びこまれた。

当時八歳だったアンドレイを、家で一人にしておくわけにはいかず、福祉事務所《ソーシャルサービス》はターニャの父、つまりアンドレイの祖父を、ロシアからアメリカ合衆国に呼びよせた。妻が亡くなるとともにあらゆる義務から解放されていた祖父を、モスクワにつなぎとめておくものはもう何もないはずだった。それなりに愛着のあったフルゼンスカヤ河岸通りの二間《ふたま》の住まいと、モスクワの桜並木を除いては。一人娘ターニャにあふれるような愛情も抱いていた。それでも彼がアメリカにやってきたのは不承不承《ふしょうぶしょう》だった。七十七歳にして習慣を変えるのは、たやすいことではない。ビールや軍隊やカントリーミュージックが嫌いな場合は、なおさらだ。

「おじいちゃん《ヂエーダ》、こないだの夜、なんで叫んでたの？」

「は？」

「聞こえないふり、しないで」

「ほっといてくれ」

「そっか。で、今日のこと、学校にはなんて言うの？　告げ口する？　それとも味方してくれる？」

「まだ決めとらん。よく考えないとな。部屋に行ってなさい」

アンドレイは、重い足どりで住まいの奥へ向かった。そして部屋に入るなり、ゲーム機とともにベッドへ倒れこんだ。

キッチンに残ったカジミールは、折りたたみ椅子を広げてすわると、愛用の古いトランジスタラジオを、ニュース専門局1010WINSに合わせた。「英語力を高めて語彙を増やす」ためだ。だが疲れが出て、思わずため息をつき、そのまま心地よいけだるさに包まれていく。けだるさは彼をモスクワの北西、ヒムキの森へ誘《いざな》う。ターニャと牡鹿《おじか》や牝鹿《めじか》を追いかけた豊かな森。あの子はまだ十歳だったな。いまのアンドレイと同じだ。

かつてカジミールの「喜びの源」だったターニャ。いまでは彼の「悲しみの源」だ。ターニャは大量に抗うつ剤を飲んでいるが、不安定で、ほんの一本の糸で吊るされているかのよう。少しでも何かあれば、まっさかさまに落ちていきそうだ。

ふと、ラジオから聞こえた二つの単語が、カジミールを夢想から引きもどした。「ヴォストーク」、そして「ガガーリン」。発音は母国語と異なるが、話のおおよそはわかる。ヴォストークが、「サジーズ」だか「サビーズ」だかいう聞きなれない団体で、売りに出されるということらしい。

気になってアンドレイを呼んだが、現れたときにはもうその話題は終わっていた。

カジミールは腹立たしくて、次のニュース速報までそばにいるようにとアンドレイに言った。

「おまえのそのお姫さまとやらを五分ほっといて、二つの耳でよーく聞くんだ。ガガーリンの宇宙船を、やつらがどうしようとたくらんでるのか。さっきはよく聞こえなかったんでな」

アンドレイは早くゲームに戻りたかったので、ネットで調べたらいいと提案した。そしてクリック三回で、ヴォストークがニューヨークのサザビーズでオークションにかけられる予定だということをつかんだ。

「で、それはいつなんだ？」

「今日だよ。夕方五時から」

「今日は何日だったっけ？」

「先生が昨日、『今日は四月十一日ですね』って言ってたから……」

「なんだと！　ガガーリンの偉業達成五十周年の記念の日に、あの宇宙船をアメリカで売るっていうのか！　おれたちをばかにする気か！　いまいましい資本主義者どもめ、これがおれたちをどれほど傷つけることか、わかるか、おまえ？」

「偉業達成って何のこと、おじいちゃん？」

冗談だと思って、カジミールはこの質問を聞き流した。そして集中しようとした。すると彼のソヴィエト魂から、アイディアが一つ浮かんだ。彼はそれをしっかりとつかんだ。

「『ニューヨークのサザビーズ』って、どこだ？」

「ヨーク・アベニューの、アッパーイーストサイド寄りだ。ママの精神科の近くだね」

ヴォストークに永遠《とわ》の別れを告げたいが、アンドレイをゲーム機と二人きりにさせておくのも心配で、カジミールは「宇宙戦争最後の戦い」をいっしょに見に行かないか、と孫を誘った。そのかわり、学校のことはおじいちゃんからお母さんに話してやるから、と。

アンドレイは、疑わしそうにちょっと口をとがらした。べつにそう行きたくもないのだ。

「パソコンで行きかた教えてあげるから、それでよくない？　ぼく、体調万全ってわけでもないし」

「いいや、おまえといっしょに行きたいんだよ。アンドレイ、おまえは半分ロシア人だ。その血を大事にしてほしい。だいいち、いい気分転換になるだろう。おまえ、マルメロの実みたいに青いぞ。熟す前のな」

マグローヌ姫と火の弓を、ガガーリンとヴォストークに替えるなんて、アンドレイは気が進まなかった。だが、「もしシャーマン先生から罰を受けるようなことがあったら、一か月ニンテンドーは取りあげますからね」と言っていた母ターニャがどうするかも心配で、それならカジミールを味方につけたほうがいいだろうと考えた。

「じゃあ、でかけるまでは部屋で遊んでてもいい？　うるさいこと言わない？」

「すわっていっしょに昼めしを食べるなら、だ。そしてサザビーズに行くときは、ゲーム機を置いていく」

「それちょっときついなあ、おじいちゃん」

「あと、そのオークションについて、もっと情報がほしい。最後の戦いにむけて、心の準備が必要だからな」

約束どおり、アンドレイは祖父の正面にすわって、黒パンのパストラミ・マヨネーズサンドをコカ・コーラで流しこみはじめた。でもすわっていることに慣れていないから、すぐに脚がむずむずしてきて、あれこれ言っては立とうとする。

カジミールはまたいらだって、怒った。

「おまえには言葉が通じないのか？　立って食べると消化に悪い。言っとくがな、そんなことじゃあ、将来もしおまえが体をこわして、どんなに助けてくれと言ってきても、何もしてやらんぞ。医師としての倫理、『ヒポクラテスの誓い』を破ってもだ」

アンドレイは「ごめんなさい」とあやまり、食事が終わるまでおとなしくしていた。それから、祖父に機嫌をなおしてもらおうと――そして部屋にそっと消えて「空気の精の洞窟に埋められている光の羅針盤を発掘する」許しをもらおうと――ネット上で見つけたニューヨーク・タイムズ紙の記事をわたした。ヴォストークのオークションについて書かれた部分を、十六ポイントの大きな活字でプリントアウトし、バラの香水をしみこませてあるターニャの封筒に入れて。月曜の夜、戦争犠牲者の家族を支える会に行くとき、ターニャが愛情たっぷりの言葉を書いて、アンドレイの枕の下に入れておくのに使っている封筒だ。

カジミールはすぐに読みたくて、封筒から両手で、ほとんどもぎとるように記事を取り出すと、アンドレイに、食器をさげて食洗機に入れるようにと言った。このときばかりは、アンドレイも文句を言わなかった。

それからカジミールは、午後三時に目覚まし時計を合わせて、リビングのソファでまどろんだ。

ターニャにざっと事情を書いて置き手紙にすると、二人は地下鉄Q系統の駅をめざして、まる二十分、ひとこともしゃべらずに歩いた。手をつなぎ、同じ歩調で。

春のはじめで、太陽は雲に隠れているものの、心地よい気候だ。鳩《はと》たちが、雪が解けたのを喜ぶようにクウクウ鳴きかわしている。リスたちは冬眠から目ざめて、さかんに跳ねまわっている。ドッグランは、犬を連れた人たちでいっぱいだ。

だが道や方向をまちがえないように、二人は気を散らさず、まっすぐネックロード駅に入っていった。とはいえ、いったん地下鉄に乗ると、アンドレイの頭はまたゲームのことでいっぱいになった。車内でも、スクロール王国の人物たちととなりどうしにすわって、同じ方向に進んでいるみたいな気がする。自分なしで、彼らが人食いトロールどもと戦わなくてはならないような気がしてくる。それ以上考えまいとして、アンドレイは、ウィキペディアでユーリー・ガガーリンを調べた。

カジミールは、アンドレイが「偉業達成って何のこと？」と言ったのが冗談ではなかったのだとわかって、あ然とした。

降りるまでに駅がまだ六つあるあたりで、アンドレイが口を開いた。

「マジすげえ、ガガーリン……」

「いちばんすごい人さ」

「それに、ちょー有名人」

「オバマ大統領とプーチン大統領を合わせたよりも、もっと有名かもしれないぞ。ロシアで最も愛されている人物の一人でもある。世論調査では毎年、作家のプーシキン、ソ連時代の指導者スターリンと並んで、三本の指に入る人気ぶりだよ」

「へえ、ほんとにすごいんだね。で……オークションって何？　なんでそこに行くの？」

カジミールはまたも面食らい、とまどった。これまでは、こんな質問を受けることは、まずなかったからだ。ともかくなんとか説明すると、彼はアンドレイの腿《もも》のあたりをぽんぽんと叩《たた》いた。少々かたよった説明ではあったが、アンドレイは納得して目を輝かせた。

「じゃあガガーリンのヴォストークの本物が、そこで買えるの？」

「いや、ちょっと話をはしょりすぎたな。本物は、ロシアのＲＫＫエネルギヤ博物館っていうところに展示されてるんだ。

でもサザビーズで売られるのも、ユーリー・ガガーリンが実際に乗ったのと同じぐらい、貴重なものなんだぞ。なにしろその直前に、実際打ちあげられたんだからな。それはセルゲイ・コロリョフという名の男の『秀《ひい》でた知性のたまもの』で、一九六〇年代に、アメリカよりもソ連がすぐれていることを象徴するものだった。その後は二十年近く、どことも知れぬ格納庫に隠され、秘密にされて、ほとんど誰も近づくことができなかったんだ。東西冷戦のさなかには、アメリカの情報機関が、ソ連の科学技術者たちを二十四時間スパイしてたからな。進んだテクノロジーを盗もうなんて、論外だろう」

「おじいちゃんがソ連でお医者さんをしてたのは、いつ？　コゴリョフといっしょに働いてたの？」

「コロリョフだよ、アンドレイ。『ロ』！　うん、『星の街』でいっしょに働いていた。毎日顔を合わせてたぞ。ふつうの人には見えないものが、見えるような人だった。めったに現れない天才さ……。

　それをスターリンは、三十一年も強制労働収容所《グラーグ》送りにして、金山《きんざん》で強制労働させたんだ。無実だったのに。コロリョフはそこで歯がぜんぶ抜け落ちて、肋骨も折ったが、二年でほぼ自由な状態に戻された。なにしろ、当時最も優秀な科学技術者の一人だったんだから。本人も、科学の研究がしたかっただろう。やがて、大陸間弾道ミサイルの開発に成功した。これが世界初の人工衛星、スプートニクにつながっていったんだ。そしてスプートニクが、ヴォストークに発展していった。コロリョフがいなかったら、ヴォストークが生まれることもなかったし、ガガーリンが、あのガガーリンになることもなかった。フルシチョフが、アメリカのケネディの鼻を明かすこともなかった。

　怒りっぽくて乱暴なところもあったし、なんだかんだと文句を言うことも多かったが、ほかの連中とは違って、逆境にひるむことがなかった。つぎつぎロケットを開発して、自分の意志をつらぬいた。壊れたロケットは、ポドーリスクの工場をフル回転させて、代わりを作りつづけた。まさに、鋼鉄の男だったんだ」

「おじいちゃんみたいだね」

　この日の午後はじめて、カジミールの頬がゆるんだ。

　こいつにはユーモアのセンスがあるぞ……なかなか斬新な。それに、うわの空の子どもにしては、当意即妙だ。

「いいこと言うじゃないか。誰に言ったか覚えとけ」

アンドレイが、ふっと笑顔になった。

「七十二丁目！」地下鉄の古いスピーカーから、雑音とともに、鼻にかかったようなアナウンスが聞こえた。

「着いたな、降りるぞ。迷ったらいけないから、あんまりしゃべるなよ」

ブルックリンの通りを歩くときと同じように、カジミールは孫の手をしっかり握って、もう一方にはニューヨークの地図を持ち、サザビーズの本部があるヨーク・アベニュー一三三四番地をめざした。途中、ダンキンドーナツで、アンドレイはチョコクリーム入りのベニエを二個たのみ、ドクターペッパー・ライトに浸して食べた。店はパキスタン人のタクシー運転手でいっぱいで、みんなクリケットの試合に夢中になっていた。

ドーナツ店を出て、イーストリバーのほうへ歩きはじめると、あたりには高級感が漂いはじめ、二人は思わずきょろきょろした。ホテルの正面《ファサード》は、どこも美しい彫刻がほどこされている。歩道はきれいに掃除されてぴかぴかだ。建物の入り口にはみなドアマンが立っていて、ところどころ長い庇《ひさし》も延びている。

いったいどうなってるんだ――イーストリバーのこのあたりでは、木々の緑もよりあざやかで、下水口からの蒸気さえ、より白く見える！

オークション会場の前には、長い列ができていた。カジミールはそれを見て、即興の言葉で罵《ののし》りはじめたが、祖父のそういうところに慣れてきたアンドレイは、取りあわなかった。それよりようやくサザビーズに着いたことがうれしくて、ビルをいっそう立派に見せている階段の数をかぞえてみた。十段だ。そして思った。

〈こんなにすごい家に住んでるなんて、サザビー夫妻は銀行口座にいっぱいお金があるんだろうな〉

ガラス張りのビルは、豪奢《ごうしゃ》で洗練されたオーラを放っている。

「ねえ、おじいちゃん《チエーダ》、入り口の上に旗がいっぱい出てるよ。風ですてきな音がしてると思わない？　船の帆も、きっとあんな音がするんだろうね。ぼく、ゲームで海をわたっていくときにさ……」

「全然違う」

「でも……」

「アンドレイ、知らないことを簡単に口にするんじゃない。ここは排ガスの臭いがする。海とは違う」

頭ごなしに否定されて、アンドレイは貝のように口をつぐんだ。

歩道にできた列をのろのろと、まる二十分もかかって進んだあと、アンドレイとカジミールは、由緒あるこの組織の中庭に出た。創設は一七四四年――と、ビル上部の壁に大きく刻まれている。そして庭の中央に、伝説の宇宙船が、まるで座礁したかのように置かれていた。大気圏に再突入した際に、黒こげになったヴォストークだ。見た目は巨大な錆《さ》びた球《たま》で、円窓《まるまど》が三か所に大きく開《あ》いている。座席は射出シートになっていたので、もうなくなっていて、そこから電線だけが何本もぶらさがっている。入り口のまわりには、三十個ほどの小さな穴が光っている。

「あれはぜんぶボルトの跡だ。三十二個あったんだよ、アンドレイ」

ついさっき、祖父にはねつけられたばかりだったので、アンドレイは返事をしなかった。だがちょっと考えなおして、沈黙を破った。

「えっらい汚いね、あのマシン。昔の泥がくっついたまんまの、ちょーでっかいバスケットボールって感じ。翼もないじゃない！」

カジミールは、プライドを刺激された。

「ばかなこと言うんじゃない、アンドレイ！　あの宇宙カプセルは、尊くおごそかなものなんだ。ソ連が勝利をおさめた宇宙開発の、中心的存在だぞ。あのカプセルがなければ、ソ連の成功もなかった。国の委員会も、コロリョフにゴーサインを出さなかった。そしてガガーリンも、けっして飛び立てなかっただろうよ！」

アンドレイは、帰りたくなった。帰ってターニャや……マグローヌ姫やヒルーンに会いたかった。カジミールはそれに気がつき、言いすぎたと思ってアンドレイにあやまり、両肩を抱いた。アンドレイは、仲直りのしるしに、思わず祖父の腰に手をまわしそうになった。

「何度か打ちあげ実験をして、それなりに確信が深まると、コロリョフは総稽古《ゲネプロ》をやろうと決心した。一九六一年三月二十五日に。急がなけりゃならなかった。わかるか？　アメリカが後ろから迫ってきていて、われわれは先頭の座をゆずるわけにはいかなかったんだ。で、そこにあるヴォストーク３ＫＡ－２を、バイコヌールの秘密基地から打ちあげた。目的は、ロケットが地球の周回軌道に完全に乗るかどうか、確かめることだった。発射のときに爆発せず、着陸のときに墜落せず。中に、犬一匹とマネキン人形を一体乗せて」

「デパートのマネキン人形？」

「まあ似たようなもんだ」

だが、セルゲイ・コロリョフが乗せたマネキン人形は、服を売るためではなく、敵をあざむくためだった。アメリカ人たちを惑わすため。イワン・イワノヴィチという名前もつけて、宇宙服と宇宙飛行士用のヘルメットもかぶせた。でも着陸が成功したときに、あたりの人たちが驚いて逃げださないよう、宇宙服の背中に大きく『人形』と書いておいた。宇宙服をすべて脱がせても、人形はとてもよくできていたので、見苦しくないよう、下半身は台所用のエプロンで覆われた。

「あんまりしゃれたやりかたじゃないが、でもまあ……」

「じゃあ犬は？　犬もぬいぐるみだったの？」

「犬は、本物だった。メスの犬だ。雑種のな。選別を担当したヤズドフスキーという博士が、純血種は『同じ種どうしで交配しつづけたために』体が弱いと言ったんだ」

「で、メスにした理由は？」

「メスの、それも白い犬さ！　コントロールセンターの画面で、薄暗い宇宙カプセルのなかにいてもよく見えるように、白い犬にしたんだ。二十四時間、ずっと撮影することになってたから。ほかにも、オスよりメスのほうがおとなしくてよく言うことを聞くし、おしっこの仕方も違うだろう。オスはしょっちゅうするからな。宇宙船に乗ってても！」

「それが問題になるの？」

「それ自体は、まあ。でもオスは、脚を上げてするだろ。カプセルのなかはほんとうに狭くて、一平方センチまできっちり測られてたから、すわってするメスのほうがよかったんだな。ところがこの計画の最後の最後に、選ばれたメス犬が逃げだして……」

「わあ、メスもやるなあ！」

「いい意見だ、アンドレイ、でも話の途中で口をはさむな。で、そのメス犬が逃げだして、大急ぎでかわりを見つけなくちゃならなくなった。ウダーチャって名前のメス犬が連れてこられたが、セルゲイ・コロリョフは縁起をかついで、どうしてもズヴョーズドチカって名前に変えたいと言った。その名の意味は……」

「……『小さな星』。ママも昔、成績表で『5』をいっぱいもらってきたときに、おばあちゃん《バブーリェチカ》がそう呼んだんだって。ひと月前、ぼくがはじめてCプラスの成績をもらったときに、話してくれた」

「そいつはよかった。で……」

「でも、なんでその名前が縁起かつぎなの？」

「その前に宇宙に送った犬は、ライカって名前だったが、宇宙から帰ってこられなかったんだよ。当時はまだいろんなことがわかってなくて、ズヴョーズドチカが地球に帰ってこられるかどうかも、ほんとうはよくわからなかった。ヤズドフスキー博士の指示で、ズヴョーズドチカがワイヤーやチューブをつけられてるあいだ、宇宙基地のみんなが胸を締めつけられた。ユーリー・ガガーリンもその場にいて、長いこと犬の頭をなでてやってた。若い女の子たちはそれを、なかばうっとり、なかば憤慨して眺めていた。当時『星の街』では、感情をあまり表に出してはならなかったからな。でも『女性たちのあこがれ』だったユーリーだけは、そういうふるまいも許されたんだ」

　十六時三十分、制服を着た女性スタッフが二人現れて、「ヴォストークのオークションに参加なさるお客さまは、エレベーターで七番の会場にお上がりください」と告げた。

　みんな早く席を取ろうとして、あたりは騒がしくなったものの、アンドレイとカジミールは二列めにうまくすわることができた。そこからなら、オークションを活気づける競売人《オークショニア》もよく見える。

　天井が高く、壁にはマホガニー材が使われている会場に、英語と外国語が交《ま》じりあった陽気なざわめきが広がる。カーペット敷きの床の上では、もっといい撮影アングルはないかと、カメラマンたちがテレビカメラの脚をそこここに移動させている。アンドレイはそんな様子にすっかり心を奪われて、祖父に返事をするのも忘れていた。だが意外にも、カジミールはそのまま話を続けた。

「それでだな……これから売られちまうヴォストークは、一一五分間、地球の周回軌道に完全に乗ったんだ。大気圏への再突入もうまくいって、イワン・イワノヴィチはパラシュートで、林間の空き地に花のように降りていった。あたりにいた農民たちは、期待も大きかったんだろうが、本物の人間だと思いこんだ。でも警察《ミリツィヤ》や秘密警察《KGB》と厄介なことになったら大変だから、はじめは誰も近づかなかったらしい。

ズヴョーズドチカのほうは、吹雪のなかに降りた。でも体はまったく大丈夫だったんだ。三十人ものパラシュート部隊が出て、宇宙基地に連れ帰った。その後は基地のマスコットになって、かわいがられ、幸せに長生きして、たくさん子犬を産んだ。そのうちの一匹は、ケネディ大統領夫人のジャッキーに贈られたんじゃなかったかな、どうだったかな。アメリカ大統領をくやしがらせようとしてな」

「おもしろいね！」

「わかっただろ、こういった成果が出ていなければ、コロリョフはガガーリンをロケットに乗せる危険を、けっして冒さなかっただろうって」

「うん、それで、もし……」

そのとき不意に、グレーのスーツに身を包んだ快活そうな男性が現れた。五十代といったところだろうか。かろやかな足どりで演台に跳び乗ると、会場はしんと静かになった。男性は上着の内ポケットから、青いインクで走り書きした紙を取り出した。そしてていねいに広げて書見台に置くと、はっきりした声で読みはじめた。

アンドレイは、その人の赤い水玉模様のネクタイに目が吸いよせられ、ニンテンドーでトロールたちを鋼鉄の大弓で倒したときよりドキドキしてきた。カジミールのほうは、用心深かった。

「このアメリカ人どもは、自分たちだけがいい目を見ようとして、今度は何を考えついたっていうんだ？」

男性の名は、デイヴィッド・レドゥン。サザビーズ・ニューヨーク本社の副会長で、これからオークションを取りしきる。

「みなさま、本日はこのマンハッタンのはずれまで、ようこそおいでくださいました。はずれではありますが、とても暮らしやすく、喝采を送りたくなるような街です。しかし喝采は、われわれよりはるか遠くへ、危険を冒して身を投じたユーリー・ガガーリンにこそ、送られるべきでありましょう！」

うまいつかみに、会場からいくつも笑いが起きた。

「さて、世界のアートの歴史において、偉大なページが綴られてきたこの会場に、本日みなさまをお迎えできたのは、まことに光栄なことであります。

本日、みごとな科学技術力の結晶であったこの歴史的なロケット、ヴォストーク3KA－2のオークションを開始するにあたり、先日四月七日、国連のパン・ギムン事務総長が、国連加盟国六十か国の合意のもと、ユーリー・ガガーリンに敬意を表して、今年から四月十二日を『国際有人宇宙飛行の日』と定める、と発表したことをお伝えするとともに、そのときのスピーチの一節を披露させていただきます。思慮深くも決然とした言葉が、私の胸に響いたからですが、どうぞお席にすわったままで。長くはかかりませんから！

『わたくしは、国際有人宇宙飛行の日が、われわれは同じ人類であり、人類共通の問題を解決していくために一致団結して働かなくてはならないと、思い起こさせる日になるであろうと信じています。若いみなさんには、夢を実現させ、未知なる宇宙を発見していくため全力をつくそうと、思いを新たにする日になるよう願っています。宇宙を平和目的の場にすることを、ともに誓おうではありませんか』」

満場から、割れるような拍手が起きた。カジミールは嗚咽《おえつ》をこらえている。祖父がこのように感情をあらわにするのを見て、アンドレイは目をまるくした。

続いてデイヴィッド・レドゥンは、一九六一年三月二十五日に、ヴォストーク3KA－2が成しとげたことを、カジミールよりは大ざっぱにまとめて伝えたが、米ソの宇宙開発競争を背景に語り、ロケットはその後一九八六年まで国家機密となっていたと言った。それから、この「へこんだ金属の球」に乗ることを想像してみてほしいと話して、参加者たちを引きこんだ。

「これに乗って、大きな大砲の弾《たま》みたいにぐるぐるまわり、火を噴いて真っ赤に燃えながら大気圏に突入する危険を冒せる人は、手を挙げてください。バイコヌール宇宙基地の住所をお教えしましょう！　誰もいない？　みなさん、大きな賭けはお嫌いですね！」

公開オークション開始に先立って、デイヴィッド・レドゥンは、この「独自の希少性を持つ」品の入札は、二百万ドルからのスタートだと告げた。だがじつのところ、その三倍から四倍の値を期待していると言って、買い手になろうとしている者たちを煽《あお》った。

カジミールはこれを聞いて、アンドレイの耳にささやいた。

「あれを買っても、自宅の居間のテレビとサイドボードのあいだには置けないぞ。モスクワの宇宙パビリオンに寄贈する気持ちのある人が、落札してくれるといいんだが。ずいぶん長いあいだ、異国の地にあったんだからな。それにしても、いつ、どうやって、あれがソ連の地を離れたんだか。おそらく、ゴルバチョフの時代にペレストロイカが始まったころ、闇市場で売られたか、ごろつきどもに盗まれたかしたんだろう。あのペレストロイカは、現実離れしてたから！」

「うん、でももうちょっと声小さくして、おじいちゃん《ヂェーダ》。始まるから」

そこからは、速かった。アンドレイにとっては速すぎた。数字がつぎつぎに現れては消える。二列後ろで富豪たちがいっせいに叫ぶ。演台の上では、デイヴィッド・レドゥンがてきぱき動き、なめらかにショーを進行させて値を上げていく。会場で誰かが一万ドル高い値を叫ぶたびに、電話では顔も見えず声も聞こえない男たちが、傲岸不遜《ごうがんふそん》に値を競り上げていく。そして五分とたたないうちに、決着がついた。

二百八十八万五千ドル。[1]その値で落札したのは、電話の男の一人だった。こんなに……汚い物なのに。だがデイヴィッド・レドゥンは、落胆を隠しきれなかった。

落札者は、投資ファンドの会長という億万長者。そしてロシア人だった。

ヴォストークが敵地を離れることにほっとして、カジミールは両手の拳《こぶし》を握ると、「イェイ、やったぜ！」とメイド・インＵＳＡの喜びかたをした。カジミールらしくないその様子に、アンドレイはびっくりして、〈おじいちゃん、大丈夫かな〉と思った。

幸福なる落札者の名は、エヴゲニー・ユルチェンコ。旧ソ連のかつての勝利の象徴を手に、

「このヴォストーク３ＫＡ－２を祖国に持ち帰り、宇宙開発を讃《たた》えるしかるべき国立博物館に展示しようと考えています」と、デイヴィッド・レドゥンの口を借りて、誇り高く言った。

この「世紀のオークション」に参加した人たちは、会場を出たあとも、三々五々《さんさんごご》歩道に集まっては、今日のことに関する情報を交換しあった。ガガーリンについてのネットのＵＲＬとか、彼

の宇宙の旅や人生の旅路が書かれた本のタイトルとか。

アンドレイは、新しい世界にまさに開眼したところだったので、そこでもっと耳をすましていたかったが、「早く帰らないと、ターニャが心配しはじめるぞ」とカジミールに言われて、地下鉄に乗ろうと急ぎはじめた。ところが、まさにそのとき、足を止めずにはいられない会話が耳に飛びこんできた。

スニーカーをはいた二人組が、笑いながら、操縦室でのガガーリンの失敗をあげつらっている。そこでアンドレイは、愕然《がくぜん》としながら知ったのだった。彼の新しいヒーローが、何度か危ないところを辛《から》くも切りぬけていたことを。扉がうまく閉まらず、打ちあげが遅れるかと思われたことや、無線通信が十五分近くも途絶えたこと、大気圏に再突入する際、カプセルがロケットから切り離されるのに十分もかかって、恐怖におとしいれられていたことを。

「上になったり下になったり、上になったり下になったり、上になったり下になったり」背の高いほうが、げらげら笑いながらくり返す。「すっげえスピードでぐるぐるまわりながらさ。ディズニーランドも真っ青！　めったに乗れねえアトラクションだぜ……」

アンドレイは顔をしかめて、ブルックリンに帰りつくまでの長い時間、聞きかじった話を何度も思いかえした。

気持ちを決めたのは、アパートの建物に着いたときだった。アンドレイは、心に引っかかったことを祖父に訊くことにしたのだ。

「この階段のところに、ちょっとすわらない？」

カジミールにとって、その日はすっかりいい日になっていたから、このときはもうはねつけたりしなかった。おかげでアンドレイは、さらにたのむことなく、建物への上がり段に腰をおろすことができた。夕方の湿った風が、スウェット・パーカーのなかまで通ってくるようではあったけれど。

「あいつらが言ってたことは本当だ、アンドリューシカ。それにしたって、何十年もたったあとにソ連が出した情報しか知っちゃいない。ガガーリンの旅が、かつて世界じゅうで思われてたような優雅なものじゃなかったとわが国が認めるまで、長い年月がかかった。当時は西側にむけて、あの飛行が、たとえ取るに足りないようなことでも、すべて問題のない完ぺきなものでなくてはならなかったからだ」

サイレンを響かせながら、目の前をパトカーが猛スピードで走りぬけていく。カジミールは「ああいうのはカウボーイの子孫だな」とつぶやき、アンドレイに「将来ニューヨーク市警本部に入ろうなんて思うなよ」とつけ加えた。

「それでも、今日おまえのなかでできあがったガガーリンのイメージ、貴《とうと》い冒険のイメージは、そのままでいい。現実の飛行にはいろんなことがあったが、彼が成しとげたことは、それで傷つくようなものじゃないんだ。傷つくどころか、その逆さ。ガガーリンは、はじめて世界一周したマゼランや、新大陸を発見したコロンブス、アフリカの南の端を通ってインドまで行ったバスコ・ダ・ガマと同じだ。そういう冒険家たちが、いまから見ればまったくたよりない中世の帆船に乗って地球を開拓したように、ガガーリンは、宇宙への道をはじめて切りひらいたんだ。はじめて……」

「ゲームのスーパーヒーローみたいだったんだね、ガガーリンは？　いつの日かエルフたちと、平和に暮らせる約束の地が見つかることを願ってるヒルーンや、マグローヌ姫みたいに」

「そうかもしれんな」

ターニャは上げ下げ窓から、父と息子が帰ってきたのを知ってほっとしつつ、年老いた父がアンドレイに、ユーリー・ガガーリンのことを話しているのを聞いて、ほろりとしていた。

ガガーリンは、ターニャが生まれる前から、すでに国の英雄を祀《まつ》る霊廟の中心的存在だった。賛美され、神格化され、あがめられていて、ターニャにとっては、勇気と正しさと賢明さを体現する絶対的な手本だった。その偉業を聞いて、ターニャは育った。保育園にも学校にも、ユーリー・ガガーリンの名がついていた。陸上競技で走ったスタジアムにも、泳いだプールにも、ダンスをしたホールにも。タバコを吸った小公園にも、デニスと逃げこんだ映画館にも。デニスは当時の恋人。カジミールは毛嫌いした。

ターニャは外の二人が震えているのを見て、継ぎはぎのあるチェックのブランケットを二枚、投げてやった。「おかえり」の挨拶がわりだ。すると「ありがとう」の二重唱が返ってきた。

ブランケットを体に巻きつけ終わらないうちから、カジミールはまた話しだした。

「ユーリー・ガガーリンのおかげで、それまで金属工業しか取り柄《え》のなかったソ連の名が、永遠に、人類が『ゆりかごから出た』こととともに語られるようになった。当時、一九六一年には、その成功は完全で、画期的だった。でも二千六百万人もの犠牲者を出した大戦の傷跡は、まだ少しも癒えてはいなかったんだよ。国土は荒れはてたまま、生活水準もじつに低かった。アメリカとは比べようもない。店の棚はからっぽ、自家用車なんて誰も持っちゃいない。共同住宅に住んで、服は何度も繕っては着た。科学のレベルも、アメリカに比べてすぐれているとは、けっして言えやしなかった。だから……」

同じアパートの住人が、買い物袋を両腕にいくつもさげて帰ってきた。カジミールは立ちあがって、入り口への道をあけた。

アンドレイは鼻高々な気持ちだったので、思わずその人に声をかけた。

「いま、おじいちゃんからガガーリンの話を聞いてるんだ！」

「ガガーリン？　ダンサー？」

「ちがうよ、宇宙飛行士」

「あらそう？　でも……」

その人が驚いたような顔をしたので、アンドレイは目をそらしてうなだれ、スニーカーの紐《ひも》をじっと見つめた。

「ロシアのある有名な詩人*が、こんな詩を書いているよ。おまえも大きくなったら、目にすることがあるだろう。

ガガーリンの顔は
地球のほほえみ

はてしない宇宙への
この星からの挨拶

なんといい詩だろうと思って、はじめて読んだときから好きだったんだ。ガガーリンは東西冷戦のさなかにも、地球市民だった。宇宙への平和の使者だった……。

サザビーズの副会長がさっき言ってたが、パン・ギムン国連事務総長は、国際有人宇宙飛行の日が、われわれ人類は一つだと思い起こさせる日になるよう願ってるそうじゃないか。まさにそのとおり。ノーベル平和賞に、没後の特別賞ってのを創って、ガガーリンに授けるべきじゃないかとおじいちゃんは思ってるぐらいだ。さて、そろそろ帰ろうか」

「おじいちゃん、じゃあどうして……」

昔のことを訊きたいんだなとカジミールは感じとり、長く重いため息をついて、その先を言わせなかった。

「夜中におれが叫んだ理由か。それなら、おれよりターニャに訊け。あいつも知ってるから」

「二人とも《ヂエーチー》、早く入ってらっしゃい。風邪ひくわよ！」

「いま行くから、ママ！」

珍しく家族三人で囲んだ夕食は、楽しいものになった。カジミールはアンドレイに、ユーリー・ガガーリンはカプセルに入ったハンバーガーやチューブ入りのピザを食べたと話し、アンドレイは、そんなの嘘だと言った。

「おじいちゃんにだまされちゃだめよ。いまのはちょっと違う。ガガーリンが宇宙船に持っていったのは、お肉やほうれん草やフルーツゼリー。ただし百六十グラムのアルミ製チューブに入れてね」

それでもアンドレイは信じなかった。

デザートも終わると——プレーンヨーグルトとブルーベリーだったが——、アンドレイは、自分から歯を磨きに行った。顔を洗い、髪もとかし、靴下とパンツは洗濯かごに入れた。Tシャツとジーンズはていねいにたたんだ。はいていたスニーカーは、ベッドの下にしまった。ゲームをしたくてたまらなかったが——こんなに長くスクロール王国から離れていたのは、はじめてだ——かわりに本棚から、ステファニー・メイヤー[2]の小説を取り出した。九歳の誕生日に母からプレゼントされたまま、一度も開いていなかった本だ。だが勘のいいアンドレイは、すぐ夢中になった。

部屋をのぞいたターニャは、クッションやぬいぐるみたちに囲まれて読書に熱中している息子の姿に、あたたかなものがこみ上げてきた。

「わたしにも十歳のころがあったわ、ぼうや《マヨー・サクローヴイシエ》。もう戻れはしないけど！　ん、どうしたの？」

アンドレイは、こないだの夜おじいちゃんが叫んだのはなぜだったのか、どうしても教えてほしいとたのみこんだ。ターニャはためらい、言いよどんだ。

「ワレンチン・ボンダレンコって人のことよ。あまりに気の毒で、残酷な話だから、聞いたらおまえまで眠れなくなるかも……それはいやなの。子どもに聞かせるような話じゃな……」

「怖い夢なら、学校のことでもういやになるほど見てるから。いまさら、あと一つ増えても減っても関係ない。それに……」

「それに」という言葉の暗さに、ターニャはびくりとした。

「それに?」

「ぼく、聞こえちゃったんだ。ママがおじいちゃんに小さい声で言ってたこと……」

「で?」

「で、その宇宙飛行士が死んだのは、おじいちゃんのせいだったのかなって」

「違うわ、全然! 考えすぎよ」

ターニャは仕方ないと観念して、大きく息を吸うと話しだした。


「宇宙航行学が大好きだったおじいちゃんは、モスクワ生体臨床医学中央研究所っていうところで、お医者さんとして仕事を始めたの。この秘密研究所で、宇宙医学のパイオニアだったヤズドフスキー博士っていう人が、宇宙飛行士を選抜するためにいろんな科学テストや訓練をおこなってたのよ。なかでも、ヴォストークと同じ条件にした隔離室に入るのは、最もきびしい訓練の一つだった。

ワレンチン・ボンダレンコっていう候補生が、そこでの十日間を終えたときのこと。まず体に取りつけられていたセンサーをいくつもはずして、その跡を、九十度のアルコールをしみこませた脱脂綿で拭いたの。で、その脱脂綿をなにげなく捨てたところ、電気プレートの上に落ちて、火事になったのよ。

隔離室のなかは気圧を下げられてたから、外の大気より酸素濃度を上げられていて、火はあっというまに燃えあがった。それをボンダレンコは、着ていたジャンプスーツの袖で消そうとして、火だるまになったの。しかも隔離室の中と外の大気圧の差で、扉が潜水艦のハッチみたいにぴったりくっついて開かない。操作もむずかしい。何人もの専門家が開けようとしたけど、救い出すのに三十分以上かかった。

その晩はユーリー・ガガーリンとおじいちゃんが当番で、ボンダレンコが病院に運ばれるのにつき添ったの。つらい任務だったと思う。Ⅲ度のやけどと言ってね、体の七十パーセントもやられてて、八時間苦しんだ。それでも誰かが罪を着せられるのを心配して、『ぼくのミスです、誰も悪くない……ぼく一人のミスです……』って消え入りそうな声で言いながら、息を引きとったそうよ。

おじいちゃんは、なんの罪もなかったけど、ボンダレンコのこの事故で、心に深い傷を負った。で、それが罪悪感になって、睡眠障害が表れるようになったのね。寝ているときに叫んだりするのは、そのせい」

「ボンダレンコが死んだのは、ずいぶん昔？」

「いまから五十年前。一九六一年の三月二十三日。ユーリー・ガガーリンが飛び立つ二十日前のこと……。だけど国は、どうしてもアメリカの先を行こうとして、何事もなかったかのように発射計画が進められたわ」

「ひどい」

「そうね……。ボンダレンコは亡くなったとき、まだ二十四歳だった。宇宙飛行士たちのなかで、いちばん若かったのよ。それにパパでもあったの。小さな男の子……サーシャっていう子の。おじいちゃんは、この事故で何もできなかったって自分を責めて、心がばらばらになって、ガガーリンが飛び立った一週間後、中央研究所に辞表を出したの。だからガガーリンの次の、ゲルマン・チトフのときの打ちあげにも、その後の飛行士たちの打ちあげにも、いっさい立ち会わなかったわ。おじいちゃんは『星の街』ぜんぶに怒ってた。

ボンダレンコは、亡くなったあとたくさんの勲章で飾られたけど、その名前は公の名簿から消されたの。ソ連政府の公式紙『イズヴェスチヤ』も、一九八六年の調査委員会の報告書を記事にしなかった。ワレンチン・ボンダレンコの殉職は、永遠に国防機密になったのよ。ずいぶんあとになってから、専門家たちに、研究所とヤズドフスキー博士の実験指導についてのミスが、たくさん指摘されたけどね」

「ぼく、おじいちゃんに、おやすみのキスしてきてもいい？」

カジミールはちょうど、バルト海におけるネズミイルカについてのドキュメンタリー番組を観終えたところで、アンドレイはターニャから聞いた宇宙飛行士の話を長々とした。だがそれから、一九九一年、自分が生まれる十年前に、月の裏側のクレーターにワレンチン・ボンダレンコの名前がつけられたと教えてもらって、驚き、胸を打たれた。

アンドレイは引きよせられるように、つま先立って歩いていき、これまでゆっくり眺めたことなどなかった丸く金色の月を、望遠鏡で眺めた。

「自分の望遠鏡で見てきたのか?」

「パパの。パパがいなくなってから、ずっとさわれなくて、なかなか使えなかったけど」

「ごめんよ、アンドレイ。おじいちゃんはときどき、うっかりして……」

「何が?」

「もういい、いいから」

カジミールは腕時計を人差し指で軽く叩いて、アンドレイの寝る時間が過ぎているのを示した。それから羽根ぶとんを軽く揺すり、枕の形を整えると、アンドレイの目の位置に合わせるようにひざまずいた。

「なあ、アンドレイ……おじいちゃんはこっちに来ておまえたちと暮らせて、うれしいよ。おまえが大きくなるのを見ていられるし、おまえのお母さんの手伝いもできる」

「ぼくもだよ、おじいちゃん。おじいちゃんがいてくれるの、すごくいいな。もちろん、パパのかわりにはならないけどさ」

カジミールは心をこめて、孫の髪をなでてやった。額から後ろのほうへ、まるで病気のときのように。

「もちろんだ。でも今日は楽しかったぞ。男どうしでマンハッタンに行ってな。部屋にゲームを置いてったのは、えらかった」

「ちょっときつかったけどね……。ねえ、ガガーリンの宇宙飛行の写真ってあるの？」

「宇宙飛行に行く前、行ったあと、その最中の本人の写真なら、いっぱいある。でも彼が見た宇宙からの写真は、一枚もないんだ。カメラを持たせて、人類初の宇宙の写真をみんなに見せたらいいって、誰も考えなかったんだな」

「ばかだねえ」

「誰に言ってる」

「そういう写真があったら、すごかっただろうなあ」

ふと沈黙が広がった。そのとき星が一つ、おおぐま座からオリオン座に流れた。

「おじいちゃん……」

「うん？」

「もし夜中につらくなったら、ぼくのところに来ていいよ。マグローヌ姫とヒルーンを紹介してあげる。闇の世界で戦うんなら、この二人ほど勇敢な者はいないんだから」

（原注）

＊エヴゲニー・アレクサンドロヴィチ・エフトゥシェンコ（一九三二―二〇一七）　ロシアの詩人、俳優、映画監督。

（訳注）

1　翌日のロイター通信によると、当時の日本円で約二億四千万円とのこと。

2　ステファニー・メイヤー（一九七三―　）アメリカ合衆国の作家。『トワイライト』シリーズがベストセラーになり、映画化もされている。

2　第一発見者　——一九六一年四月十二日

ソ連　サラトフ州　スメロフカ

ああ、もう気が変になりそう。わたしは何を言えばいいというの。何をすれば、何を考えればいいの。もう、よくわからない。寝返りばかり打っていると、頭が破裂してしまいそう。屋根裏部屋にしつらえた寝台の上で、鼻の上まで毛布を引きあげ、いつものように二本のろうそくで赤く照らした一角を、わたしはじっと見つめてみる。不安のなか、レーニンの写真はこれまで見たこともないような表情で、こちらを見つめかえしてくる。皮肉と嘲《あざけ》りが混じったような表情だ。マリアさまもイエスさまも、聖画像《イコン》に描かれた聖人たちも、同じ表情でわたしを見ている気がしてくる。

わたしに起きたことは、いったい何？——でもあの人は、この上なくすばらしかった——わたしは思わずつぶやいた——こんなわたしを、どうぞお許しください。

わたしは祈りつづける。フョードルが早く帰ってきますように。全能の神よ、どうかあのひとが狼《おおかみ》やチンピラや強盗にあっていませんように。まったくあのひとは、こんな時間まで何をやっているんだろう？　どうか、川で溺《おぼ》れたりしていませんように……。

外で、咳《せき》ばらいが聞こえた。それから痰《たん》を吐いている。帰ってきたんだ。そろそろ夜中の十二時。ようやく日常が戻ってくる。彼は肩で田舎家《イズバー》の扉を押し開けると、泥だらけのブーツを脱ぎ、斧《おの》を壁に立てかけて杖《つえ》をそばに置き、ハンチング帽を掛け釘《くぎ》にかける。それからストーブの上で手をこすって、すり切れた上着を椅子の背にかける。うちで一脚だけの椅子。わたしたちが婚約したときに、母が贈ってくれたのだ。彼は暖炉の火を搔《か》きたて、乾いた薪を何本かくべてから、梯子《はしご》を上りはじめる。そのたのもしい重量で、横木が一段ずつきしむ。

そしてとうとう上りきると、わたしにぴったり体を寄せて横になる。低くうなるようなため息をつきながら。子熊が母熊に甘えるように。彼の肌は夕バコの香りがする。湿った落ち葉と汗の匂いも。そのぬくもりに触れたとたん、わたしの心はふっと軽くなった。急に、おおいに、軽くなった。ああ、わたしのひとがやっと帰ってきた。わたしが信頼して話せるただ一人のひと。今日の出来事を。秘密警察《KGB》が来たことを。

KGBは怖かった。いまもまだ怖い。咎《とが》められるようなことは何一つしていなくても。わたしは十八歳から共産党に入っている。集団農場《コルホーズ》でもしっかり働いているし、モスクワやフルシチョフや、村の初級党組織の委員長を悪く言ったこともない。何か月も、いえそれどころか何年も、わたしを目で探るようにしてきた隣人も、わたしを焚《た》きつけて何か言わせようとするのはもうあきらめている。わたしは辛酸《しんさん》をなめてきた。だから聞き流す。いざこざはいやだ。だから自分が発端にはならない。それなのに今日、わたしはとんでもないことに巻きこまれ……。

まったく青天の霹靂《へきれき》だった。わたしのように、ソ連に何千万といるありきたりの農婦が、あんなことに巻きこまれるなんて。何度でも言う。だってわたしにはまだ突然の発作みたいなものの後遺症があって、あのときより前には、もうけっして戻れないだろうと思うから。わたしに降ってきたのは——この言いかたはぴったりだ——、まさに肝《きも》をつぶすような出来事だった。だから、同志レーニン、大きなその目で、見すかすようにわたしを眺めていないで、どうぞ聞いて。わたしが経験した、なんとも強烈な出来事を……。

今朝もわたしは、雄鶏《おんどり》の声とともに目をさました。時刻は四時半。いつもと変わらないおだやかな朝だった。金色に染まった夜明けは明るく、夜露に濡れた野原はまだひんやりしていたが、これからよく晴れて暑い一日になりそうだった。

わたしはいつもと同じように、お茶をいれるために火を掻きたて、顔を洗う水をくみ、フョードルがゆうべブーツにつけてきた泥を掃《は》いた。小屋がまだ土間だったときには泥も気にならなかったが、フョードルが床を張ってからは違う。いまのほうがいいかと訊《き》かれると、わからない。フョードルは森林監視官で、ここから十五キロ離れたエンゲルス周辺の針葉樹類を調査し、整理している。仕事に行くのは、わたしのあとになることが多い。先に帰ってくることは、めったにない。

わたしは働きにいく支度をして、ブラウスのボタンを留め、膝下までストッキングを上げた。

歳《とし》とともに膝にも肉がつき、皺《しわ》だらけでごわついている。若かったころは、喜んでふくらはぎを出したものだけど。筋肉がほどよくついて、すらりとして、わたしのひそかな自慢だった。いまは見るのも恐ろしい。自分でも。

わたしはベストを着て三角スカーフを巻きつけ、フェルトの防寒ブーツ《ワーレンキ》をはくと、鶏小屋をのぞいて、鶏が狐《きつね》たちにやられていないのを確認した。冬の終わりから春先にかけて、狐はとにかく腹をすかせている。それから小川へ洗濯に行き、今夜のためのパンもこねておいた。

日が昇ると、テルノーフカのほうまで行き、トラクターに乗って泥土の広い区画を耕した。あいかわらず人がいない。骨が折れる。昼になるころにはくたくただったが、成果に満足して、孫のリタを学校へ迎えにいった。そしてパン一切れとタマネギ二個、リンゴ一個を食べさせ、いっしょにまた畑へ戻った。じゃがいもを植えなくてはならないのだ。

そのときだった。あれが来たのは……いや、あの人が来たのは……。

同志よ、もしわたしをあまりご存じないなら、ここで名乗りましょう。わたしの名前はアンナ・アキモヴナ・タフタロワ。歳は五十二か三。「血塗られたニコライ二世」の時代の、ある冬の終わりに生まれた。母がわたしを産んだとき、家のまわりには高さ一メートルもの雪が積もっていた。それから吹雪になって、雪の吹きだまりがいくつもできた。それで結局両親は、春が来るまで、いやもしかしたらその後まで、わたしの出生届を出せなかったのだ。いつ出しに行ったのか、誰もわたしに言えなかった。書類なんて、心配ごとの最後だったから。心配ごとの最初は、どうやって生きのびていくか。両親と、四人の兄弟姉妹とわたしとで。

わたしは運よく、本物の本から、読み書き計算を学ぶことができた。十三歳で、家の農作業を手伝うために学校をやめさせられなければ、わたしは先生になっていたと思う。子どもたちに読み書き計算を教えるのは、きっと楽しくてすてきだっただろう。

フョードルが祖父に、わたしとの結婚の許しをもらいに来たとき、わたしは二十二歳だった。フョードルはがっしりとたくましく、まじめで、いっしょにいるとほっとすることができた。この田舎家も、彼が兄弟たちと建ててくれた。そしてわたしは、ここで二人の子を産んだ。最初の子、パーヴェルは、あのスターリングラードの戦いで戦死した。それからわずか二、三週間で、激戦も終わったというのに。

でも下の子、ピョートルのおかげで、わたしには孫の男の子オレグと、女の子リタができた。リタはいま、六歳。

あの音をわたしが聞いたとき、いえ、みんなが聞いたとき、あの子はわたしのそばにいた。

フョードルは、横になるとたちまち眠りに落ちた。わたしが「今日はどんな一日だった？」と訊く間《ま》もなく。馬をちゃんと馬小屋に戻して、豚の面倒を見ておいてくれたならいいけれど。そして今日のことを聞いてくれたなら……。横になったとたん、わたしが彼の上に乗っかってしまえばよかったかしら。でも、それからきっと今日の事件が頭のなかを駆けめぐり、何と言えばいいのやら……というより、どこから話しはじめればいいのやら、わからなくなっていたかもしれない。とにかく、しばらくは、夫の口からもほぼ言葉が出てこないにちがいない。だから、聞いて……。

ああ、何度も思いかえしているうちに、頭が痛くなってきた。もう頭の中身を取り出して、井戸の底に投げ捨ててしまいたいぐらい。

フォードルは、鼻風邪をひいた犬みたいに鼾《いびき》をかいている。大きな手をわたしのおしりにのせたまま。ざらついた手だけど、いい気持ち。わたしを落ち着かせてくれる。

何もかも、正午少し前に起きた。わたしはリタと、じゃがいもの種いもを植えていた。畝《うね》にかがみこみ、土に鼻をすりつけるようにして。そのときだった。突然、奇妙な音がとどろいたのだ。何かが降ってきたような轟音《ごうおん》、風のうなり、木の枝がバリバリ折れる音。

はじめわたしは、孫を叱らなくてはと思った。リタにまかせた子牛が逃げて、バケツをひっくり返し、柵を壊したと思ったからだ。

違った。子牛はそこにいた。おとなしく畑の雑草を食べながら、ときどき川のほうを眺めている。わたしは空を見あげ、村のほうを見やったが、変わったことは特にない。そこでまた土を犂《すき》で掘り起こしはじめ、リタにも同じようにしなさいと言った。

ところがリタは、興奮していた。何かとんでもないことが起きているのを感じて――子どもには第六感があるというが――もっとちゃんと見てと騒いだ。

「ほら、空を見て、おばあちゃん《バブーリャ》！　何か落ちてきたに決まってるよ！」

言うとおりにしておとなしくなってもらおうと思い、わたしはもう一度あたりを見まわした。カラスの群れがひどく騒いでいるほかは、おだやかな景色が広がっているばかりだ。

ここまで、いいですか、同志？

ああ、フョードルの熱い肌が、この緊張をゆるめてくれますように。恐怖をしずめてくれますように。具合のよくない心臓を落ち着かせてくれますように。唇は乾くのに、口のなかが粘《ねば》つく。下でお茶を飲もう。

わたしは腹ばいのまま、どこにもぶつからないように、さっきのフョードルの逆をたどった。屋根裏部屋の天井には梁《はり》が出ているから、気をつけなくては。梯子は、フョードルのときと同じようにきしみ、たわむ。歳とともに、わたしも重くなった。

下に着くと、足の裏に棘《とげ》が刺さった。わたしは罵りの言葉を飲みこんだ。フョードルはあいかわらず眠っている。わたしは低い位置で非常用のランプをつけて、どこに刺さったのか見る。踵《かかと》だ。いつも踵だ。

足を引きずりながら、わたしは沸かし器《サモワール》のほうへ行く。石炭をくべ、水差しの水を入れる。蒸気が出て、しだいにわたしの古いウールの寝間着《ねまき》が湿ってくる。寒い。いや暑い。

わたしは窓に額をつけてみる。月が見えた。空はどこまでも広く、つややかで、星がちりばめられている。あそこにあの人はいたのだ。まだ今日の昼間、はるかあのあたりを飛んでいたのだ。まったく信じられない。

畑では、その後何の異変もなかったので、リタも納得して、またいっしょに働きはじめた。ところが数分後、ふたたび音がしたのだ。さっきとは違う音。すごくはっきりした音。

わたしはもう、あれこれ考えるのをやめた。土手のむこうで何かが起きている。やがて押し殺したような音が、かすかに、規則的に聞こえてくるようになった。こうなったらはっきりさせたいと思い、あまりよく考えもせずに、わたしはリタと丘を登った。

そして頂上で、見た。オレンジ色の怪物を。怪物はベージュの布地のなかで、身動きがとれずにいたが、まもなくこちらへ向かってきた。両腕を振りまわしながら。

わたしたちは血が逆流したかのようになって、必死で逃げた。ウサギのように。とにかく畑まで戻らなくては。怪物には顔がなかった！　いや、あったかもしれないが、金魚鉢みたいなもののなかに隠れていた。茶色いへどのようなもので覆われた金魚鉢だ。恐ろしい可能性がいくつも頭をよぎった。スパイか、火星人か、脱獄囚か。

どこにこんな力があったのかと思うほど、わたしは全速力で走ったが、やがて膝から力が抜けてしまった。一巻の終わりだと思った。怪物に殺される前に、なんとか最後のお祈りをしようとした。だがひとことも言葉が出てこない。パニックだった。

わたしがどれほど追いつめられていたか、これで少しわかってもらえたでしょうか、同志？

流れ星が一つ、二つ――わたしは数えると、二つの願いごとをした。一つは、ＫＧＢがわたしを忘れてくれますようにということ。もう一つも……ＫＧＢがわたしを忘れてくれますように。昼間のことを思いかえしていたら、お湯が沸く音に気がつかなかった。わたしはお湯が沸く音が好きだ。何かを切るナイフの音も。野菜の皮をむく音も。

サモワールからカップにお湯をなみなみと注ぐと、わたしはそれを踵に押し当てた。ひび割れを少しでもうるおして、踵を柔らかくしようと思って。すると蒸気のおかげで、棘が足からすっと出ていった。まるで『ジャックと豆の木』で、地面からすっと木が生えたみたいに。わたしの足には、これまであまりに木の破片が刺さってきたから、これ以上はもういじめないでおこうとでもいうように。それにしても、靴をはかずに歩いてはいけなかったのだ。

お湯は、大きな泡を立ちのぼらせながら沸騰しつづけている。泡が消えないうちに、わたしはサモワールのなかに茶葉を入れる。あんな一日を過ごしたあとなのだから、自分へのご褒美があってもいい。お茶がはいるのを待って、わたしは椅子にすわる。背にかかっていたフョードルの上着はぐっしょり濡れて、冷えきっていた。背すじにぞくりと震えが走った。

リタと必死で逃げていたとき、怪物はこう叫びだした。

「待って、待って、私はあなたがたの仲間です、同志の友人です！　同じソ連の人間です！」

恐怖にとらわれて、わたしは孫を先に逃がそうとした。ところが孫はわたしのスカートにしがみついてきて、わたしはバランスを崩しそうになった。なんとか転ぶまいとしながらも、ふと、怪物はロシア語を話していると気がついた。わたしと同じように。わたしたちと同じように。

わたしは足をゆるめながら考えた。ロシア語を話すということは、アメリカ人のスパイではないということだ。去年このあたりで捕まった人間とは違って。それでもわたしは警戒をゆるめず、リタを後ろにかくまうようにしながら、いま来た道を引きかえしはじめた。そして慎重にその男に近づいていった。

ところがあと一メートルほどのところで、男が窒息しかかっているのに気がついたのだ。どうしようと思いながらもわたしは、男が鉢から頭を出せなくなっているのはファスナーのせいだと見てとり、開けるのを手伝った。あとでわたしは、その鉢が特殊なヘルメットで、与圧《よあつ》ヘルメット……とかなんとかいうものだと説明してもらった。でもそういう名前だったかどうか、もう思い出せない。わたしにはむずかしすぎた。ただ、もしあのときわたしが手伝わなかったら、あの人は窒息死していただろう。吐いたものにまみれて……。もう少しましな死にかたがあるというものだ。

男は顔も髪も汚れていたので、わたしは「このエプロンで拭いてください」と自分のエプロンを示した。あの人は気さくに従った。楽しげなほどだった。そしてまるで新品硬貨みたいにきれいさっぱりとなったとき、リタもわたしもショックを受けた。うれしいショックを。その人は、わたしがこれまでの人生で見たこともない、輝くばかりの、あふれるような笑顔を見せてくれたのだ。まるで天使の笑顔だった。それも生きている天使の……。

ようやくお茶がはいった。わたしは喉をやけどしないよう、ほんのひと口ずつ飲む。あたたかなお茶が、わたしの胸の痛みをやわらげてくれる。疲れを癒してくれる。少しだけ。

子どものころ、わたしはいつも喉をやけどしていた。サモワールは、縁が欠けた家族八人分のカップを満たせるほど大きくはなかったから、あとから来た者たちはいらいらして、先にいた者たちのカップを奪った。出しぬかれたくなければ、すばやくなくてはならなかった。

さて、編み物でもしようか。昔、母が不眠に襲われたとき、していたように。まず目を疲れさせるのだ。あのころわたしは姉たちと、半分だけ目を閉じ、眠ったふりをしながら眺めていたっけ。金属製の編み棒がきらめき、母の指先が器用に動くのを。毛糸玉がだんだん小さくなっていくのを。わたしたちは母の動きを覚え、学んだ。そしていつのまにか、眠った。編み棒のカチカチいう音が、子守歌がわりだった。表の目、裏の目、表、裏。


あふれるような笑顔の人に、どこから来たんですかとわたしは訊いた。それから、孫やわたしと同じように血と肉でできているんですか、とも。その人は笑って、ええ私は人類に属していますよと言った。名はユーリー・アレクセーヴィチ・ガガーリンです。

「自分の船から放り出されてきたところで！」

自分の船から……船？　からかわれたんだと、わたしは思った。そんなにばかではないと抗議しようとして、このあたりには川も海もないし、ヴォルガ川だってここから何キロも先だと言った。それに、ヴォルガ川に船が浮かんでいるのは見たことがありません、とも。

その人はとまどい、あやまってくれた。心から。でもそのあと、わたしにはやっぱり何もわからなかった。「自分の船」というのが……「宇宙船」で、それで地球のまわりをまわってきたというのだ。あまりに途方もない話だったので、わたしは五回も六回もくり返し説明してもらわなければならなかった。

「ほんとうに宇宙から来たんですか？」

「ええ、ほんとうに。まっすぐ戻ってきたんですよ！」

「じゃあ、もう少しで溺れるかもしれなかったのね！」

このように深刻な場で軽口をたたくとは、われながら驚いた。

あなたなら驚かない？　ウラジーミル・イリイチ。[1]

表、裏、表、裏。

毛糸は、うちの年老いた羊二頭から採れる。それでフョードルとオレグとリタの服を編む。フルシチョフの時代になって、生活は少しましになった。自分の畑を耕していいことになったし、一頭か二頭なら家畜も飼える。

スターリンのときには大祖国戦争[2]があって、二千万人以上が死んだ。パーヴェルもそのうちの一人……。

あの大殺戮《だいさつりく》の前、一九二九年には農業集団化とやらで、わたしたちは自分の土地を差し出さなくてはならなくなった。もとはと言えば、革命で、あなたが貴族や正教会から没収して、農民に分けてくれた土地だったのに。

このあたりでは、また奴隷に戻るぐらいならと、みんな自分の道具を壊し、収穫物を焼きはらい、家畜を殺した。でも、その報いもまたすさまじいものだった。何百万もの農民が強制労働収容所《グラーグ》や、白海《はっかい》・バルト海運河の建設のような過酷な強制労働に送られた。そこから戻ってきた人を見た者は、誰もいない。多くの村がからっぽになった。仕事は増えるばかり。残った人はほとんどおらず、いても仕事で疲れはてさせられた。

ええ、霊廟《れいびょう》から出てきたって、もう遅いんです、同志。後継者の狂気の沙汰に、あなたはもう何の責任も取れないのだから。

表、裏、表、裏……。

わたしはガガーリンに、オレンジ色のつなぎは脱いだほうがいいと話した。とにかく臭かったのだ。彼のように奇跡的なことを成しとげた人が、あのように臭くていいはずがない。臭《にお》いは、見るも恐ろしい外見以上にひどかった。だが、はずさなくてはならないホックやら何やらがあまりに多くて、脱ぐのにずいぶん手間どった。

その様子に、リタもすっかり見入っていて、気がつくと子牛が逃げていた。わたしは叱って、すぐ連れもどすように言った。戻ってくると、今度はしっかりつないで畑をちゃんと見張っているように言った。種いもを、カラスたちに食べられてはたまらない。

それからわたしは、飛行士をスメロフカのほうへ案内した。無事帰還したことを上司たちに知らせるため、電話しなくてはならないと言われたからだ。歩きながら彼は、自分も農民の息子だと話してくれた。でもここからは遠い西のほう、スモレンスクなのだと。そして、ここはどこですかと訊き、エンゲルスに近いと知ると、「私はサラトフで四年勉強したんです」と言った。ヴォルガ川のすぐむこうだ。そんなに近くで。信じられない思いがした。

わたしたちが村に着くと、大変な騒ぎになった。ほんの数分前、国のラジオのすべての局で、タス通信の有名なアナウンサー、あのユーリー・レヴィタンがこう公式発表をおこなったという。

「ソヴィエト社会主義共和国連邦の同志、ユーリー・ガガーリン少佐が、世界初の宇宙船ヴォストーク——人工衛星スプートニクから発展した宇宙船ヴォストークにて、アフリカ大陸の上空の宇宙で、地球周回軌道に入りました」

信じられないようなニュースは、村の田舎家から田舎家へ伝わった。だが誰一人として本気にしてはいなかったのだ。

だからわたしに支えられて歩いてきた人が、ラジオで聞いたばかりのその人なのだとわかったとたん、あたりは大騒ぎになった。誰もが口々に訊いた。

「でも、なんでもうここにいるんです?」

「そんなことが、ほんとうにできるのか?」

みんなに飛びかかられないうちに、わたしは彼を電話のところへ連れていった。彼は上層部に、何も壊れていないこと、わたしに助けられたこと、いまはスメロフカという村にいることを伝えた。

電話が終わると、どっと人が押しよせた。みんなが彼と握手したがった。やがて、彼が気を失いそうになっているのが、わたしにはわかった。大工のコンスタンチンが、太い声で人々を制した。ガガーリンはコンスタンチンにお礼を言った。そしてわたしたちといっしょに過ごしてくれたあいだじゅう、「宇宙飛行士」——宇宙に行ってきた人のことはそう呼ぶのだ——は、とても親切だった。とても気さくでもあった。宇宙飛行の話をしても、自分のことは口にしなかった。何より「われわれチーム全体の成果です」と強調していた。

その場にいたアダムとワシーリーが、写真を撮るのも許可してくれた。少しもいらだったりせずに。二人が機械の取り扱いに手間どっても。

はるかな高みから眺めた景色はすばらしかったと、話してもくれた。息をのんだ、と。砂漠や氷河、畑、川、動物の群れ、海、森、火山——それらすべてが、偉大な芸術家たちの作品に勝るとも劣らない、抽象画のような美しさだった、と。

みんながようやく彼と知りあいになりかけたころ、ヘリコプターが一機、風を巻きあげながら村に到着した。みんな避難した。風をよけるため、そして軍人たちを避けるため。

着陸するとすぐに、軍人たちはガガーリンを取りかこんだ。そしてわたしたちに、彼のじゃまをするな、休ませるようにと言った。そんな言いかたはないと思った。彼はずっとにこにこして、わたしたちとしゃべるのを楽しんでいたようだったのだから。

ガガーリンは、現れたときと同じく、風のように消えた。わたしたちの前から。もうもうとした砂ぼこりだけを残して。

最後にヘリコプターのドアのところから、彼はさようならと挨拶してくれた。けっして笑みを絶やさなかった。あの人はほんとうに、なんと楽しい大騒動を巻き起こしてくれたことだろう。

でもわたしの心のなかのどこかで、これで終わりにはならないだろうという声がしていた。人生に痛めつけられてきたわたしは、そういった勘が働く……。


表、裏、表、裏。

あのときわたしの父は、無理やり取りあげられるぐらいならと、何もかもを打ち捨てた。土地、道具、何羽ものガチョウ、ロバ、子を孕《はら》んでいた雌牛。冬を越すために、わずかばかりの大麦と小麦だけを残して。ところがそれを知った隣人が、鉄のシャベルを振りあげてやってきたのだ。父は頭を殴られ、血を流して倒れた。やってきた隣人の仲間たちは、それを見て大笑いし、手を叩《たた》きながら、もっとやれと囃《はや》したてた。

母とわたしは、すべて見ていた。あいつらは人間じゃなかった。わたしたちには、そんなことをされるいわれはない。富農《クラーク》じゃないし、金持ちでもない。ただの貧しい農民なのに。

このことがあってから、夜になると町の労働者たちは、うちに石を投げにくるようになった。閉めきったよろい戸に、つぎつぎ石の当たる音がした。おまえらのせいで、うちの女房やガキどもは砂利しか食えねえんだぞ、と怒鳴る声も聞こえた。家の外壁には「独《ひと》り占め野郎の家」「小麦を隠した恥知らず！」「種を出せ！」と落書きされた。

奇跡的に命を取りとめた父は、そういった落書きを、濡らした新聞紙で毎朝消した。隣人たちに嘲笑されながら。モスクワから要求される収穫高は、達成不可能な数字だった。

ある日、貯蔵庫の奥で、父がまた倒れていた。もう息がなかった。過労のせいだったのか、誰かにやられたのか、わからない。もちろん捜査はおこなわれなかった。父がいなくなったのをいいことに、集団農場《コルホーズ》に雇い入れられた町の若いやつらが、わたしを暴行した。わたしは二十歳だった。処女だった。

あれから、わたしはいつも恐れている。警察《ミリツイヤ》を。ソ連軍を。村の委員長を。労働者たちを。KGBを。自分の影さえ。

ところがあの人、ガガーリンは、結局のところ、わたしを怖がらせなかった。ほんとうにやさしかった。礼儀正しかった――。

表、裏、表、裏……。


ガガーリンが行ってしまうと、みんないま起きたことについて口々《くちぐち》にしゃべりはじめた。細かなところまであれこれと。自分の話に、わたしが経験したことをつけ加えたがる人たちもいた。だがこんなことははじめてだったので、わたしは用心した。その後、家にKGBが来たからには、口を閉じているほうがいいと、自分に言い聞かせている……。

誰かが、ラジオであのユーリー・レヴィタンが二度めの発表をしたぞと告げたとき、あたりの騒ぎは、うっとりしたような幸福感に変わっていった。アナウンスはこんなふうだったという。

「飛行士、ユーリー・ガガーリン少佐は地球の周回軌道に完全に乗り、百八分の飛行のあと、エンゲルスの地に着陸しました」

村じゅうにこれほどの喜びが広がったのは、ナチスドイツに勝ったとわかった一九四五年五月九日以来のことだ。誰もかれもが抱きあい、キスし、祝った。ガガーリンの快挙は、わたしたちの快挙になった。まるでわたしたちが宇宙に行ってきたかのように。そして無事帰ってきたかのように！

大工のコンスタンチンが、ガガーリンとヴォストークが着陸したところに、記念の看板を立てようと言いだした。ほとんどの人が賛成した。ただどこの時刻を取るかで、少しもめた。モスクワ時間か。サラトフの時刻か。あとで問題が起きないように、首都の時間にしておくのがいいだろうとコンスタンチンが言った。というわけで、十時五十五分と決まった。そしてみんな帰っていった。


編み物は、もうやめよう。目を飛ばしてばかりだ。このままこのマフラーを編みつづけたら、明日ぜんぶやりなおさなくてはならなくなる。カップのお茶は冷めてしまったし、サモワールに残っているのは苦くなりすぎた。もう寝に戻るしかなさそうだ。フョードルは鼾をかいている。あいかわらず。ときどき何秒か息が止まることがあって、そうするとわたしは、彼の心臓が止まってしまったのではないかと怖くなる。永久に止まってしまったのではないかと。彼なしで、わたしは生きていけない。わたしの不安のしずめかたを知っているのは、あのひとだけだ。

はじめて会ったとき、わたしは二十一だった。春祭りでのことだった。わたしが性暴力を受けたことを、彼は知っていた。加害者どもが自慢げに言いふらしたのだ。それでも彼は嫌がらなかった。

わたしは巨人みたいな彼の肩にやすらいだ。率直なまなざしにも、大きくて毛むくじゃらの手にも。このひとといっしょなら、もう何も怖くないと思った。ＫＧＢが来るまでは……。

リタと畑から戻る途中、おかしいとは言わないまでも、どうにも落ち着かない様子の男に出会った。ヤーコフ・ルィセンコと名乗り、シェフチェンコのトラクターに乗っていると言う。シェフチェンコというのは、このあたりで農民が工作機械などを調達する共同修理工場の名前だ。〈この人、何か話したがってるけど、話しだせないのね〉とわたしは感じた。視線に動揺の色が見える。わたしのなかの何かが、話させる方向へもっていったが、それでもその人はまだためらっていた。そしてわたしをまじまじと見た――人のよさそうなおばあさん、かわいい女の子と手をつなぎ、もう片方の手には子牛の引き綱を握っていて、どう見ても害はなさそうだ。

一方、わたしは心臓がドキドキしてきて、いつでも逃げられるように身がまえていた。その人が話したがっているのは、わたしの畑とガガーリンに関係あることにちがいないと感じていた。

ろうそくの火がどれも揺れている。じきに消えてしまうだろう。体は疲れきっているのに、眠りは訪れない。昔、パン生地をこねていたとき、わたしのふんわりした大きなスカートのなかに入ってきたパーヴェルのことを思い出す。リタと同じで、あの子も畑についてくるのが大好きだった。雑草を抜き、犂で土を掘り起こしてくれた。わたしを楽しませようと、クルィロフの寓話《ぐうわ》[3]詩《し》をいくつも暗唱してくれた。学校で先生といっしょに読んで覚えたのだ。ノートにはその詩がたくさん書いてあり、ていねいに絵もつけられていた。そこでは音楽家たちが、商人たちが、白鳥たちが、カラスたちがいきいきと登場して、わたしに新しい地平を開いてくれた。

落ち着かない様子の男、ルィセンコも、あの音を聞いていた。スメロフカから三、四キロのところで、穀物用の小さな一区画を耕していたときに。何度も耳の割れそうな音がし、続いて地面が揺れた。彼もリタと同じように、まず空を見あげた。それからあたりを眺めた。だが何もかも、いつもどおりだ。そこでまた機械を動かしはじめた。

そのときだった。カーテンのようなカバノキの木立ちのむこうに、黒く巨大な球《たま》が、煙を上げながら落ちてきたのだ。危ないところだった。ふと見ると、球のまわりには大きな穴がいくつも開いていた。落ちてから何度も地面で跳ねた跡だろう。

ルィセンコが見つけたときには、球からは何の音も、光も、出ていなかった。ただ後ろにパラシュートがたくさん、とぐろを巻くような形で絡まっていた。もう解きほぐせないように見えるほど、こんがらがって重なっていた。

戦争に行っていたルィセンコは、これはおそらくなかで操縦士が、少なくとも人が、身動きがとれずにいるのではないかと思った。それで手助けを求めて倉庫まで走った。こんな奇妙なことに、一人で立ちむかいたくはなかったからだ。

「あなたの立場だったら、わたしもそうしたでしょう……」とわたしは言った。

ルィセンコは、トラクターの運転手たちを引きつれて戻ってきた。そしてカバノキのカーテンを過ぎたところで、中学生の一団がいるのに気がついたのだ。怖いもの知らずの子ども二人とやってきたらしく、みんな勝手に球にさわったり、なかに入ったりしている。宇宙食のアルミチューブを空《から》にし、放り投げて遊んでいる。ルィセンコは仲間と、その子たちに大目玉をくらわせ、最後に「警察に引きわたすぞ」と一喝した。みんなスズメの群れのように散りぢりになった。

ところがルィセンコたちは、子どもたちのようには球のなかに入っていけなかった。缶詰の缶よりよほど大きい球なのに。どうすればいいかと考えあぐねるうちに、どこかからエンジンのうなりが聞こえてきた。何台ものトラックが、野原を横切ってやってくる。それは近くの軍事基地からで、トラックからは何十人もの兵士が降りてきた。まるで襲来されたかのようだった。

兵士たちは球を取りかこみ、ルィセンコたち全員の両手を上げさせた。犯罪者であるかのように。それから一人一人に何者であるか名乗らせ、ポケットを裏がえしにさせたりして、身体検査をした。武器は何もないとわかると、張りつめていた空気がわずかにゆるんだ。それから兵士たちはあたりに非常線を張り、ルィセンコたちはまだ解放されず、士官が進みでた。名はガシエフ、少佐だと言い、以後きみたちに何かあるなら責任者は自分なので、この名は覚えておくのが身のためだと言った。

ルィセンコはここで青ざめ、体をこわばらせた。そして平静さを失っていくのを見て、わたしも同じように大変な目にあったことを伝えようと、ガガーリンとのことを話した。

パーヴェルは、十五で死んだ。一九四二年十月四日の明け方に、家から出征した。わたしが起きる直前に。わたしに泣かれたくなくて。前線で父親に合流したかったのだと思う。でもまだほんの子どもだったから、軍からはそう望まれず、そう配属されなかった。あれほどたくましく、覚悟も決めていたのだから、それでよかっただろうに。誰にとってもよかっただろうに。

あの子はいくつもの戦闘に参加して、敵地偵察の任務を果たしたと聞いた。何も、誰も恐れなかったのだ、わたしのパーヴェルは。ただドイツ空軍《ルフトヴァッフェ》の爆撃には、もっと用心するべきだった。雹《ひょう》が降ってくるどころの話ではなかったのだから。夜間、就寝中に、あの子は頭を直撃された。

フョードルが亡《な》き骸《がら》を捜しにいったが、まるで瓦礫《がれき》の山に飲みこまれてしまったようだったそうだ。ファシストの爆撃のあとには、灰と、廃墟と、深い悲しみしか残っていなかったという。その後調べたところでは、爆弾のなかには一トン以上のものまであったとか……。

死んだパーヴェルに、軍は大祖国戦争勲章と勇気勲章をくれた。その二つを、わたしは行李《こうり》のなかの、わたしの花嫁衣裳の下にしまった。以来、ふと触れたり見えたりするたびに、目がどうにもしみてきてたまらない。

フョードルとは、あの子の話はタブーになった。思い出すことも、名前を口にすることも、もうできない。どんな場合でも。フョードルは写真まで破いた。自分が生き残ったことを悔いていた。あの子を守ってやれなかったことを悔いていた。

ルィセンコはわたしの話を聞いて、わたしたちは二人とも同じ窮地におちいったのだとわかり、秘密を打ちあける気になった。つまり……彼が球を発見したとき、なかは空《から》だったということは、たとえ誰にであろうとけっして言ってはならないということを。もし誰かに訊かれたら、答えはこう。「ユーリー・アレクセーヴィチ・ガガーリン少佐は、着陸したとき宇宙船に乗っていました。宇宙船の横ではなく、なかにいました」[4]。さもなければ、ルィセンコは仲間もろともシベリア送りになるという。

これを聞いて、わたしは汗が噴き出し、めまいがしはじめた。耳鳴りもしていた。何もかもがぼやけはじめた。そしてわたしは丸太の上に倒れた。朝切られたばかりの樅《もみ》の木の丸太材だった。ルィセンコはわたしに、倒れるのも無理ないと言った。おれなんか、目を血走らせたドイツ兵たちを見て以来の怖さだったよ、あれは。

幸い、リタはこのとき子牛と溝に入って遊んでいて、わたしを見てはいなかった。

ルィセンコはこんな話もしてくれた。

「おれがまたトラクターに乗ったとき、あの偉人が制服私服の大勢に護衛されて、ヘリコプターからちょうど降りてきたんだ。ベージュの長いコートを着て、黒い大きな帽子をかぶってた。全員を従えてるようだった。で、あの球をやさしくなでたんだよ。キスもした。祝福した。まるで球が生きてるみたいにさ。すごく変だと思った。おれのまわりはみんな笑ったよ。ま、多少なりともこっそりとな。特に、修理が終わればあの球がまた宇宙をまわってこられるだろうって言ったときにはさ」

ルィセンコは、ガガーリンがみんなをだまそうとしてるんじゃないかと思ったそうだ。

「だってあんなに汚くなっちまって、石炭みたいにまっ黒だし、ひび割れだらけだし、そこらじゅうに電線が出てるっていうのに」

宇宙船を愛してやまない紳士は、ルィセンコに会いたいとたのんだそうだ。そして、「私のヴォストークを、何もわからない者たちから守ってくれてありがとう」と、熱心にお礼を言ったという。

それから一行は、大きな黄麻地《ジュート》で球を包み、トラックに載せて、ここから遠いどこか安全なところへ運んでいったのだそうだ。


幸運なことに、わたしにはピョートルが残された。オレグとリタも。そしてフョードルも……。


思ったとおり、わたしが帰宅したとたん、KGBの男たちが踏みこんできた。孫とはもういっしょでなくてよかった。もしいっしょでも、一目散に逃げただろうけれど。男たちは六人。全員黒ずくめで、靴屋から出したばかりみたいにぴかぴかの、茶色い靴をはいていた。

そのなかの一人から、窓の下に置いてある木のベンチにすわるように言われた。隣人がぜったいのぞいている。のぞいて大喜びしている。そしてわたしがKGBに目をつけられたと、そこらじゅうに触れてまわるのだ。

KGBの男のほうは立ったままで、わたしが見たもの、したこと、その理由、どのようにということまで、くわしく述べるようにと強い調子で命令した。わたしは何もかも話し、一つも隠しだてしなかった。男たちはわたしの言葉をタイプライターで記録した。

終わると、男は薄ら笑いを浮かべた。抜け目なさそうな笑いだった。そして額を圧《お》しつけてくるのかと思うほど間近まで、わたしに顔を寄せると、わたしが世間に話すべきおとぎ話を、ひとことずつはっきり区切って覚えこませた。

「わたしはリタと、ユーリー・アレクセーヴィチ・ガガーリンが、宇宙船から出てくるところを見ました」

また、ガガーリンはきれいな状態で楽々とヘルメットを脱ぎ、酔っぱらいのようにではなく、まっすぐしっかり歩いたということも証言しなくてはならないと、長々と言われた。

「すべて完ぺきにおこなわれました」

そう言えと命令された。

もし少しでも違うことを言ったら、わたしにもルィセンコや仲間たちと同じ運命が待っているのだ。

思わず、若いころの最もつらかった日々がよみがえってきた。

また汗が噴き出る。しゃっくりが出る。震えが止まらない。

フョードルが文句を言いながら、目をさます。でもわたしの様子を見ると、抱きよせて、腕を絡め、ぎゅっと抱きしめた。このひとは蔦《つた》。わたしは木。わたしの骨が音をたてた。痛いはずなのに、心がなごむ。わずかに。

「何があったの、アンナ」

「……」

「話してごらん、アンナ」

「あのね……」

わたしは脈絡もなくばらばらに、でも途切れることなく話し、最後にはすべて語り終えていた。金魚鉢をかぶっていたガガーリン、子牛を逃がしてしまったリタ、エプロンで拭いたへど、ヘリコプターが巻きあげた砂ぼこり、野原にぽつんと残されていた宇宙船、ルィセンコとトラクター、チューブを空にした子どもたち、宇宙船をやさしくなでた人、言われたとおりにしなければKGBの残酷な仕打ちと強制労働収容所《グラーグ》が待っていること。

一つ話すごとに、フョードルは何か言ってはわたしを安心させてくれた。そしてこう結論づけた。

「アンナ、言われたとおりにしていれば、すべてなるようになっていく。きみとおれは、この国が何をするか知っている。どんなひどいことをするか。いずれにせよ、強いのはやつら。おれたちは無力だ。革命前の農民《ムジーク》より、さらに無力なんだ……」

そのとおり。まったくそのとおりだ。ささやかな、いまのこの平和を守るためなら、ちょっとした嘘《うそ》がいったい何だというのだろう？　何でもない。

疲れはてて、わたしは大きなあくびをした。フョードルにも伝染した。フョードルのあくびを見ていると、顎《あご》がはずれてしまうんじゃないかといつも心配になる。夜明けも近いだろう。少し眠らなくては。眠らなければ、集団農場《コルホーズ》で体力がもたなくなる。わたしは眠りにつく体勢を、フョードルの体の凹凸《おうとつ》に合わせて決める。お互い体がぴったりはまる。そうして、うつらうつらと……。

「アンナ、ちょっと気になることがあるんだけど」

「……」

「ねえアンナ……」

「なに？……」

「その、チューブに入った食べものの話ってのが、よくわからなくて」

わたしは起きあがり、両肘をついたところで、梁に頭をぶつけた。目から火花が出そうだったが、答えた。

「ルィセンコが軍人に聞かされた話では、ガガーリンは飛行中にやらなくちゃならない任務がたくさんあって、食事もそのうちの一つだったんだって。でもお皿にのせた料理は宇宙船に入れられないから、ぜんぶ裏ごししてチューブに詰めたのよ。その残りを、宇宙船のまわりで遊んでた子どもたちが見つけて、ルィセンコが行ったときには、みんな口のまわりじゅうチョコレートだらけ、鼻の穴までチョコレートを詰めてた子もいたって」

「なんだそうか、じゃあ、誰にとっても大変な日だった、ってだけでもなかったんだな！」

「アントンにとってもね。葦《よし》の茂みで救命ゴムボートを見つけたんだって。ヴォルガ川に鮭《さけ》を釣りに行くとき、それを使うって喜んでたわ……」

同志レーニン、太い眉をそんなにひそめて、わたしを見ないで。じきに、何もかもまたいつもどおりになりますね。ここに、フョードルがいるから。

（訳注）

1　ウラジーミル・イリイチ・レーニン（一八七〇―一九二四）。

2　ナチスドイツ軍と戦った第二次世界大戦を、旧ソ連ではこのように呼んだ。

3　イワン・クルィロフ（一七六九―一八四四）十九世紀ロシアの作家、詩人。寓話詩の作者として有名。

4　当時の国際航空連盟（ＦＡＩ）のルールでは、宇宙飛行士は宇宙船から離れてではなく、ともに着陸しなければ宇宙飛行成功とは認められないとされていたが、ガガーリンは射出座席ごとパラシュートで降下した。

3　二番手の男 ――一九六二年四月十二日

ソ連　ヴォルゴグラード州　レニンスク警察分署の留置場

「おまえのアホな話を聴きたがってるニキビ面《づら》のいも学生の前で、学者犬《がくしゃけん》みたいなことをやらされるのがうれしいとしてもだ……そうだとしても、片方の耳ぐらいは動かさずにいろよ」ゲルマン・チトフは、そうからかった。「ともかく、おれはずらかる。かんで含めるようなやつらの演説が、一日で三回めときちゃあ、いいかげん殺意を感じるってもんだぜ……」

ユーリー・ガガーリンは、あっけにとられた。友人チトフのむら気には慣れていたが、ここまで言うのははじめてだ。義務と、意欲と、権力のあいだで揺れ動いていたガガーリンが、いま言われたことを考えるうちに、チトフ本人は非常口からほんとうに消えた。一方ガガーリンは、いかめしく高圧的な顔だちの中将から、演壇に上がるようにとせかされた。演壇で、マイクとコップ一杯の水が待っている。

「同志飛行士諸君、こんばんは……」

その声を背に、逃げだしたチトフは非常階段を駆けおり、スターリングラード空軍士官学校の玄関ロビーに出た。一九五七年、特に優秀な成績で航空学免許を取得し、卒業した母校だ。だがこのときは、誰もチトフの逃走に気がつかなかった。名高いこの学校の門を警備していた兵士でさえ。

自由になった気ままな男は、愛車のヴォルガに飛び乗ると、少し走って最初に現れた大通りに入った。カマーニン中将のことも、捕まえられる可能性も、考えていなかった。ガガーリンのことなどなおさらだ。人形のように使われるのが好きなら、それはあいつの問題だ。おれには関係ない。

街の中心部を過ぎると、ゲルマン・チトフは一気にスピードを上げた。エンジンのうなりと力強い加速が快感だ。わずらわしい仕事から解放されて、彼は人生にむかってほほえみ、大声で歌いだした。

「『それは飛行士の夢、高く、さらに高く』」

アフトゥバ川のほとりに着くと、古ぼけた木造納屋のわきに車を止めて、マルボロを一本吸った。コペンハーゲンの空港で、一箱買ったうちの最後の一本だ。さわやかな風で、頭も冴《さ》えてくる。天空はどこまでもはるかだ。無限の広がりのみが、彼の心を癒す。

続いて車のグローブボックスからビールを出すと、一気に飲みほした。一九六一年八月七日、地上に帰還したときと同じように。

新たなアルコールの流入で心身ともに高揚し——夕食のとき、すでにウオッカを一リットル近く飲んでいたのだ——、ゲルマン・チトフは上機嫌で、ふたたびハンドルを握った。そしてアクセルをいっぱいに踏みこむと、この世界には自分ただ一人しかいないような気がしてきて、月を、その上に見える影《クレーター》を、どこまでも追いかけるように走った。

ふと、夢の世界には不似合いな軍用機のエンジン音が聞こえてきたのに気をとられ、彼は、森と道の境でイノシシが一頭、こちらをうかがっているのを見落とした。イノシシは、放射状に広がるヘッドライトの光のなかで、黒いぼんやりした塊になり、ヴォルガのタイヤにむかって全体重で突っこんできた。

もしぎりぎりのタイミングでハンドルを切らなかったなら、チトフはまちがいなくクレムリンの壁墓所《かべぼしょ》[1]行きとなって、スターリンやクラーシンらの仲間入りをしていたことだろう。四《フォー》ドアセダンの新車はそのままガードレールに激突して、大破した。だがチトフのほうは、無事だった。すり傷さえなかった。けれど衝撃でふらふらになった。非常にふらふらに。

おぼつかない足どりで車から出て、ボンネットの正面を飾っていた鹿のエンブレムをむしり取ると、彼は湿った草の上に倒れ、そのまま気を失った。

やがて通りかかったパトカーに発見されて、助け起こされ車内に押しこまれ、手錠をはめられた。服も髪も乱れきった男が、毛穴という毛穴からビールとウオッカの臭いを発散させている。これは目をさますまで放っておくのがよかろう。

というわけで、ゲルマン・チトフがアルコールによる昏睡《こんすい》から目ざめたのは、二十二時三十分ごろのことだった。ヴォルゴグラードから約七十キロ、レニンスクの警察分署にある酔いざめ用独房のなかだったが、本人は直前までのことを何も覚えておらず……最初に目の前に現れた者に食ってかかろうと、蚤《のみ》にかじられたボロぶとんに入ったまま、手の届くところにあった水差しを、黴《かび》の広がった壁にむかって投げつけた。と同時に、どうにも小用を足したくてたまらなくなり、割れるような大声で、ここからおれを出せとわめいた。

「おれは、ゲルマン・ステパノヴィチ・チトフだ！　チ、トフ！　チ、ト、フ！　聞こえてるか？　宇宙での人類滞在時間新記録を打ちたてた男だ……。おまけにおれは、むこうでションベンしてきたんだぞ！　宇宙での人類初ションベン、やったのはこのおれさ。二十五歳で。え、どうだ！」

その日の当直だった警備兵三人は、ちょうどキャベツと肉のピロシキにかぶりついたところだったので、このわめき声は無視することにした。しばらくして三人がお茶を飲むころには、こうした手合いもすっかりおとなしくなるものなのだ。

ところが今日の男は、自分が「宇宙を征服したすごい人物」で「共産党書記局の高官に支援者が何人もいる」と、あまりにくり返すので、警備兵たちはともかくとして、警察分署の署長が内心気がかりになってきた。

そこで署長ヴィクトル・ワセリュークは、気がかりなそぶりなど少しも見せずに立ちあがると、今夜の「お客さん」の顔をちょいと眺めてみることにした。

正気ではなさそうな目、チンピラのような態度――これは本人が主張している人物である見こみは、まずない。いや、ありえない。

第一印象に自信を持って、署長は部下たちに、早く夕食を終えるようにうながした。そして上着を整え、ズボンの折り返しを引っぱると、一人でゲルマン・チトフの独房におもむき、ライオンのように吠《ほ》えた。こういう無作法な輩《やから》をしずめるには、それがいちばんなのだ。

「やめんか、騒ぐのは！　部下たちは、あんたをもう相手にもしたくないようだ！　ここらじゃ誰も買えないような高級車を壊したからって、あんたが誰かだってことになりはしない。誰かにしては、育ちが悪すぎる。どう見たってそうとは思えんから、あんまり騒ぐと、騒ぎを起こしにここへ来た者ということにするぞ。そもそもあの車はどこで盗んだ？」

一瞬のうちに、ゲルマン・チトフには満員の階段教室が、赤い目をしたイノシシが、コンクリートのガードレールがよみがえった。つぶれた車の鹿のエンブレムも、それを踏みつけた靴も。罪の意識は感じないまでも、気まずく思っただろうか。見たところ、何も表情に出なかった。まじまじと見ていた牢番は、こいつは一歩も譲らない気だなと見てとった。

「ちゃんと仕事してくれよ、え？　すぐにおれを電話のところへ連れてって、ニコライ・カマーニン中将に、おれは大丈夫だって言わせてくれ。そしたら中将が、こんなとこからただちにおれを出してくれるから！　あんたは自分の愚かさを後悔するだろうよ、同志。おれがあんただったら、大急ぎでやるぜ。あと一秒で動かなきゃ、あんたの次の行き先は、ウフトペチラーグの強制労働収容所《グラーグ》の鉱山にまちがいないからな……」

この厚かましさには恐れ入ったものの、警察分署長は、彼を電話のところへ連れてはいかなかった。ただ、あらゆる不手際を避けるため——そして先行きを多少なりとも危惧したため、署長は自らが中将に連絡すると言った。

男に選択の余地はなかった。

さて、まったく意外なことに、「二十五歳で宇宙での人類滞在時間新記録を打ちたてた」とわめいていた運転手の自慢は、本当だった。

的を射た三つの質問で、カマーニン中将はその「裏切り者」の身元を——きびしい言葉を発しつつ——認めた。とはいえ、釈放しろと命じはしなかった。それどころか、夜明けまで「ブタ箱」に入れておけとのこと。

「あいつにはいい薬になるだろう！　まったく何様のつもりだ、いまいましい、あのばか者め。やつには私が往復びんたを食わしてやる、この私が！」

「同志中将、自分は何と言えばいいのでありましょう？　中将と話した内容を訊《き》かれました場合」

「『おまえはもうわれわれの戦力からは除外された。ふたたび飛ぶことはないであろう。勝手なふるまいや気まぐれにはもううんざりだ』。それで少しは不安に思って、自分の行動がどういう結果を招くか考えてみるといい。まったく時限爆弾のような男だ……」

「かしこまりました、同志中将」

「明朝六時に釈放するよう、準備しておいてくれ。ヴォルゴグラードから兵士二名を派遣させ、引き取りに行かせる。すべて内密に。これは国家機密だ」

「お任せください、同志中将」

受話器を置くと、ワセリューク署長は少々途方に暮れ……肩を落とした。あんな品のないやつが、ゲルマン・チトフとは。一九六一年八月七日、二度めの——もし一九六一年五月五日の、アラン・シェパードによるアメリカ初の宇宙飛行を入れるなら三度めだが、たった十五分の弾道飛行など、ソ連の国民にしてみれば問題にならなかった——有人宇宙飛行に成功した翌日、世界じゅうが注目したあの温和な表情の飛行士その人とは、署長はとても信じられず……信じたくもなかった。あの宇宙飛行士に、いったい何が起きたのか？　なぜあんなにけんか腰で、憎しみを抱えた人間になってしまったのか？

その謎を解きたくて、署長は新しい水の入った水差しと用足し用のおまるを持ち、チトフのもとに戻った。

不安と孤独がない交《ま》ぜになっていたチトフは、怒鳴るのを抑え、あたたかみがあるとさえ言えそうな口ぶりで話しかけてきた。

「署長、いつ釈放してくれるのか教えてもらえますか？　僕は忙しい。あちこちで仕事がある。世界じゅうが僕を待ってるんです」

「酔いがさめたようだな。何よりだ」

「僕はすぐ出られるのか、出られないのか」

「出られない。あの電話番号には誰も出ず、話はできなかった。そのため、きみにはここで一晩過ごしてもらわねばならない。きみは公道において酩酊状態《めいていじょうたい》で逮捕され、身元もわからない。

何の身分証明書も携帯しておらず、きみが言う人物だと証明するものもない。機械に入れて身元調査をするには、もう時間が遅すぎる。甘んじてここで過ごし、明朝ヴォルゴグラードから指示があるまで待つことだ。つまり……きみの言うカマーニンが、電話に出るまでな」

「嘘《うそ》だ、ありえない。『星の街』には二十四時間、人がいる。女性職員が二人、昼夜交替で働いてるんだ!」

ゲルマン・チトフは怒り狂い、はじかれたように立ちあがると拳《こぶし》で壁を殴った。壁はぼろぼろと崩れ、そのままそこに深い亀裂ができた。チトフは勢いづき、目をらんらんと輝かせて署長の目を見すえた。だが署長は平静なままだ。言いぐさが本当かどうかもわからない。チトフは独房の鉄格子を両手でつかむと、絶望的なしぐさで揺さぶった。もちろんびくともしない。沈黙が続くうちに、古い大時計が一音ずつ二十三時を打ち、チトフはふたたび口を開いた。

「で、どうする? あんたは門を開けて、世間を騒がせることなくおれをここから出すか、それとも意地を張って、あんたのちんけな経歴上最大となるあやまちを犯すか?」

署長は答えなかった。そして〈この男はたしかにゲルマン・チトフ、ユーリー・ガガーリンの打ちあげで控えの飛行士だったあの男だ〉と内心認めながら、少しも動じず、これからのもくろみを口にもしなかった。

多くのソ連国民同様、ワセリューク署長も、一九六一年四月十二日にスモレンスクの農民の子が宇宙に行った興奮から、まださめてはいなかった。そして手に入るかぎりの新聞記事を読んだが——つまり、たいしたことは読めなかったということで、ソヴィエト社会主義共和国連邦は、それほど妄想ばかりをふくらませていた――ついに第一級の証人を、直接問いただすことができるのだ。

おまけに、孫娘も喜ぶことだろう。孫娘のオクサーナは、この国の大勢の子どもたちと同じように、ガガーリンの大ファンだ。そして八歳という年齢ながら、ガガーリンの公式伝記作家になりたいと夢みているところではなかったか？

「きみがもし本物のゲルマン・チトフなら、ユーリー・ガガーリンをよく知っているはずだな」

「この一年、ペアでやってる」

「ペア？」

「ラブバードみたいに」

ワセリューク署長はとまどって、せせら笑うべきか、こんなやつはやはりボコボコにしてやるべきか、考えた。チトフは署長の不意をついて、鳥類学の講釈を始めた。

「ラブバードってのは、つがいがとても愛しあって、いつも二羽でくっついてる鳥だ。学名はアガポルニス。ボタンインコ属。な、ユーリーとおれもそんなふうさ。ただ……たがいに愛を感じていても、ときどきは自分の翼で飛びたいんだ。でも……おれたちの意見なんて、誰も興味がない。興味があるのは、どこの仕立てのズボンをはいてるかとか、カマーニンが了解したあちこちで、コンビのどんな出しものをやるかとか。ブラジルのブラジリア、カナダのハリファクス、スリランカのコロンボ、リビアのトリポリ、それに……スターリングラードの空軍士官学校。ユーリーとおれとで、全世界がうらやむやつの国際有人宇宙飛行一周年記念を、豪勢に祝うことになってたってわけだ！」

チトフの演説を聞いて、署長は彼を正しい地位に据えなおしてやることにした。

「そうだな……きみは二番手の宇宙飛行士だったことを認めようじゃないか……宇宙飛行士第二号……ナンバー2だ。一九六一年四月十二日、もしものことがあった場合に、ユーリー・ガガーリンの代理を務める役だった。それについて、私にも聞かせられるいい話がいくらもあるだろう。私はガガーリンの大ファンでな……興味が尽きないんだ」

「宇宙飛行士第二号」は唇をかんで、こんなことを言う相手に罵声を浴びせたいのを、なんとかこらえた。いつもそうしているのかどうかは、神のみぞ知る。

「何でもかんでもガガーリンの話に持っていくのを、やめさせる方法はないもんですかね？　ガガーリンがどうした、ガガーリンがこうした。おれだって同じ一九六一年に、ちょっとした宇宙飛行をしてるんですよ。去年の八月六日と七日、地球のまわりを十七周した。一日と一時間十一分飛んだ。それに対してユーリーは百八分、それもたった一周じゃないか。しかも完ぺきじゃなかった、やつの飛行は！　どうです、いい話ですか、それともどうでもいい話ですか？」

「ああ、もちろん私も、あのときソ連国民がこぞってしたように、新聞を読んだから知っておる。でも、きみ……きみは、はじめて宇宙に行った人間ではない。たしかに雲の上まで……吸える空気の上まで……行ってはきたわけだが」

この言葉で、ゲルマン・チトフは、最後の輝きまでも失ったようだった。そしてこの追いつめられた状況を切りぬけるには、屈辱の底からでも敵を丁重にもてなしたほうがいいという考えに、不承不承《ふしようぶしよう》折りあいをつけることにした。

「ぜんぶ話したら、もう一度カマーニン中将に電話するって約束してくれますか？」

「話なら聞きますよ、同志……チトフ？」

「そんな言いかたしないでください。嘘を言ってるわけじゃないことは、もうわかってるでしょう……」

容易には信じないというからかうような微笑が、署長の唇に浮かんだ。

「そんなところに立ってないで、僕の横にすわりにきませんか？　そしたら僕も、無理に声を出さずにすむし。今日は大きな声を出しすぎた……。特に正午《ひる》。レストランでユーリーの宇宙飛行一周年を祝った際に、乾杯の音頭は、僕のほかにも、つぎつぎ取るのがいて！　最後には、何のお祝いだかもうわからないような大宴会になった……」

署長はチトフのとなりにすわるのを断《こと》わり、この位置からじゅうぶんよく聞こえるし、きみの喉については知ったことではないと冷淡に答えた。

「どうぞお好きに。でもはじめに、一つ二つはっきりさせておきたいんです。見た目と違って僕は……僕は、あなたが思ってるような不愉快で恥ずべき人間ではない。傷つき、辱《はずかし》められた男ですよ。子どものころから思い描いてた夢のすべてが、一九六一年四月九日に、砕け散った。カマーニン中将が、初の有人宇宙飛行の実施に、ガガーリンを選んだから。わかりますか署長、このときはもう最終候補で、残ってたのはやっと僕の二人だけだったんですよ！　何千人のなかから二人だけ……」

喉が渇いたらしく、ゲルマン・チトフは水のところへ急ぐと、水差しからじかにごくごくと飲んだ。

「僕はがっくりきた。ひどくがっくり……。僕だって気がつかないわけじゃなかった。みんなと同じように僕だって、ユーリーが党に気に入られてることはわかってた。教官たちのお気に入り、コロリョフの秘蔵っ子。でも僕は、あきらめるには訓練に打ちこみすぎた。苦しみすぎた。身を引くのは、自分を否定することだった」

「……」

「だから運命に立ちむかった。記念写真では、ユーリーとちゃんと並んで写った。握手して、満面の笑みを見せて、やつの背中を軽く叩《たた》いてやった。やつの昇進を祝ってさえやった。僕に与えられるはずの昇進だったんだ。やつは僕より先に行くとわかったとき、喜びを隠しきれなかった。やつに悪気はなかったが、それはあまりに……あまりに、つらいことだった。最悪だったのは、僕によかれと思い、元気を出させようとして、やつが高らかにこう言ったことですよ。『じきにきみの番だよ、ゲルマン。じきにきみの番だ……喜べ！』キリストの十字架の道とはこのことだ……つらかった」

思わず聞き入っていた署長は、そろそろ壁にもたれているのに疲れてきて、先ほどのチトフの提案を受け入れることにした。そしてそこらにあった腰かけを持ちあげると、鍵の束をつかみ、途中でメモ帳と鉛筆も取った。話を書き取って、オクサーナが「生涯の大傑作」を物《もの》する助けとしてやるのだ。

ゲルマン・チトフは冷笑を浮かべながら、「僕の宮殿へようこそ」と署長を招き入れた。つねにどこかしら尊大なところのある男だが、ワセリューク署長はもう気にしなかった。それより話に引きこまれていた。大事なのは続きだ。そこで機嫌よくしていてもらおうと——なにより起きていてもらおうと——スカンポのスープを一杯ごちそうしようと言った。チトフは二つ返事で受け入れた。なにしろ昼間飲んだアルコールを、体がスポンジのように吸っている。

「よかったらプリャーニキ[2]もあるが……」

「あの、扉に鍵はかけなくてもいいですよ。今日はもうさんざんばかなことをした。あなたを置きざりにするつもりはないですから……」

「きみを逃がそうものなら、私はとんでもない目にあうんでね。私はもうじゅうぶん……」

「じゅうぶん？……」

「何でもない」

かわいいオクサーナを思うあまり、署長はかなりの危険《リスク》を冒していた。中将の命令を多少なりともゆがめたと思われた場合、待っているのは、よくて党除名、悪ければ投獄。さらに悪ければ強制労働収容所《グラーグ》行きだ。だが目的を果たしたいなら、冒そうとしていることを考えてはならない。孫娘のことだけに集中するのだ。まだ世に出ていない話を伝記にいっぱい入れられるとわかったら、どんなに喜ぶだろう。

囚人のために、粗末なコンロでスープをあたためてやるには、永遠かと感じられるほどの時間がかかった。縁が欠けた古いスープ椀《わん》一つを捜し、洗うのもまた同様だった。おかげで部下たちは、署の反対側からこの世のすべてを罵《ののし》る声がするのを聞きつけて、急いで駆けつけた。だが署長は、今夜の囚人と親密な距離を保ちたかったので、部下たちには、事務所に戻ってトランプのゲーム《ドウラーク》の続きをするようにと指示した。

「……お待ちしてました」

「誰に言っておる……」

「ユーモアに興味がおありかと」

「ふざけてる時間はそうないんだ。話に戻ろう。さっきのところからだ、いいか？　ガガーリンときみの違いは、何だったんだ？」

これを聞いて、ゲルマン・チトフは深くうなだれ、一気に先ほどまでのチトフに戻った。

「六センチ。たった六センチのくだらない差ですよ……。僕は身長が百六十三センチ、やつは百五十七センチ。狭い宇宙船に乗るには、小柄なほうがいいんです。どうにもできないことだった」

ワセリューク署長は驚いた。そして、ときに運命というものは、じつに取るに足りないことで左右されるものだと、心のなかでつぶやいた。

正直に打ちあけようと決めたのか、チトフは、ほかにも考慮の対象となった事柄がいくつかあったと話しだした。まず名前だ。彼は「ゲルマン」。プーシキンの『スペードの女王』の主人公の名にちなんでおり、父親の枕もとにその本があったそうだ。ソ連によくある「ユーリー」に比べ、ドイツ的な響きが強すぎて、ソ連の英雄となる者にふさわしいとは言えない名だった。

また大戦中、ガガーリンはチトフとは違って試練を経験し、乗りこえていた。土地の接収、爆撃、飢餓、占領軍の野蛮な行動……。やがて、「星の街」で働いていた若くかわいい看護婦と結婚し、宇宙飛行士第一号は、愛くるしい女の子二人の父となっていた。髪にリボンをつけたその子たちが写真に入ると、なんと絵になったことだろう。一方チトフ夫妻は、たった一人の子どもを亡くしていた……。

これを聞いて、署長は胸を締めつけられた。彼もまた、昔、まだ二歳だった孫娘を亡くしかけたことがあったのだ。小児麻痺《ポリオ》にかかったのだが、オクサーナは肺をやられなかったのが幸いして、なんとか持ちなおした。ただ脚《あし》に麻痺《まひ》が残り、松葉づえが必要になった。起こりえた最悪の事態を考えれば、これぐらいの障碍《しょうがい》なら運がよかったのだと、家族全員が考えた。

祖父母に育てられたこともあって、オクサーナはすっかりおてんばな子になった。いたずら好きでむこうみず、何にでもどんどん向かっていき、必要なら自分の障碍さえ利用する。というわけで、一九六一年四月十二日の夜など、非常に尊敬され恐れられてもいるレニンスク警察署長にたのみこんで、官舎の屋上から、花火を見せてもらったりもしたのだ――。

目の前の相手が物思いにふけっているのにも気づかず、チトフは嘆き節を続けた。

「おまけに親父《おやじ》のことも不利に働いた。金物屋とか溶接工とか、鉄道員ならよかったんだ。でもうちは教師だった。党から見れば知識階級《インテリ》、金持ちの仕事ですよ。それにひきかえユーリーの両親は、慎《つつ》ましくも農民でありつづけた。国のプロパガンダにもってこいってわけだ。ちょっとむこうの立場になればわかる。ユーリーは金属工場の見習いをして、工業学校に行った。両親は農民。まさに鎌とハンマー。祖国の象徴《マーク》そのものじゃないか！　話を作るにしたって、こうもうまくはいかないだろう。そんな候補と競うなんて、しょせん無理だった。いちばん頭がよくて、いちばん訓練の出来がよかったとしても。ガガーリンは、やつ自体がこの国の伝記の一ページなんだ」

中庭で、建物の軒に来ていた梟《ふくろう》が、静かに鳴きだした。やさしくもどこか物悲しげなその歌は、不運な飛行士の苦悩と響きあうようで、男たち二人はそれぞれにしんとした心持ちで耳を傾けた。やがて梟が翼を大きく羽ばたかせ、森のほうへ帰っていくと、ゲルマン・チトフはスープをもう一杯たのんだ。

体もあたたまり、元気が戻ってくると、チトフは自分がここまで話したことの可否を考えた。そして、いらいらした嫉妬深い人間と思われたくなければ、話の調子をやわらげたほうがいいと判断した。ユーリーのことは、もちろんうらやんだ！　でも同時に、敬服していたし、兄のように愛してもいた。それにしても、傑出した人物の控え役にまわされる者は、どのような場合であれ、自我《エゴ》に痛みを受けずにはいられない。

スープ椀の底をスプーンで引っかきながら、チトフは今日これまでの非礼を、署長に詫《わ》びたのだった。

「はじめてガガーリンと会ったときのことは、覚えているかい？」

「まるで昨日のことのように。いまからおよそ三年前です。モスクワの、ソコーリニキ軍用病院で。軍の採用係に集められた戦闘機のパイロットたちが、そこで健康診断と心理テストをつぎつぎ受けさせられた。僕らを調べた医師たちは、取り調べをする検事よりもひどかった。早い話が犬扱い、ばか者扱いだ。ユーリーがいったいどうやってああいう面接ぜんぶを乗りきったのか知らないが、僕はばか呼ばわりされて、頭にきた。親父の友人がとりなしてくれなかったら、『制御不能の反応』ってことで、帰されていたでしょう。とにかく天使のようにほほえんでいられる忍耐力が必要だった。ユーリーのような忍耐力が……。

　ユーリーは鋼鉄のような精神力で、すべて難なくこなしていきました。のちにユーリーと親友になったレオーノフ[3]と僕は、やつがこんな侮辱ぐらいどうってことないって笑顔で行き来するのを、眺めてたんです。ユーリーは検査の合い間ごとに、控室のすみに戻って『老人と海』を開いてました。もしやつがいらだってたなら、この冷静沈着ぶりは、むしろ笑える」

　ワセリュック署長は、オクサーナのために聴いているのを忘れないようにしながら、チトフが合格した数々の検査について訊いてみた。彼の場合、眼科医の検査が七回、心臓専門医が四回、消化器専門医が二回、精神科医が六回。家系についても全面的に細かく調べられ、三世代にわたっての報告書が作成されたという。まったくもって「疑い深く」、妻や両親、兄弟姉妹に加えて、友人など周囲の人間の心理学的適性まで調べられた。

「となり近所の人たちや、家の管理人のことまで訊かれましたよ！　あいつらみんな、どうかしてる」

「理論についてのテストもあった？」

「免除されてたものなんてないですよ。面倒な算数にしろ、最先端の速度にしろ。それでほとんどの候補者、十人のうち九人が振り落とされて、とにかく大変だった。あの年、いったい何回モスクワと家を往復したことか。少なくとも四、五回は。テストとテストのあいだは仕事に戻ったものの、候補者から落とされないようにと念じてました。それまではミグ戦闘機に乗れれば幸せだったけど、選考が進むうちに、だんだん……」

「厳密にはどうだったの？　自分たちが何の準備をしてるのか、わかってた？」

「わかってたとも言えるし、わかってなかったとも言えます。実際、みんな同じ疑問につきまとわれてた。『これは、まったく新しい何かに乗って飛ぶってことだろうか？』はじめはとにかく謎めいてました。でも率直に言って、月まで行ったルナ二号や、宇宙船スプートニクとライカのこともあったんで、次は人間を宇宙に……さらには月に、送りだすんだろうと、みんな思いはじめてた。だいいち当時新聞は、すでにその話題でもちきりでしたよね」

ワセリューク署長のメモは、目を見張るばかりのこの冒険譚《ぼうけんたん》でどんどん埋められ、まっ黒になっていった。もう少し字を小さくしなければ、じきにページが足りなくなってしまうだろう。ユーリー・ガガーリンの打ちあげまで、この時点の話からまだ一年以上あるわけなので、そうならないようにしなくては。

もし、孫の釣り竿《つざお》を捜してアフトゥバ川沿いをパトロールしていた部下たちが、釣り竿のかわりにゲルマン・チトフを見つけるとあらかじめわかっていたなら、署長は目を輝かせて大笑いしたことだろう。ちょうどいま、シーツの下にもぐりこんで、『こぐまのミーシカ』を読んでいるのであろうオクサーナにしても。署長にとって、三十五年間の勤務のなかで、今夜ほど愉快なことはなかった。

「選抜はどんなふうに続いた？」

「一九五九年の春には三千人ほどいたのが、十二月には二十人になりました。それが一九六〇年の三月に、六人だけになった。体がでかいやつ、反抗的なやつ、虚弱なやつ、酒飲みどもは、全員はずされた」

「きみが残してもらえたのは、幸運だったな。その性格からして……」

「いや、僕は一番でした」

「きみは謙虚なタイプではないね。きみは……」

「なぜそうでなきゃならないんですか。スピードでも高度でも、僕はユーリーよりたくさん記録を作った。どうもみんな忘れがちだから、自分でアピールしなくちゃならない」

「じゃあユーリー・ガガーリンは、どうして選ばれたのかね？」

「さっき言ったあらゆる理由からですよ。汚いまねはしたがらなかったが、机の前では、いちばん教養があったわけでも知識があったわけでもなかった。飛行経験でも、メーター上、二百三十時間飛んでたかどうか。いちばん年下の候補生より少なかった」

「最終的な候補生は、六人だったと言ったね。それはずいぶん少ないんじゃ……？」

「科学技術の面でも財政面でも、圧倒的なものを持ってたアメリカの不意をつくために、ソ連当局は、最初の野心を下方修正しなくちゃならなかったんですよ。宇宙飛行士を十人訓練できるなら、確実さのためにもそのほうがよかったんだろうが、設備が間にあわなかった。一九六〇年、モスクワから四十キロの森のなかに、秘密訓練基地『星の街』を作ったけれど、建設はまだ初期段階だった。宇宙飛行士見習いたちは、一棟だけの仮設の建物に全員詰めこまれて、そこで勉強し、食事をし、眠り、訓練もしたんです。

そのキャンプの頂点に君臨してたのが、ニコライ・ペトロヴィチ・カマーニン中将ですよ。恐れられ、嫌われてましたが、空軍のパイロットで、北のチュクチ海でチェリュースキン蒸気船が遭難したとき救助に大活躍し、大祖国戦争でも英雄になった。その彼が、『毛皮の手袋をはめた鉄の手』で一団を率い、全員の行く手について生殺与奪の権利を握ってました。父親よりも先生よりも、上司よりもまだ上の、ものすごい存在。宇宙飛行士見習いたちが、忠誠と永遠の服従を誓わなくてはならない全能の神だった」

「壁に耳あり」であるのを恐れて、ワセリューク署長は囚人に、もう少し声を小さくするように言った。囚人はそれを聞いて高笑いを始めたので、牢番はむっとした。

「おい、チトフ！　中将のことをそんなふうに言うもんじゃない！　参考までに言っておくが、きみはいま、酔いざめ用の独房に入ってて、私もまたきみの行く手の生殺与奪を握っておるんだぞ！」

思わず大声を出してしまい、部下たちに聞かれたのではと心配になって、署長は署内の見まわりをおこなった。取りこし苦労だった。部下たちは安物の蒸留酒にすっかりやられ、トランプの上につっ伏《ぷ》して鼾《いびき》をかいていた。いつもならそんな部下たちを、ちょうど木から洋梨を取るときのように揺り動かして起こすのだが、今夜はこのままのほうが好都合なので、そっとしておいた。

それどころか、部屋の明かりまで消してやった。

署長はタバコを一本吸いに、中庭へ出た。妻のダリヤに見つかったら大変だが、ここではそんな心配もない。ゲルマン・チトフに、おのれの言動の軽率さについて悟らせ、夕方から乱暴な試されかたをしているらしいその神経を、しずめてやらなくては。

毎朝、署長は禁煙を誓う。そして毎夕、破っている。この習慣は、スターリングラードの戦いにまでさかのぼる。あの市街戦の、最初のころにまで。というのも、その後は吸うものがなくなってしまったからだ。吸うものだけではない。飲むものも食べるものもなくなった。ツグミも猫もネズミも、みんな串焼きになった。

思い出に浸り、夜空を見つめるうちに、ワセリューク署長はふと思った。いつの日か、ソ連の人間がみな宇宙旅行できるようになったなら、と。星から星へ、列車で南西部クルスクから極東のウラジオストクまで旅するように。

夢想と希望で胸をいっぱいにしたまま戻ってみると、宇宙飛行士は、あいかわらずの様子でそこにいた。

「タバコは……ありませんか？　僕は車に……」

「私は吸わん」

「笑わせてくれますねえ」

ワセリューク署長は腹がたって、十本の指がむずむずしてきた。〈まったく、生意気なやつめ！〉だが拳《こぶし》を作るのではなく鉛筆を握るために、意識をオクサーナに集中させた。今夜大切なのは、かわいいあの孫娘だ。

ふたたび質問を始める前に、署長は大きく息を吸った。

「ひょっとすると、訓練について話してはならないのかとも思うんだが」

「おっしゃるとおり」

「だが、ここだけの話ということで、内密にすると約束したら？」

「先ほどからの走り書きの量を見てると、いくらか疑念を抱かずにいられないんですが。そもそもそれ、何のためなのか教えてもらえませんかね？」

署長は、ここは隠しだてせずに正々堂々といこうと考えた。いずれにせよ、八歳の女の子を喜ばせてやりたい気持ちに、不適切な点はないだろう。自分の署の留置場にチトフを入れているということを気づかう気持ちもあって、ワセリューク署長は孫娘オクサーナについて話した。昨晩、腕白ども三人とアフトゥバ川へ釣りに行き、溺《おぼ》れそうになったことも。

「釣った鱒《ます》だか鯉《こい》だかが重さ百二十キロもあって、二メートルの深さまで引きずりこまれたって言うんだがね、個人的には、あの子は一人で泳ぎの練習をしようとしてたんじゃないかと思うんだ。脚が悪いのに。半人半魚の海の精を信じておって、その『すばらしさと危険』を何としてでも書きとめたいらしい。その海の精を『守る』ためとかで。ジュール・ヴェルヌの『海底二万里』が大好きで、ネモ船長にあこがれておる。まあ、仕掛けた罠《わな》を見にきた密漁者に発見されなかったら、溺れていたところだったな。あの男は勲章ものだ。あのあたりの流れは見かけによらず速い。あと五分遅かったら、死んでただろうよ」

「いやいいですね、その孫娘さん！　無鉄砲を絵に描《か》いたようだ！」

ゲルマン・チトフも、十四歳のころ、自転車で転倒して手首を折ったことがある。だが誰にも言わず、一人で痛みに耐えた。やがて両親が気づいて、深刻な骨折だとわかったが、そのときにはもう整復が不可能になっていた。不運なことだったが、彼はそのころから飛行士をめざしていたので、腕立て伏せと平行棒の練習で手首を鍛えつづけたのだ。

「飛行士になるには、すべて異常なしじゃないといけないって親父から聞いてたから、必死でしたよ！　選考のときに、手首のレントゲン写真に問題が見つからなかったのは幸運だった」

「幸運というより、そりゃ奇跡だろう……」

「いまの、あなたがおっしゃったんですよ」

「しかし、オクサーナが海底探索をしたがるのはどんなもんかな……海流、クラゲに鮫《さめ》、みんながみんな、好意的ってわけでもないから」

「ああ」

「……」

「訓練の話に戻りますが、僕は秘密を守るよう書面で約束してます。でもそれは僕の訓練についてであって、ガガーリンについてではない。もしよければ、彼の訓練についてなら話せますよ。どっちみち、二人とも同じ地獄をくぐり抜けたわけだし」

この晩はじめて、ワセリューク署長はこの囚人に好感を持った。彼といることをうれしく思った。だがこれだけいろいろとわかったいま、うれしく思わない者がいるだろうか？

ゲルマン・チトフは、これから話すことは孫娘さんにも言わないよう約束してもらいたいと迫った。署長は右手を心臓の上に置き、おごそかに誓いを立てた。

「おかしな夜だ……」チトフがつぶやいた。

「ふむ、ここらで宇宙飛行士と出くわすとは、そもそもそうあることじゃないが、いずれにせよ今夜は、この地域で法が守られるよう励んできた私のこれまでを思うと、おかしな夜だな」

「たしかに僕の件は、なかなか珍しいでしょう……。さて、ユーリーの訓練は、知識面より身体面を鍛えるものだったんです。宇宙飛行は自動操縦でおこなわれることになってたから、ロケットのシミュレーターで二つ三つボタンを押せるようになればいい。そのかわり耐久力の訓練で、辛酸をなめつくしました」

「ほう？　それは驚いた。ガガーリンについては、オクサーナとあらゆるインタビュー記事を読んだが、何にもけっして音《ね》を上げなかったって、どれにも書いてあったぞ」

「なぜなら彼はつねに、けっして音を上げてはならなかったからですよ、ええ！　隔離室に閉じこめられて、気圧や温度を上げ下げされたり、完全装備でとはいえ七十度に達する熱さに耐えさせられたり。無重力に慣れるための急降下の飛行訓練や、水底深くへのダイビング、プールでの素潜り、振動機や回転椅子での三半規管の訓練は、多少ましだったかもしれないが、それでも楽しいとは言えやしないし、いちばんきつかったのは、遠心加速器に入れられての訓練でした。僕たちは『悪魔の風車《ふうしゃ》』って呼んでたが、体重が八倍、いや十倍の負荷になってかかってくる！　まさに拷問です。それに比べたら、雹《ひょう》が降るなかでの身体トレーニングも、上空マイナス三十度から何度も飛びおりるパラシュート訓練も、物の数に入りませんね！

しかし何より大変だったのは、けっして弱さを見せてはならないってことでした。訓練中、気を失ったりすれば、それでもう候補からはずされた」

「まるで実験用マウスだな」

「そうとも言えるし、違うとも言えます。なにしろ僕らは、マウスとは違って実験に同意してたし、自分の意思でやっていた。そこへ行くため、悪魔に魂を売りわたしてもいいと思っていた。そこがどこなのか、いつなのか、まったく知らされないままでも……」

「……」

「しかも、あらゆることに運命を左右された。黄疸《おうだん》が出たからとか、目ざまし時計が故障してたからとか、無作法な口をきいたからとか。ラーフィコフ[4]なんか『夫婦の不和を表沙汰にした』ってことで追放されたんだ！

おっと、これはよけいな話でした。まあそれで、ライバルは一人減ったわけですが。でも同時に、毎回……」

「……きみの不安定なところも見えた」

さまざまな訓練を思い出したことで、まだふさがりきっていなかったゲルマン・チトフの心の傷口が、ふたたび開いてしまったようだ。彼の目に苦悩の色が、額に怒りが表れた。宇宙船を操縦する飛行士に選ばれるため、生意気で挑発的な悪ガキを演じてきたのかもしれないこの男は、はったりをきかせながらも、どれほどの屈辱を耐え忍んできたことだろう。

ワセリューク署長は、まるで自分も苦しい訓練をすべて受けたかのように、どっと疲れを感じ、「ちょっと失礼」と囚人に言うと牢を出て、こっそりプラム酒を飲みにいくことにした。戸棚に鍵をかけ、しまってあるプラム酒だ。署長はこれに目がないが、周囲に知られてはならない。

まず三杯、署長はたてつづけに飲んだ。それから四杯め。じっくり味わって飲む。完ぺきだ。まろやかで果実味豊かで、ちょうど好みのアルコール度数。妻ダリヤによる自家製だが、ダリヤはこれを闇市場《やみいちば》で売って、ひと財産作った。彼女にはKGB高官の義弟がいて、義弟は妹の五十歳の誕生日にテレビを贈ったのだが、あの財産があれば、うちだっていつかテレビが買えることだろう。

幸い、ダリヤはヴォルゴグラードでその広口瓶を売りさばいている。もしそれがレニンスクで、住民たちにそうと知れたなら、署長の地位はそこで終わる。加えて、自由も。そして上層部からの容赦ない懲罰が待っているのだ。なにしろ「署長の妻」だ。懲罰の対象は、配偶者と子どもにまで及ぶ。

署長は戻ったが、囚人は、先ほどまでと同じ様子でいた。悲しみと、怒りを浮かべていた。もっとも布団に入っていた。駆け引きにたけているというタイプではないらしい。

「しつこくて悪いんだが、ガガーリンはどうやってその圧縮ローラーに耐えたんだい？　写真ではさわやかな顔しか見たことないが」

署長が戻ってきたのに気づいていなかったチトフは、びくっとして飛び起きたが、それからアッパーカットを食らったボクサーのように、手のひらで自分の両頬を打った。悪夢から、負け試合から、抜けだそうとするように。

　そして目がさめると、彼は微笑を浮かべた。べつによい前兆とも思えなかったが、それでもチトフは、ガガーリンへの称賛を口にした。

「ユーリーは特別でした。並はずれてた。顔をしかめることもゆがめることもなく、泣きごと一つ言わず、すべてをやってのけた。まさに人間の限界まで耐えられるんです。冗談だと思いますか？　全然。いまがいちばんまじめに話してますよ……。謙虚でねばり強く、すばらしい記憶力と、この上なく豊かな想像力に恵まれている。とっさの反応も的確で、意見はよく考えられ、ユーモアさえ交えられてる。分析は明快、あれで彼を……」

「おいおい、わからなくなってきたぞ。いちばんすぐれてたのは、誰なんだ？」

「知性と感性では、彼がすばらしかった。でも技術的には、あらゆる点でネリューボフ[5]と僕が勝《まさ》ってたんです。でも肝心なのは総合点。表彰台のいちばん高いところに上がるのは、彼だった。僕は二番めの台。いつも。僕らのなかで、誰が最初にロケットに乗るか投票すれば、選ばれるのは毎回彼だった。しかも全員一致で。ふつうの人間じゃないよな、あれは」

「いや、人間だ。誰にも反感を持たれなかったってことだろう。で、いいやつなのか？　新聞に書かれてたとおり、魅力的な男なのかい？」

　ユーリー・ガガーリンは非常に魅力的で、誰からも好かれた。宇宙飛行士訓練生たちのなかでただ一人、実験助手やX線技師の女性たちに言いよっても肘鉄《ひじてつ》を食らわされなかった。それどころか、その逆だった。あのあふれるような笑顔、自然な心からの笑顔で、何でも許されてしまうのだ。生物学の講習のとき、何人かでこっそり海戦ゲームをやっていたのが見つかったときも、彼だけが教授たちの不興《ふきよう》をかわずにすんだ。

一方ゲルマン・チトフは、細心の注意をはらうタイプだった。ただ生来のいたずら好きで、「星の街」にいたころの得意わざは、夜中、とりわけ雪の日に、同期生たちの車の駐車位置を変えてしまうこと。だが朝になると、大麻タバコを持っていって許してもらう。タバコはすんなり受け取られた。

ユーリー・ガガーリンについてはもう一点、じつにみごとなところがあった。自分が正しいと思ったなら、けっして意見を曲げなかったのだ。たとえ全員と対立しても。

ガガーリンが動揺したのをチトフが見たのは、一度だけ。親友だったボンダレンコが、隔離室で火だるまになったときだ。

「あの日、ユーリーがレオーノフにこう言ってたのを覚えてます。『ずっと冗談を言ってたのは、そのほうが、少しでもこらえやすくなるかと思ったからだ……』

「孫のオクサーナにも、そういうところがある。何でも笑いに変えようとする。気の毒になあ、ボンダレンコは。で……亡くなったのか？」

「ええ。でもそれも、口外してはならないことなんです。やじ馬を追いはらう警官でもいるみたいだ。『さあ行った行った、ここから先は立ち入り禁止！』」

「それほどの事故が起きて……やめたいとは思わなかった？」

「まったく。どうかしてるって思われるかもしれませんがね。訓練につぐ訓練の最終目的が何かってことさえ、一度も聞かされなかった。でも偉大な歴史の一ページに関わるんだってことだけは、なんとなくわかってました。それは麻薬みたいなものなんです……。訓練を続けることは、べつに強制されてなかったし、自分からやめていったのも何人かいた。実際、いつでも、理由も示さず、やめてよかったんですよ。守らなくちゃならないのは、何に耐えたのか、どんな準備をしてるのか、とにかく黙ってるってこと。妻にさえ。これが大変だった……。カマーニンはいたるところで監視してたし、猟犬よりも激しく人を追いつめる。で、最低でも週に一度はお説教。子どもにするみたいに。これには、うちのタマーラも頭にきてた」

「で、きみたち六人のあいだに、どうやって差が出たんだろう？」

「いま思えば、薬物反応テストで、でしたかね。ひどかったですよ、あれも……。あの、さっき言ってたプリャーニキ、もらえますか？」

「じゃあ、いっしょにいらっしゃい。しばらくこのネズミの巣を離れるのも、きみにとって悪くないだろう」

「さっきから誘導尋問みたいなのがちょろちょろしてるけど、ネズミはまだ見てないな」

そう言うと、ゲルマン・チトフは勢いよく立ちあがった。そして手足がしびれかけていたのをなおそうとするように、天井にむかって両腕を上げ、関節を鳴らしながら全身を伸ばした。

ワセリューク署長は、部下たちがいまも眠っているのを確かめてから、小用を足しに中庭へ出た。宇宙飛行士も続いた。外は肌寒く、二人はすぐなかに戻った。

署長は、囚人が朝まで一睡もしない場合を案じて、プリャーニキにブラックティー二杯とプラム酒三杯を添えた。そして急いで自分たちの独房に戻ろうとして、はっと足を止めた。飛行士は、開《あ》いていた野原側の窓から射《さ》しこむ月を、その光の束を、じっと見つめていたのだ。瞳が星のように輝いている。

署長が彼に敬意を示すように待っていたことを感じとって、ゲルマン・チトフは自分から「さあ行きましょうか。牢に戻りましょう」と言った。牢に入れる者と入れられる者の役割が一瞬逆転したようで、可笑《おか》しかったが、ふと二人の心は近づいた。署長とチトフは、黙って粉砂糖のかかったプリャーニキを食べ、熱々のお茶をがぶがぶ飲みながら、湿ったコンクリートの床を走るゴキブリを目で追った。

ゲルマン・チトフは、いきなり話の続きを始めた——。

薬物反応テストは、一九六〇年十二月におこなわれた。カマーニンが六人の宇宙飛行士候補生を、ガガーリン、ネリューボフ、チトフの三人に絞る少し前のこと。

「はねっ返りの二名に、ブロンドの天使が一名ってわけです」

宇宙飛行士第二号は、いまも強烈に残っている記憶を語った。当時のサディスティックな訓練が、いったいどのような全体像を現すのかもわからないまま、候補生たちの運命を支配していたヤズドフスキー博士の右腕、腹に一物《いちもつ》ありそうなカジミール・ルーキンに、全員が薬を飲まされたという。

候補生たちは、あらゆる医薬品を飲む訓練を受けてきたので、このときも何一つ質問することなく飲みこんだ。すると三十分ほどで、猛烈な頭痛に襲われた。死人も生きかえるかというほどの強烈な痛み。だが訓練からはずされてなるものかと、みな必死でこらえ、痛みを隠そうとした。ところがユーリー・ガガーリンだけは、医師たちに頭が痛いと認めたのだ。

これが吉《きち》と出た。なんとそれは正直さを試すテストだったのである。

「またも彼は、みごとに切りぬけたわけです」

「ひどい話だな」

「おっしゃるとおり」

「もしよかったら、最終選考の話を聞かせてくれないかい？　もしきみが、あまりに……」

「ご配慮痛み入ります。でもここまで話したら、毒を食らわば皿まで、だ。でもちょっと休憩しませんか？　いま何時です？」

「三時十五分前。私のことならかまわんでいい。この歳《とし》になると、眠る時間は短くてすむんだ。またメモを取っていいかな？」

「ご自由に。オクサーナには伝えてほしくないこともありますがね」

「わかった」

「いっしょに住んでるんですか、オクサーナは？」

「ああ。娘と婿は技師《エンジニア》で、機密扱いの、公式には存在しないことになってる原子力研究所で働いておってね。自分たちの娘には、空気のきれいなところで大きくなってほしいと望んだわけだよ。小さな女の子の居場所などない、すべてが少々特殊な『研究施設』で育つよりも……」

「わかります……。ほかにお孫さんは？」

「うちの長男は、サラトフの軍需工場で職工長をしておる。次男はヴォルゴグラードで化学の先生だ。で、どちらにも子どもはおらん、私が知るかぎり。婚約者さえいるのかどうか。だからオクサーナの存在が、よけいに大きくて。妻のダリヤにとっては、まさにちっちゃなお日さまってわけさ」

宇宙飛行士は、プラム酒を三杯、飲み干した。自分を充電し、ユーリー・ガガーリンが指名されたときのことについて、話す気力を奮いたたせるために。

さて、指名の一か月前、ルーマニア共産党機関紙『スクンテイア』の特派員が、無遠慮にも記事を書こうとユーリーを取材したときには、ユーリー自身もまだまったく何も知らなかった。

決定がなされたのは、一九六一年四月八日、モスクワの党中央委員会本部にあるニキータ・フルシチョフの執務室でだ。党第一書記フルシチョフは、アメリカ合衆国との宇宙戦争のただなかで、ソ連の天才として世に出る栄誉をになう者の指名を望み、参考資料として、カマーニンとコロリョフに候補者二名の写真を出すように言った。そして残念なことに——あるいは幸いにも——二名は「ともにすばらしい」という判断を下されたのだ。決着がつけられないとのことだった。

そしてフルシチョフは、決定をカマーニンとコロリョフに託し、設計技師長コロリョフが、「頭でっかちではなく、人格的にもすぐれた農民の子」が理想的な宇宙飛行士であると、難なく国家委員会を説得したのである。

四月九日、「星の街」の責任者であるカマーニン中将の執務室で、二人は内密に、それぞれの役割を言いわたされた。そして四月十日、公式の指名発表が、党のカメラの前でおこなわれたのだ。ユーリーが無事地球に帰還したときのために、ドキュメンタリーの撮影が始まっていたのだった。

「無事帰還したときのために？」

「そうですよ！　任務は成功するかどうか……ぎりぎりの線だったんです！　けっして口にはされなかったが、それまで七回打ちあげをおこなったうち、三回しか成功していなかったんですから」

「信じがたいが……」

「いやいや、そうだったんですよ」

　というわけで、四月十日、軍の高官たちが、暖房のききすぎた会場へ大量につめかけた。チトフもガガーリンも、半分は名前も称号も顔も知らない高官たちだった。その会場で、後世の人々のために、「飛ぶのはこちら、そして残るのはそちら」という芝居を、ふたたび演じさせられたのだ。チトフにとって、またも悪夢のようなひとときだった。

　つややかに磨かれたオーク材のテーブルは、レーニンのいかめしい視線を頂き、周囲では高官たちが、自分もカメラに映ろうとひしめきあっている。選ばれし彼は、その朝妻にアイロンをかけてもらったばかりの立派な軍服に身を包んで、カマーニン中将が原稿を書いた任務受諾の荘重なスピーチをおこなっている。

チトフは屈辱を感じながらも、このような状況でもなお自然体のまま自信に満ちているガガーリンに、敬意を抱かずにはいられなかった。

「ここだけの話、もし僕だったら、あんな状況であそこまで平静な様子を見せられたかどうか、わかりません」

ガガーリンが、あれほど盛大かつ重要な場でも落ち着いていたことで、彼を選んだ技師長セルゲイ・コロリョフは、おおいに意を強くした。

「異議のある者?」カマーニン中将が会場に訊いた。そしてカマーニン中将が答えた。

「異議なし」

だがこのとき、もし選ばれなかった飛行士の頭のなかをのぞき、聞くことができたなら、絶叫がこう響きわたっていたのがわかったことだろう——「異議あーーーーり!」。

ゲルマン・チトフは、自分を蝕《むしば》んできた心の痛みをやり過ごすのに、プラム酒をあともう一、二杯、飲みたかったことだろう。だが訓練で身についていた自制心から、疲れてきた様子の署長をまた煩《わずら》わせるのは遠慮したのだ。署長はさかんに耳たぶをつまんでいた。

「控えの宇宙飛行士として、きみも打ちあげへの準備はできていたの?」

「ぜんぶできてました。やらなかったのは、打ちあげと実際の飛行だけです」

「ひどい話だな」

「さっきもそうおっしゃいましたよ、署長」

「歳だね」

日にちは前後するが、一九六一年四月二日、ゲルマン・チトフとユーリー・ガガーリンは、カザフスタンのチュラタムにあるバイコヌール宇宙基地に移されていた。危険回避《リスク》のため、宇宙飛行士ナンバー1とナンバー2は、それぞれ別の大型機イリューシン14でカザフスタンに到着した。この時点では、ネリューボフがはずされていたものの、チトフとガガーリンについてはまだ何も決まっておらず、どちらにも可能性があったのだ。打ちあげがいつなのか、目的地はどこなのかも、まだ二人とも知らなかった。それでも、残りの宇宙飛行士訓練生たちはさまざまに噂《うわさ》しあった。

宇宙基地に着くとすぐに、基地の権威であり「王国の王子のような」設計技師長セルゲイ・コロリョフが、二人の最終候補生を迎え入れた。そして二人ともに宇宙服とヘルメットのつけかたを練習させ、宇宙船の操縦室を見せた。

「『座席はふかふかってわけじゃないよ』って言われたのを覚えてます」

それらがすむと、コロリョフは二人に、理論と実践についての講義を十時間おこなって、一連の手順も完ぺきに身につけさせた。

「そのほかの時間は、チェスやバドミントンをしてました……カマーニンと。このころは中将も、多少丸くなってましたからね」

「ヴォストークは、その四月二日より前に見たことがあった？」

「最初は一九六〇年三月に、まだ骨組み《スケルトン》の段階でしたが。二度めは打ちあげの十八日前、犬と、イワンって名前をつけられたマネキンの打ちあげに出席したときに。この七回めの打ちあげが成功したからこそ、人間を宇宙へ送ることに青信号がついたんです」

話もそろそろ終わりに近づいてきたところで、ゲルマン・チトフは署長に、あと一、二杯プラム酒が残っていないかどうか、それとなく訊《たず》ねた。

そして結局、最後の四杯を飲み干すと、少しリラックスした様子になって、また四月十日のことを語りはじめた。「仮面舞踏会のような発表」がおこなわれる直前のことを。ガガーリンとともにセルゲイ・コロリョフに呼ばれて、世界初の有人宇宙飛行が四月十二日におこなわれることになったと告げられたのだ。

「つまり、まる一年もの強化訓練のすえ、ユーリー・ガガーリンはたった二日しか飛行士ナンバー1じゃなかったっていうことかい？」

「そのとおり！　ついでに僕も知りましたよ。リストから、自分が飛ぶのは次なんだ、って。苦々しい気持ちでした」

署長は胸が痛んだ。そこで話の最後を聞くために、部下たちの更衣室にあるグルジア産[6]のコニャックを持ってきた。何か大事な折に飲もうと取ってあったが、いまこそ、そのときだろう。

二人は黙って乾杯すると、一気にグラスを空けた。

アルコールで、署長の舌はなめらかになった。

「それじゃあガガーリンがいるかぎり、きみは悔しい思いを忘れられまい……」

「……」

「きみが最初に月へでも行かないかぎり」

「まあそんなとこですかね」

「……」

四月十一日午後、セルゲイ・コロリョフは、二人を宇宙ロケットの発射台に連れていった。ゲルマン・チトフは、これまでにはなかった厳粛さを身に感じながら、打ちあげ担当の一団に紹介された。一方ユーリーの天真爛漫《てんしんらんまん》ぶりは、驚くほどだった。いつものように、にこやかな笑顔で一人一人に挨拶をし、新たな人に紹介されるたびに帽子を取る。

「あれはやりすぎだ。絞め殺してやりたいぐらいだった。ばかみたいにペコペコして」

そして最後の打ちあわせも終えてから、二人はその晩泊まるところを教えられた。基地から離れた一軒家で、一九六〇年十月、大陸間弾道ミサイルR16の打ちあげ失敗で亡くなった、戦略ロケット軍総司令官ニェジェーリンの家だった。

「私はその事故を知らない気がするが……」

「ええ、ええ、それでいいんです！　九十二人も亡くなったんだ、自慢するような話じゃない」

この大惨事も、ワレンチン・ボンダレンコの事故同様、カマーニン中将が国家機密とし、フルシチョフの命令で、死因は飛行機事故とされたのだ。こうして真実が隠蔽《いんぺい》されたことを知っても、ユーリーは少しも動じなかった。

ユーリーとゲルマン・チトフは、夕食までの暇つぶしに、輸入雑誌をめくったり音楽を聴いたり、ビリヤードやドミノをしたりした。もちろんどれも許可されていたことで、夕食にはカマーニン中将も——いつも近くにいるのだ！——加わって、食堂でチューブの宇宙食を食べた。出発に備えてその一週間、宇宙飛行士二人は、もっぱらチューブの宇宙食を食べていた。ゲルマン・チトフは「もううんざりして」いた。チューブのビートとチューブの牛肉のあいだに、三人はあれこれ話をした。打ちあげについてだけは、触れないように気を使いながら。

「ふむ。だがまあ、全体にはうまくいってたんだな。その……チューブを別にすれば」

二十一時ごろ、セルゲイ・コロリョフが不意に姿を見せた。続いてヤズドフスキー博士とカジミール・ルーキンが来て、二人の血圧、体温、脈拍をはかった。ユーリーは一分間六十四の脈拍。まったく正常だ。何をもってしても彼は平静で、士気も高いままだった。

「そのあと夜中は、彼は……いや、きみたちは、どんなふうだった？」

「大丈夫でしたよ。そうだったと思ってます」

「あの、こんなにきみを煩わせるのも、私のためじゃなくてオクサーナのためなんだが、あの子が書く伝記のために……」

「ええ、わかってますよ！　翌朝、僕たちは五時半に、訓練責任者のエヴゲニー・カルポフ大佐に起こされました。よく眠れたかと訊かれたとき、ユーリーは『教えられたとおりに、同志大佐！』と答えてました。偽善者め……」

「そうなのかい？　むしろ優等生だからじゃなくて？」

「いいえ、はっきり言えます。偽善者です。うわべだけです。なにしろ僕らの睡眠状態は、一晩じゅう見張られてたんだと、彼も知らないわけじゃなかったでしょうから。シーツの下に、いつのまにかセンサーが取りつけられてたんですよ。打ちあげに不都合がないようにってことだったんでしょうがね。

それから僕らは朝食をとりました。チューブからね、まったく。コロリョフが、僕らの体調が万全であるのを確かめに食堂へ来ましたが、葬式に出るみたいな顔をしてた。血の気が失《う》せてて、真っ青だった」

「わかるね。彼のとてつもない責任の重さを思うと」

「何もかもが、彼の計算にかかってたのは確かです。一つでも小数点の位置が違ってたら、数字のゼロが落ちてたら、それで、ドッカーン！　任務はそこで終了ですよ！　あの日ほどタバコを吸う彼は、見たことがなかった。よい子のユーリーは、彼を元気づけるのに、やっぱりやりすぎてました。『セルゲイ・パヴロヴィチ、どうかご心配なく！　万事うまくいきますよ！』この話はここまでにしましょう」

ゲルマン・チトフは、二人に宇宙服を着せる者たちのところへ行く前に、泊まった部屋のドアにナイフで名前を刻んでいかないかと、ユーリーに声をかけた。

「われわれが地上で過ごした最後の記念に。もしも……」

「不安があった？」

「僕自身はそれほど。ユーリーのかわりを務める可能性は、ほぼないとわかってましたから。でもユーリーのことを思うと、ええ、不安でした。いったい何が待ち受けているのか……恐ろしかった」

「宇宙服は、きみも同じように着せてもらったの？」

「ええ、でも先に。僕が優先してもらったわけじゃなくて、通気性の悪い宇宙服をユーリーに着せておく時間を、少しでも短くするために」

「まあそうだな」

「まあそうです」

発射台へと進むバスのなかには、カマーニン、カルポフ、ヤズドフスキーに加えて「宇宙飛行士訓練生の生き残り全員」が乗っていた。高揚した濃密な雰囲気だった。太陽も照りつけ、宇宙服のなかで汗をかいてしまわないよう、窓のカーテンを閉めなければならなかったと、ゲルマン・チトフは回想した。ちょっとおもしろかったのは、ユーリー・ガガーリンが運転手に、すぐトイレ休憩をたのんだことだったという。

「彼でもやっぱり多少は緊張してたってことでしょう！　で、バスの右の後輪の上にしたんです。それを僕は去年の八月六日にまねしましたよ。縁起をかついでね。ユーリーは無事帰還したから……」

発射台のまわりには、大勢の人がつめかけていた。党の高官たちもいたが、みな押しよせて、宇宙飛行士第一号の写真を撮りたがったり、握手したがったり、サインを求めたりした。ユーリー・ガガーリンはとまどって、あ然としつつも興奮の渦にこたえた。セルゲイ・コロリョフが「わが愛する小さな鷲《わし》」と呼んでいたユーリーにキスしようとしたが、宇宙服にヘルメットではそう簡単にいかなかった。

「仲間のニコラーエフ[7]なんか、思いきってキスしたおかげで、たんこぶを作ってましたよ」

「で、きみは、どの時点まで宇宙服を着たままでいたの？」

「ユーリーが、発射台のいちばん上まで上がっていくエレベーターに乗ったとき、『おれの役目は終わったな』って観念しました……」

「……」

「ユーリーがいちばん上に着くと、技術者が迎えて、耳もとで何か言った。ユーリーは笑ったようです。つづいて技術者の両肩に手を置き、それから背中を一回大きく叩いた」

「で？」

「最後にこっちを振り返って、例によってアホなことを言いました。『それじゃあ、みなさん！万人は一人のために、一人は万人のために！』」

　ユーリー・ガガーリンは、落ち着いて宇宙船のなかへ入っていった。迷いも疑いも、いっさい見せずに。重苦しい沈黙のなか、基地の技術者たちが、宇宙船のハッチを閉じる三十二個のボルトの、最初の一つを締めはじめた。このときゲルマン・チトフは、宇宙飛行士第一号が体をふらつかせたり気を失ったりしてくれるなら、どんなことでもやっただろう。

　あきらめきれない気持ちに苛《さいな》まれながら、不幸なる宇宙飛行士第二号は、首の長い瓶からコニャックを三口分ほど注《つ》いだ。と、グラスから液体があふれた。涙で目がかすんだのだ。琥珀《こはく》色の液体は、瓶に黄色い大きな筋を残して、底の藁《わら》にしみこんだ。

署長は何も言わなかった。彼もまた心を動かされていた。

建物じゅうが、しんと静まりかえっていた。奥の部屋からかすかに、鼾《いびき》が聞こえてくるかどうかというほどの静寂。蜘蛛《くも》が巣を張る音さえ聞こえてきそうだ……。

署長は宇宙飛行士と、新たに心の距離が近づいたように感じて、大胆にも思いを打ちあけた。

「ちょっと思ったことを言ってもいいかな？」

「どうぞ」

「コロリョフとカマーニンが、きみを第一号ではなく第二号の宇宙飛行士にしたのは、きみがガーリンより飛行能力がすぐれていて、宇宙で一日以上過ごすことのできる本物の優秀な飛行士だったからじゃないのか」

「あと、僕は彼より洗練されてたから。言葉本来の意味でも、皮肉な意味でも……」

ワセリューク署長はこれには何も答えずに、ただ心のなかでうなずいた。

時計が五時を告げた。ワイシャツ姿だったゲルマン・チトフは、ぶるっと身を震わせた。吐き気もする。彼は体を丸めると、独房の冷たい壁に頭をもたせかけた。記憶をすべて呼び起こしたことで、あらためて悲しみの深淵《しんえん》に突き落とされてしまったようだ。

いまは一人きりでいたいだろう、と署長は見てとった。そこで報告書を書きに署長室に戻ろうとしたのだが、不意に呼び止められた。

「カマーニンに電話してもらえるんですよね？　あと一、二時間で、起きてるはずですから」

「わかった」

そこへ、寝こんでしまっていた部下たちが、恥じ入りつつ途方に暮れた様子で署長の前にやってきた。ところが驚いたことに、署長は「もう少し寝てろ」と言って、全員をあっさり部屋に帰したのだ。それから署長は口を開いた。

「えー、その……」

「まだ何か？」

「ユーリーが宇宙船に乗りこむ前に、技術者が笑わせたっていうのは、何か冗談を言ったのかね？　オクサーナは冗談が大好きなんだが……」

「いや、冗談じゃないです。三、二、五っていう数字の暗号の、最後の三つを教えたんですよ。問題が起きたときに手動操縦に切りかえる暗号です」

「それはつまり？」

「説明したら、寝かせてもらえますか？」

「わかった」

犬たちやマウスたちは言葉を話せないから、無重力状態に長く置かれるとどうなるか、特に人体にどのような影響を及ぼすのか、当時はまだ誰にもわかっていなかった。そこであらゆる支障や事故を避けるため――そして任務をより確実なものとするため――セルゲイ・コロリョフとカマーニン中将は、ユーリー・ガガーリンの宇宙飛行を自動操縦でおこなうと決定していた。もちろん緊急事態の場合には、ガガーリンが手動操縦できるようになるのだが、そのために必要な数字の暗号は六桁で、彼は最初の三桁しか教えられていなかった。後ろの三桁の数字は封筒に入れられ、封をされて、宇宙船のどこかに隠されていたのだ。

「コロリョフもカマーニンも、そんなことをして結局気がとがめたのか、それぞれが打ちあげ前に、後ろの三桁をこっそりユーリーに教えてやったんですよ……。だから乗りこむ際に、オレグ・イワノフスキーからも教えられて、笑わずにいられなかったんでしょう」

「でもたしかに、そうすべきだっただろう。それぞれ、ひそかに同じことをしたんだな」

「そのとおり」

「で、きみのＧＡＺ《ガズ》21・ヴォルガ[8]だが……」

「え、僕のヴォルガ？」

「あれは……ずいぶん高かったんだろう？」

「僕の『宇宙飛行特別手当』の合計と同額だったって、オクサーナには言っておいてください。レオニード・ブレジネフが盛大にくれた一万五千ルーブルの特別手当です。ユーリーも同じだけもらって、同じようにＧＡＺ21・ヴォルガを買いましたよ。なにせ僕らは、はじめにも言ったとおり、ラブバードでしたからね」

（訳注）

1　モスクワ「赤の広場」のクレムリンの壁に沿って作られた墓所。著名な政治家や軍事指導者、宇宙飛行士、科学者が眠るが、スターリンは土葬され、政治家レオニード・クラーシン（一八七〇－一九二六）は、遺灰が壁のなかに埋葬された。

2　旧ソ連／ロシアでポピュラーな丸いスパイスクッキー。

3　アレクセイ・レオーノフ（一九三四－二〇一九）一九六一年、ガガーリンとの交信担当となった。一九六五年には史上初のいわゆる宇宙遊泳を成功させた。

4　マルス・ラーフィコフ（一九三三－二〇〇〇）一九六〇年にガガーリンやチトフらと宇宙飛行士訓練を開始したが、飲酒や妻へのＤＶ、二度の離婚など、かねて品行が国に問題視されていたところに、モスクワのホテルで制服着用のまま飲酒し、追放された。

5　グリゴリー・ネリューボフ（一九三四－一九六六）ガガーリンの飛行の際、チトフの次となるセカンドバックアップを務めた。

6　現ジョージア。

7　アンドリヤン・ニコラーエフ（一九二九―二〇〇四）ゲルマン・チトフの宇宙飛行の際、控えを務めた。ヴォストーク三号で宇宙飛行をおこなった。

8　アメリカの車に対抗してソ連で開発され、販売された高級自動車。ＧＡＺは社名「ゴーリキー自動車工場」の頭文字。

4　ファン　――一九六三年四月十二日
ソ連　レニングラード　聖イサアク大聖堂界隈《かいわい》

この男の場合、そっと暮らすには羽が必要だったのかもしれない。だが四十二歳の下水清掃員、ニコライ・ボークは、鳥でもなければ虫でもなかった。どちらかというと、ひょろりとした木のようだ。身長百九十五センチ、体重七十一キロの体で歩けば、ひと足ごとに板張りの床がギシギシきしむ。体の重みを両手にあずけて廊下の壁をつたい、靴なしの靴下だけで、つま先立ってそっと歩いていても。

涙ぐましいそんな努力を十分も続けたのに、彼は住まいの共同台所で、恐れていたとおりアクリーナと――母ソフィヤと暮らしているアクリーナ・ガヴリーロワと、ばったり出くわした。ガヴリーロワ家は、この共同住宅に住む六家族のうちの一つで、珍しく母と娘の二人だけで住んでいるのだが、それでも部屋では落ち着かないらしい。住人は、部屋でくつろげるべきだろう。でもどうやら逆のようで、アクリーナは顔を合わせるといつも、太鼓の革よりぴんと張りつめている様子だ。

アクリーナは、食器棚の陰に隠れてニコライを待ちぶせすると、ぎりぎりのところで天井灯のスイッチをつけた。

いきなりあふれた光に目がくらみ、驚いて後ろに飛びのきながら、ニコライは悪態をつきそうになるのをこらえた。

「びっくりするじゃないか、アクリーナ!」

「しーっ! 大きな声出さないで。いま何時だと思ってるの? ここの住人全員、起こすつもり?」

「いや、そんな! でも、あと……あと三時間で仕事だから」

「そうね、それで朝四時半に起きるのね。ひどい冗談! こんどは何たくらんでるの?」

アクリーナに嫌みを言われるのには慣れていたので、ニコライは黙っていることにした。棒を、いい、わたしで殴られるのではたまらない、というわけだ。

そのとき突然、咳《せき》の発作がニコライを襲った。全身が揺さぶられて、体を二つに折りまげずにいられない。アクリーナは症状の細かいところまで見ようと、待った。そしておおいなる心の広さから、彼が窒息《ちっそく》しないよう、背中をさすってやった。

ようやく咳がおさまると、ニコライはあえぎながら、倒れこむように椅子にすわった。

手きびしい共同住人は、これを機にとどめを刺しにきた。

「ちょっと聞いてもらえるかしら、ニコライ。どうしてあなたがこんな真夜中に、パジャマで台所をうろうろしてるのか知らないけど、それはどうでもいいの。でもね、もしああいうがらくたをまた置こうっていうんなら、ここから出ていってもらいます。家族もろともね！　台所もお風呂もトイレも、ここはみんなのものよ。なのにあなたは私物を持ちこもうとしてばかり。ちゃんと規則に従って！　いい？　それ以外ないの。でもわたしが決めた規則じゃないから、恨まないでね。あなたにはあなたの部屋があるでしょ。そこで広げるだけにしてほしいのよ。わたしだって、毎朝夜明けからあなたを見張ってられるわけじゃないんだから」

こんなにまくしたてられるとは、いったい自分が何をしたんだろうと、ニコライは自問した。というより、アクリーナには、過去に何かあったのだろうか。ニコライがユーリー・ガガーリンに熱中していることに、これほど反発するとは。

以前クリスマスの時期にも、心酔するヒーローの板絵をトイレに飾ろうとしたところ、即座に窓から捨てるとすごまれた。その剣幕があまりに激しかったので、ニコライは後ずさりし、これはほんとに捨てる気だなと悟った。彼女が、ここの住人たちのなかでも国に反抗的、批判的な人たちといっしょにいるのも何度か見ている。まったく、おそろしいヒュドラのような女だ……。

ニコライの人生は、一九六一年四月十二日にひっくり返った。その日、ユーリー・ガガーリンが、宇宙に行って地球を完全に一周したのだ。そしてこの壮大な出来事以来、彼は英雄ガガーリンの肖像がついているものを、何でも集めるようになった。宇宙飛行に関するものであれ、生い立ちに関するものであれ。新聞各紙、腕時計、切手、皿、ウオッカ用グラス、タジキスタンの絨毯（じゅうたん）、模型、お椀（わん）、タペストリー、時計、ペンダント、キーホルダー、ブローチ、マトリョーシカ、ハーモニカ、ブロマイド、ペン、文鎮、胸像、カレンダー、温度計、トランプ、チョコレート詰め合わせとその箱、キャンディー詰め合わせとその箱、マッチ箱、バッグ類、ショール類、絵はがきいろいろ、絵画いろいろ、ティーセット、パズル、耳あてのついた毛皮帽、お盆、本あれこれ、便せん、テーブル用ナプキン、小像。

住まいはそれらであふれ、双子の娘マーシャとイリーナを、同じベッドで互いちがいに寝かせなくてはならなくなったほどだ。床から天井まで、少しでも空いている——というより、空けられた空間は、新しい戦利品で埋められた。どうにも止まらないこの収集癖《しゅうしゅうへき》で、家庭のバランスが脅かされはじめたのにうんざりしていた妻オリガは、あるとき彼にこう誓わせた。

「一つ買ったら、一つ捨てる」

この誓いを守るため、ニコライはガガーリンの水銀気圧計に、新たな落ち着き先を——めだたず、それでいてその価値が高まるような落ち着き先を、見つけてやらなくてはならなくなったのだ。そしてよく考えたすえ、いまは殺風景な共同台所が最適ではないかと思ったのだった。

それにしても、もしアクリーナに思いきり阻止されていなければ、ニコライのアイディアは、共同住宅の住人たちに拍手喝采されていたはずだ。それも全員から！　なにしろあこがれてやまない英雄のグッズを買ってくるたび、住人たちはそれを見に、彼の住まいにわざわざ現れるほどなのだから。なのにこの女は、いったい何の権利があって、恐怖政治でここに君臨しているのだ？

「可笑《おか》しいわ。今日はきっと、またあなたが何か置こうとするだろうって思ってたところよ。四月十二日よね、今日は？」

「そうだけど……」

「で、あなたのガガーリンがお空の遠足に行ってから、二年になるんでしょ？」

「そう……」

「几帳面《きちょうめん》にやるわね、あなたも！　ちょっと笑いたい気分、笑わせてね。あなたの英雄のお祝いに、こんどは何を置こうとしてたの？」

「な……何も……」

「嘘《うそ》言ってもだめ。わたし、そんなに世間知らずじゃないの」

アクリーナの身長は、ニコライの胸のあたりまでしかない。それでもニコライは、彼女がKGBより恐ろしい。しかたなく、彼は広いバルコニーに出られるガラスの両開き扉のほうへむかって、反対側のビロードのカーテンの後ろから部屋の真ん中あたりまで、巨大な箱を引きずってきた。その大きさに驚いて、アクリーナは思わず大声を出した。

「ちょっと……ちょっとちょっと、何なのそれは？　石棺《せっかん》にでも入れたガガーリンのミイラ？」

「いや……き……気圧計」

「気圧計って、それ、あなたと同じぐらい大きいじゃないの！　気は確か？　さあ、いい子だから、それはわたしの目の前から引っこめて、あなたの家の壁面をちょっと空けてあげなさい」

「ぼくのところはもういっぱいなんだよ、アクリーナ。身動きできないんだ。オリガの服をしまうところも、娘たちがままごとの道具を広げるところもない。秋に赤ん坊が生まれたら、ますます狭くなる」

最後のひとことで、アクリーナの顔が急に輝いた。一瞬だったが。

彼女は、レニングラード大学[1]を出て、生理学者の道を志しており、医学博士論文の準備中なのだ。あのパヴロフ[2]を師とし、妊婦の無痛分娩《むつうぶんべん》の技術について実験を重ねている。だからオリガの妊娠は、なんともタイミングがよかった。オリガがアクリーナを怖がらなければだが。

アクリーナの顔が晴れやかなうちに、ニコライは彼女の謎を少しでも解きたいと思った。美人なのにいつもピリピリしていて、ユーリー・ガガーリンのこととなると機嫌が悪くなるが、妊娠の知らせには心を動かされるらしいこの女性の謎を。

だが漠然と案じたとおり、会話はすぐ別の話題になった。そしてわかったことといえば、歳《とし》は四十五歳だということ——十歳は若く見えるが——、離婚していること——元夫はソ連ナショナルチームのスポーツ選手だったそうだ——そして医者だということだった。

「その咳、もう長いの？」

「二十年以上かな。でもちっともよくならない。最初はウクライナのドンバスにいたときで、ぼくが……」

「友人に呼吸器科の専門医がいるから、予約を取って。いい先生よ。どんな人でも治療するわ」

「ありがとう、でもぼくは……」

「父親のいない子を三人も作りたくなければ、言ったとおりにして。ところでオリガの予定日はたりしないうちにね」

いつ？」

「十一月のはじめだけど……」

「そう、じゃあ、わたしは顔を洗ってくるわ。みんなが洗面所に殺到したり、お湯が出なくなったりしないうちにね」

威厳を漂わせながら、アクリーナは部屋を出ていった。その気品といい気骨といい、どことなく豹《ひょう》を思わせる。そしてニコライを、振りかえりもしない。しばらくすると、「前に使ったどこかのばかやろう」が残した汚れについて、毒づいているのが聞こえてきた。錆《さび》の出る水についても。湿気で膨張している家具についても。この建物は、何もかもが老朽化している。ニコライ一家はかつての図書閲覧室に住んでいるのだが、住人たちの誰も、修繕費を一ルーブルたりとも出したくない――というか出せない――ので、状況は改善される見込みもない。

一人になって、ニコライは急に手持ち無沙汰になった気がした。気圧計を据えるために早起きしたのに、あと二時間、時間をつぶさなくてはならなくなった。もう一度、寝床でオリガのあたたかい足に触れたいとも思ったが、また咳が出て起こしてしまってもいけない。結局待つしかなくて、そのあいだに気圧計を箱から出してみることにした。ちゃんと動くかどうか確かめるため、そして惚《ほ》れぼれ眺めるため。

気圧計によると雨の予報で、外はどしゃ降りだ。これならうまく動きつづけるだろう。ニコライはほっとして、気圧計を注意深く箱から出すと、ウオッカをしみこませたぼろ布で磨いた。それからじっと見つめて、魅了された。「青い地球の軌道を飛ぶヴォストーク」を再現した部分は、本物よりも本物らしい。こんなにも芸術的な作品を地下室の奥にしまわなくてはならないとは、なんともやるせない。

　でもニコライはくよくよするたちではないので、暗い気持ちを振りはらおうと、革命前は喫煙室だった部屋を、頭のなかで再現してみることにした。革命後、その一角に台所が作られたわけで、いま目の前に広がっているのは、くぼんだガスレンジの列に傷んだまま並んでいる食器棚、ひびの入った磁器の流し台が何台も。だが昔の輝きの名残りもある。緑色の大理石の煙突、窓と窓のあいだの塗装された木の壁、天井や壁の金箔《きんぱく》、植物をかたどった刳《く》り形《かた》、金色の玉房《ポンポン》がついた深紅のビロードのカーテン、ヴェルサイユ宮殿風寄せ木張りの床――木片が何か所か欠けたままだが。こうした高貴な雰囲気の部屋にならこの気圧計はまちがいなくぴったりなのに。

　アクリーナは浴室で長居《ながい》をしているようなので、ニコライは黒大根《ブラックラディッシュ》をナイフでえぐり、そこにハチミツを垂らした。共同住人の最年長者であるエレーナ――九十二歳――から、秘密厳守という約束で教えてもらった民間療法で、彼にとっては、喉を削り取られるような痛みをやわらげてくれる唯一の薬だ。それから片手で食料戸棚を探っていると、手がノートに触れた。日記帳だ。この二週間、捜していたのだ。オリガが始めた遊びなのだが、彼もちょっとおもしろくなってきている。腹がたって爆発する前に、隠した場所を教えるルールだ。

　昔書いたことを読みなおすうちに、ニコライはすっかり没頭して、アクリーナが近づいてきたのに気がつかなかった。だから肩ごしにのぞきこまれたときには、跳びあがりそうになった。

「日記つけてるのね？」

「おかしい？　ぼくが下水清掃員だから？」

「あらそんな。突っかからないで！」

ニコライはそっけなくノートを閉じた。

「そこにあの彼のことを書いてるわけ？」

「ま……まあ、そりゃあね。宇宙の冒険についてもだよ。これ、きみも読むべきじゃないかな。そうしたらきみも、彼のすごさがわかるようになるかもしれない」

アクリーナは顔をしかめ、天を仰ぐと、ひとりごとのようにつぶやいた。

「単なるあやつり人形なのよ、あなたのガガーリンは……」

耳のいいニコライは聞きつけて、憤慨した。

「あやつり人形だって？　ガガーリンが？　あの人は超人でもないのに、ふつうの人間がこれまで誰一人やろうとしなかったことを、祖国のために引き受けたんだ。われわれのために、命も犠牲にする覚悟で。奥さんと小さな娘二人に、二度と会えないかもしれない覚悟で。下の子は、まだ生後一か月だったっていうのに！　独身で子どももいないきみには、わからないんだよ。彼が勇気と自己犠牲の化身なんだってことが」

「彼が宇宙に送りだされたのは、写真うつりがよくて規律を守る人だったからよ！　ロケットの操縦だってしなかったんだから。あれは自動操縦だったんでしょ！」

「おっと、国がしたことに、そんな言いかたで大丈夫なのかな？」

アクリーナは忘れていた。言葉が過ぎた。ニコライをよく知りもせず、どんな相手に話しているのかも考えずに、自分だけ裸になってしまった気分だ。ひょろりとして淡い色の目をしたこの下水清掃員は、悪い人には見えないけれど、どんな役目を担っているのかわかったものではない。党のスパイということだって、おおいにありうる。

平静さを保とうとして、アクリーナは大きく息を吐くと、さも何事もなかったかのように、軍隊のような命令口調で「日記をわたして」と言った。

「これでわたしの考えが変わったら、あなたの気圧計も、ここで天気予報ができるようになるかもしれないわね」

このすばやい反応に驚いて、ニコライは、日記を読むように言ったことを後悔した。書きはじめたのは五年半前なので、こまかいところはもう覚えていない。多少自分の心情を吐露したところもあったと思うが、どの程度率直に書いただろうか。この女は何を考えているのかよくわからない。もし自分を罠《わな》にかけようとしているとしたら……？

「もしもし、宇宙飛行士さん、聞こえてる？　それとも空想のなか？」

「聞こえてるよ。でも、ちょっとついていけなくて」

「いいの、あなたにはわからないでしょ」

「下水清掃員だから……」

「関係ない。からまないで」

抗《あらが》う言葉もなくなって、ニコライは、コレクションのなかでもとりわけ大切なその気圧計を、埃《ほこり》から守るため、手のうちを見せることにした。

「ほかの誰にも読ませないって約束するんなら。あと汚したり、なくしたりしないで、読み終わったらこの気圧計を、共同住宅の玄関の廊下に置いてもいいことにしてくれるんなら。それなら日記をわたすけど。でも今日の昼間のうちだけだ。今夜には返してくれ！」

「わかったわ」

それでもニコライは心もとなくて、予防線を張った。

「言っとくけど、きっと期待はずれだよ。実際にあったことしか書いてないんだから。秘密や打ちあけ話は何もない。スクープはゼロってこと。毎日のこまごましたことばかりで、ぼくには大事だけど、きみにはおもしろくないんじゃないかな。飛ばし読みしてかまわない。たまには考えたことも書いてあるけど。でもぼくは、しょせん下水清掃作業員だから……」

「それは言わないこと」

二人は目を見かわすことなく、それでも握手して、協定が結ばれた。


その場を切り抜けたことにほっとして——たとえ一時的にでも——アクリーナは自分の部屋に急いで戻った。ガガーリンに関することには嫌悪感がわいてくるが、「ソヴィエト宇宙産業の職人《アルティザン》たちに」と献辞が書かれたこの不吉なノートから、ガガーリン自身の声が聞こえてくるような予感もした。いずれにしても、スターリン主義と大粛清の時代は終わったとはいえ、一九六三年のいまは、やはり党を批判したりしてはならない。何事も角が立たないようにしておいたほうがいいに決まっている。

日記を読むという面倒な仕事を早くかたづけてしまいたくて、医学博士論文準備中のアクリーナは、十一時からの授業を休講にすることにした。一年生のための生理学の授業だ。その昔、父親が逮捕されてからというもの、何にでも警戒して目を光らせている母親に見とがめられないよう、彼女はすばやくコートをはおるとかばんをつかんで、大学のほうへ歩きだした。そして途中で、大学にではなく、夏の庭園[3]に続く道のほうを選んで歩きつづけた。

豊穣《ほうじょう》の女神ケレスの像のそばまで来ると、アクリーナは苔《こけ》むしたベンチに腰をおろした。湿った土のやわらかな匂いが鼻孔をくすぐり、心をあたためてくれる。春はいちばん好きな季節だ。さまざまな匂いや虫たち、花々に触れ、「春が来た」と感じるたびに、淡い喜びで胸がいっぱいになる。

アクリーナは、こちらを見張っている者が誰もいないのを確かめてから、ニコライの日記という海に、飛びこんだ。

一九五七年十月五日

昨日夕刻、四本のアンテナのついた金属球体が、宇宙に向かった。その名はスプートニク。ソ連独自のすぐれた技術のたまものだ——そう伝えたのは、重要な出来事や戦勝や、有名な人たちの逝去を知らせるアナウンサー、タス通信のユーリー・レヴィタン。つまりこれは、歴史的な出来事なのだ。

スプートニクは、セミョールカという愛称の強力なロケットで打ちあげられた。地球のまわりを何周できるのかは、はっきり言われなかった。だがこれは、人類が宇宙に送った初の人工衛星なのだ。人類が発明し、作り、組み立てた。われわれの工場から、われわれ国民が送りだした。今のところソ連の態は、科学技術の領域で、超大国アメリカに対して圧倒的優位に立っている。

十月八日
プラウダ紙[4]によると、ニューヨーク株式市場では株価が急落して、総額四十億ドルが失われたという。[5]アメリカは踏ん張るしかない。

十月十二日
アメリカはいまや信用を失っている。窮地におちいってしまった。

十月十四日
四年間組んで仕事をしてきたヤーコフが、この五日、仕事に来ない。職場ではみんな知らないふりだ。何もわからない。ばかなことをしたのでなければいいが。

十月十五日
ヤーコフのかわりに、ヨシフという男がやってきた。どういう人物なのか、誰も何も知らない。よく注意して様子を見よう。

十月二十一日
その後、スプートニクのニュースもない。毎晩夜空を見あげては、星々のあいだを飛んでいくところが見えはしないかと、ひそかに期待しているのだが。
ほかは特に問題なし。

十月二十三日
夕方、ヤーコフの住まいに寄ってみた。ドアの錠がもぎ取られ、部屋のなかはめちゃくちゃだった。管理人にたずねてみようとしたら、目の前でドアをバタンと閉められた。ヤーコフはどうしたのだろう。とても心配だ。

十月二十九日
ヤーコフ同様、スプートニクも消えてしまった。

十一月四日
昨日、同志フルシチョフは、革命四十周年記念祝いということで、この上なくすばらしい贈りものをわれわれにしてくれた。犬を宇宙に送りだしたのだ。ハスキーとテリアの雑種で、ライカという名のメスの犬。二歳で、体重は六キロ。プラウダに載った写真では、小さな宇宙飛行士の服を着ていて、とてもかわいらしい。乗っていく宇宙船スプートニク二号は、銀色の大きな漏斗《じょうご》のようだ。十日分の酸素と餌《えさ》を積んでいく。ずいぶん少ないのでは。どちらも尽きる前に、地球に戻ってこられるといいが。

十一月十四日

ヨシフはいいやつだ。愛想がよくて感じもいい。ぼくと同じように田舎育ちで、一九四五年五月のベルリンの戦い[6]に行っていたという。

話を聞いていると、どうも女の子たちともずいぶん楽しんでいるようだ。あれはもてるだろう。いつも笑みの浮かんでいるようなあの目が、なんとも魅力的なのだ。

十一月十六日

オリガによると、あの犬は戻ってこないとラジオで言っていたという。はじめから戻ってくることは考えられていなかったらしい。酸素がなくなり、息ができなくなって死ぬ。かわいそうだが、もとは野良犬の身で、科学の発展という大義《たいぎ》に貢献できたとは、なんと名誉なことだろう。

アメリカはわれわれの快挙に衝撃を受け、あせっているらしい。物質的にはわれわれの百倍恵まれているのに、われわれの足もとにも及ばない。

同志フルシチョフは偉大だ。

十一月十八日
ヨシフも、ぼくと同じようにあの小さな犬の死を悲しんでいた。そこで板を一枚使って墓碑銘を作り、トロイツキー大聖堂の真下の下水道に隠して、その下にろうそく三本と大天使聖ミハイルの聖画像《イコン》を供《そな》えた。美しい追悼だと思った。墓碑銘はこうだ。
――ライカに。ソ連のために犠牲になった犬に感謝を捧ぐ。

アクリーナは息苦しくなってきて、読みつづけられなくなった。ソ連を崇拝する者たちは、従順な羊だ。そしてそこに君臨するレーニン、スターリン、フルシチョフに、その他《た》聖なる、いや邪悪なる羊飼いたち。あわれなこのニコライが、群れを乱すことはまずないだろう。啓蒙《けいもう》さえされていない独裁者たちのもとで、この国は、あとどれぐらいやっていかなくてはならないというのだろうか？

十一月十九日
ヤーコフのために、できれば二つめの墓碑銘を作りたかった。だがそれは気をつけたほうがいいと、ヨシフからもオリガからも強く言われた。
仰《おお》せのとおりにします。

十一月二十一日

宇宙への次の一手《いって》はどうなるのだろう？　猿を送る？　それとも人間？　男？　女？　ぼくも志願したい。

毎日真っ暗ななかで体を二つに折って、両足を汚物に浸し、汚い空気を吸う——こんな生活は、ほんとうはまっぴらだ。

十一月二十四日

昔、ぼくは天文学者になりたかった。古代ギリシャの自然哲学者ターレスや、ピタゴラス、近代天文学の父ガリレオにあこがれた。だが親父《おやじ》の考えは違った。国の工業化に参加して、第二次五か年計画の目標を達成しなくてはならないというのだ。ぼくはウクライナの東部、カーディエフカにあるドンバスの炭鉱に行った。十四歳のときだった。

炭鉱に到着して二週間後、アレクセイ・スタハーノフ[7]が、一日で百二トンもの石炭を掘った。これで炭鉱の意気はおおいに上がった。なにしろ国の一人当たり石炭産出量の約十四倍もの数字だったのだ。

スタハーノフはわれわれの英雄になった。手本とし、追いつき追い越すべき英雄に。彼の記録には及ばなかったが、ぼくは一九三九年七月十五日に、七十三トンの石炭を掘った。

その表彰式はとても華やかで、家族全員が招待された。スタハーノフ本人から「傑出した労働」に対する勲章と『カラマーゾフの兄弟』を受けとった。勲章と本のどちらが、ぼくに将来の展望を開いてくれたのかはわからない。

十二月五日
オリガが流産した。戦争が終わってから、あれほどの血を見たのははじめてだ。医者は、体をいたわれば今後も子どもを産めると言った。最初の子を流産するのはよくあることらしい。

十二月十五日
ドストエフスキーのあとは、トルストイ、ゴーゴリ、ツルゲーネフに挑戦するつもりだ。

一九五八年一月七日
オリガが元気になってきた。頬がふっくらして顔色もいい。ホテル・エヴロペイスカヤ[8]での仕事にも戻った。そこは、ぼくの前に彼女がはじめて現れた場所でもある。一九五六年三月十八日。四輪馬車を駆るアポロン像のまなざしのもと、彼女は羽根よりもかろやかにテーブルからテーブルへ飛びまわって、その腰も、胸も、脚も、頬も手も、美しいステンドグラスからのあたたかな光で輝いていた。まるで水の精オンディーヌのようだった。レストランの男性客たちは全員、彼女に欲望を抱いたと思う。ぼくより端整で身なりのいい男ばかりだった。そんな男たちのかたわらで、自分には香りも風味もないとぼくは思った。幸運だったのは、彼女を笑わせられたことだ。もう何か月もメニューから消えていた料理のことで。
ぼくは肉のロースト用の紐《ひも》に、生のマカロニをたくさん通して、彼女にネックレスを作ってあげた。

一月八日

はじめて会ってからひと月後、ぼくはオリガにプロポーズした。ぼくなど彼女にふさわしくないと思われてしまうかもと、とても不安だった。なぜ彼女が「はい」と言ってくれたのか、わからない。あれほど気品があって頭もよければ、どんな人とでも結婚できるだろうに。

二月十二日

ヤーコフの遺体が、ネヴァ川から上がった。噂《うわさ》では、自殺したのだという。ほんとうだろうか。少し疑っている。

彼の魂に、安らぎがもたらされんことを。

二月二十五日

赤ん坊はまだできない。

四月十七日

ライカを乗せた宇宙船は、大気圏に戻るときに燃えあがって、三日前、カリブ海に堕《お》ちた。これでライカは跡形《あとかた》もなく消えたのだ。はてしない宇宙でただ一匹、命を落とす間際《まぎわ》にあげた吠《ほ》え声《こえ》を、感じとってやった人間が誰かいただろうか？
ぼくはこれまでになく意欲的になっている。
ぼくにも勉強する力はあるはずだ。プラウダによると、スタハーノフは大学に戻って勉強したそうで、今では炭鉱の技師長だ。国の最高執行機関、ソ連閣僚会議の議員でもある。

四月二十九日
今日、ぼくは三十七歳になった。ヨシフがテープレコーダーをくれた。西側で作られたものだ。ドイツのメーカー、グルンディッヒ製。こんなものをいったいどこで、どうやって手に入れたのだろう。

四月三十日
録音されたテープがなければ、テープレコーダーも用なしだ。

六月十二日
ヨシフが、シューベルトの「ハンガリー風のメロディ、ロ短調」とラフマニノフの「三つのロシアの歌」を持ってきてくれた。
夜、テープレコーダーを毛布の下に入れ、オリガと毛布にもぐって聴いた。となり近所に嫉妬されてはいけないから。

九月三日
二回めの結婚記念日を祝って、ぼくらはラトヴィアのマイオリで三日間過ごした。予約していた小さなペンションの部屋はバルト海に面していて、目のいいぼくには、水平線がわずかにカーブしているのがわかった。地球上にこれほど美しい場所があるとは、思ってもみなかった。皇帝《ツァー》の時代の宮殿が、漁師の小さな家々ととなりあい、そのむこうには大きなホテル。
ぼくは泳げないが、オリガと裸足《はだし》で砂浜を歩きまわり、砂丘の陰で愛しあい、森の澄んだ空気を吸って、魚のグリルに舌つづみを打った。

十月十二日
オリガが妊娠した！　すごいぞ！　だが流産しないように、横になっていなければならない。赤ん坊を笑顔で迎えるには、かわりにぼくが第二の収入の道を見つけなくてはならない。
ぼくの息子は将来学校に行って、いい職業につくんだ。建築家とか歯医者とか、画家とか技師とか、バレエダンサー。大学教授。

十一月八日
お腹《なか》の子は順調だ。でもオリガはずっと寝たきりだ。

十一月十七日
この家の「夏の食堂」で一人暮らしをしていて、けっして部屋から出てこない哲学者のご婦人のもとに、娘さんが同居しにきた。ゆうべトイレに行ったとき、アクリーナという名だと知った。

十二月八日
アクリーナは誰にも挨拶しない。こちらから挨拶しても、不機嫌そうになるだけだ。

十二月十二日
医者によると、お腹の子は丈夫に生まれてくるだろうとのこと。

一九五九年一月二十八日
赤ん坊が動くようになった。オリガのお腹のなかで、わがもの顔に動いている。お腹に手を当てると、おしりや手や足の位置がわかる。集団農場《コルホーズ》にいたときの小さな犬、ゾーヤの腹を思い出す。毎年三匹ずつ子犬を産んだが、親父は一匹ずつ溺死させた。そうしてゾーヤも、七歳で死んだ。
オリガはお産で死んだりしませんように。
多産は禁物だ。

二月七日

あと二か月で、生まれてくる！

二月十八日
息子はぼくより男前であってほしい。

三月二日
ヨシフが聞いてきたのだが、軍が採用活動を始めたとのこと。宇宙に行く志願者を探しているというのだ。ぼくらは志願理由を書いた手紙を、クレムリン大宮殿に送った。つらいという以上の労働条件に耐えることには慣れているわけだから、目にとまるかもしれない。
この採用活動は、ぼくらにとってのチャンスだ！

三月二十一日
ぼくは空に触れてみたい。星々に触れてみたい。
「それはもう少し待てば？」とオリガは言う。じきに子どもが生まれてくるのだ。

三月二十三日
共同住人のワヂムが詰まらせたトイレを、修理した。アクリーナは微妙な薄笑いを浮かべた。
おれの領分は、やはり糞尿《ふんにょう》か……。

四月一日
生まれた！　双子の女の子だ！　うれしくてたまらない！
お腹のあの大きさから、そうと気づくべきだった。

四月二日
オリガは「お産で死ぬかもしれないと思った」と打ちあけた。体はぐったりしたままだ。起きあがって赤ん坊たちを沐浴《もくよく》させる体力も、まだなさそうだ。

アクリーナはこの部分を読んで、当時オリガのお産に関わらなかったことを後悔した。関わっていれば、生涯できわめて重要な出産という場面で、オリガの苦痛をやわらげることができただろう。いまだにあまりに多くの母親が、新しい命をこの世に送りだすのに、ひどく苦しまなくてはならない。
次のお産は十一月だそうだから、それまでにオリガの信頼を得るようにしよう。

四月三日
双子の娘たちの名前は、マーシャとイリーナに決まった。チェーホフの『三人姉妹』から採った。オリガが考えついたのだが、「オリガ」と合わせると、これで家に三姉妹の名前がそろうというわけだ。

四月十一日

ヨシフはぼくらを贈りもの攻《ぜ》めにした。オリガにはクラースナヤ・モスクワの香水を。娘たちには、腕が動くぬいぐるみの子ぐまをそれぞれ。ぼくにはジュール・ヴェルヌの『月世界旅行』と『月世界へ行く』を。

「マロースじいさん」[9]より気前のいいやつだ。

四月二十八日

レニングラードで暮らしはじめて、今日で十二年。一九四七年に復員してから、この町に来た。ドンバスに戻ることはできなかった。一九四三年二月、ドンバスにいたぼくの家族は全員、ドイツ軍に虐殺された。妹アニッサまで、火炎放射器にやられた。ぼくは家から遠くまで、とても遠くまで、連隊の仲間と逃げた。そいつは、危険分子だなどと思われる心配なく詩について話せる、ただ一人の友だった。下水清掃員の働き口を見つけてくれたのは、ゴミ収集の仕事をしていたそいつの兄貴だ。ホテル・エヴロペイスカヤでオリガにはじめて会ったとき、夕飯をいっしょに食べていたのもそいつだ。

四月二十九日

オリガに、レストランでの仕事はやめてほしいとたのんだ。少なくとも娘たちが学校に行くようになるまでは、全面的に面倒を見てやってほしい。

オリガは承知した。よかった。

五月五日

赤ん坊たちは夜泣きしなくなり、朝までぐっすり眠るようになった。すばらしい。

五月三十日

宇宙に行けるかどうか、手紙の返事が来ない。

六月三十日

手紙の返事はまだ来ない。

七月三十日

ぼくの手紙はちゃんと届かなかったにちがいない。

八月十一日

プラウダが、宇宙に行く志願者の募集を終了するという別刷りを出した。志願の手紙はソ連邦じゅうから、毎日何百通も殺到したという。そのうち西側からも来るかもしれない。プラウダ紙編集部も、国の中央委員会も各省も大使館事務局も、飽和状態だそう。志願者の職業は、じつにさまざまとのこと。医師、天文学専攻の学生、パイロット、体操選手、マラソンランナー、地理学者、ダイバー、それにF1で優勝したレーサーまで！　だが選抜審査は、ソ連の戦闘機パイロットからのみ、おこなうという。すでに飛行もパラシュート降下もできるわけだし、高度にも急速な加速にも慣れている。資格は年齢三十歳未満、身長百七十センチ前後、体重七十キロ以下。ぼくみたいな大男は、たとえ猫背でもだめだ。虚《むな》しい幻想を抱いてもしかたない。ぼくは宇宙飛行士にはなれないのだ。
死ぬまでこの仕事で食っていかなくてはならないのだ。

九月三日
「またマイオリに行ってこいよ」と、ヨシフが金を貸してくれたので、ぼくらは一家であのペンションにでかけた。そして同じ部屋の、同じベッドで寝た。家族四人並んで、体をまるめて。娘たちなしで、これまでいったいどうやって生きてこられたのか、もうわからない。妻と二人の娘こそ、ぼくの人生の幸福だ。

九月四日
咳がひどくなって、よく眠れなくなってきた。夜中、小さなお姫さまたちを起こしてしまうのではないか、咳で体が揺れたはずみにマーシャとイリーナを押しつぶしてしまうのではないかと、気が気ではない。オリガが手をぎゅっと握ってくれる。
「どんなにあなたを愛してるか、あなたが感じられるように、ね」
その手の力強さが、ぼくの気持ちを支えてくれる。

九月八日
波とたわむれ、砂丘を駆けおりるオリガを目で独《ひと》り占めできるのは、ぼくだけの特権だ。

九月十日
ヨシフは、返そうとした金を受けとろうとしない。
いくら独身で子どももいないにしても、どうしてあんなに金があるのだろう。
下水清掃員という仕事は、たぶん隠れみのだ。

九月十五日
おととい、ルナ二号が月に到達した！　その後「晴れの海」[10]に衝突してしまったそうだが、ソ連の科学技術がみごとに実《みの》ったことに変わりはない。太古の昔から、われわれを魅了し、命や暮らしにリズムをもたらしてきた月に、人類によって作られたものがはじめて到達したのだ。そしてそれは、われわれソ連国民が成しとげたことなのだ。

わが国の宇宙産業は、まだ十六年の歴史しかないというのに。
これはほんとうに、快挙だ。

十月八日
新たなる前進！　今朝のプラウダの一面は、世界ではじめて撮影された月の裏側の写真の数々だった。ルナ二号の妹、ルナ三号が撮った。二十九枚あるらしい。すごい……。世界じゅうの天文学者が喜んでいるにちがいない。
もしぼくがアメリカ人だったら、ソ連に来たくなったことだろう。

十月十七日
バスタブに大量のキノコが浮かんでいるのを見つけて、アクリーナは共同住宅じゅうに響くような声で怒った。
ワヂムがあんなに震えるのをはじめて見た。
これでもう二度と同じことは起きないだろう。

十月二十日
見込みちがいだった。こんどはワヂムがシャワーのカーテンポールに、ニシンの燻製《くんせい》をずらりと掛けたのだ。アクリーナはぜんぶゴミ箱に投げ捨てた。

十月二十二日
ワヂムは仕返しに、アクリーナが作ったキャベツのスープに黒い固形石けんを入れた。
二人の喧嘩《けんか》が、ここまでエスカレートするとは。

十月三十日
アクリーナがワヂムに、赤ん坊用のおまるを持っていった。毎朝ワヂムがトイレを独占するので、うんざりしているのだ。アクリーナは昔ばなしの魔女、バーバ・ヤガーより知恵がまわる。

十一月四日
階段の電球がぜんぶ切れていた。ワヂムがやったのだろう。こんどは住民全員がとばっちりを食った。
こんなことがずっと続いていいはずがない。
誰かに二人の仲裁をたのもう。

十一月六日
誰も関わりあいになりたがらず、仲裁役が見つからない。ワヂムはアクリーナの部屋のドアに小便をし、「これ以上偉そうにしたら、こんどは糞《くそ》するぞ」と脅した。

こんなことをやめさせるには、どうしたらいい？
オリガももう限界だ。引っ越しましょうと言っている。

十二月十一日
今日の昼、ワヂムが出ていった。妻と子どもたちも連れて。着の身着のままで、何もかも部屋に残して。
これにはアクリーナが一枚かんでいるのだろうか？　ひょっとしてＫＧＢの人間なのか？
あの女には気をつけよう……。

不愉快だったこの出来事を、アクリーナ自身はほとんど忘れていた。だがニコライの文字から当時を思い出すと、ふと微笑が浮かんだ。
あのとき、自分にぞっこんだった高官を利用して、その後ふったことは、これからもけっしていい思い出にはなるまい。だが迷惑《めいわく》な人を追いはらうには、思いきった手を使うしかなかったのだ。

一九六〇年一月四日
鼻と喉、目、それに皮膚、ぜんぶがひりひりする。下痢もひどくて血が混じる。医者に行ったら、仕事で下水道の汚れた空気を吸いつづけてきたからだろうと言われた。すぐにも仕事を変えたほうがいいという。カーディエフカの炭鉱に戻れとでも？

二月十四日
この三日間、悪寒に震えながら寝ていた。熱は四十度四分まで上がった。マーシャとイリーナは、ガッチナのおばあちゃんのところへやった。二人の匂いが恋しい。ベビーパウダーとフレッシュチーズの匂い……。
　オリガのためにも、早く治らなくては。オリガはもう二週間も、吹きさらしの移動屋台でクワス[11]を売ってくれている。外はマイナス十五度。凍《こご》え死《じ》にしかねない。

三月二日
ヨシフから、いっしょにリーバイ・ストラウス[12]のブルージーンズを売らないかと持ちかけられた。商品は西ドイツから、東ドイツ経由で来るという。一九五七年にモスクワで開かれた世界青年学生祭典[13]以来、若者たちは何をおいても、この鋲《リベット》を打った青い布地のズボンをはいてみせたいようだ。ブルージーンズはロックンロール同様、魔法のように、自由の象徴になっているのだとヨシフが教えてくれた。
　それなら、ぼくもちょっとはいてみなくては。

三月六日

ヨシフからの提案を受けることにした。いまの安月給では、人並みの生活もおぼつかない。でももし捕まったら、ぼくは、ぼくたちは、どうなる？

そう思っただけで、血も凍る思いだ。

ヨシフは、そんなことはけっしてないと言う。顧客のなかに、特権幹部の息子たちがいるらしい……。

四月十二日
ブルージーンズを売った儲《もう》けで、娘たちにキューバのバナナを買ってやった……。美味《おい》しそうに食べる二人を見ているうちに、吐き気がしてきた。共産主義的価値観への忠誠心と、家族の幸せのあいだで、ぼくは引き裂かれている。

アクリーナは、ここから先の一九六〇年の記述は飛ばすことにした。興味を引く部分がほとんどなかったからだ。ニコライはあいかわらず体調不良のまま、レニングラードの地下でネズミたちを追いまわしていた。心はいつも、愛国心やナショナリズムと、個人主義のあいだで揺れていた。娘たちは言葉を話しはじめた。そして「ブルジョワのアメリカは、毎日少しずつ、さらに笑いものになっている」。

二匹のメス犬、ベルカとストレルカが、一九六〇年八月十九日、宇宙へ行った。そして地上に生還したはじめての生物となった。ほかにネズミ、ハツカネズミ、ウサギ、ハエ、ショウジョウバエなどもいっしょだった。おもしろい。

それ以外には、とりたてて注目するほどのこともなし。強いて言えば、熱烈な愛国主義者でありたいニコライが、じつはそのとおりに生きているわけでもないらしいことだろうか。ジーンズを売りさばいているのに加えて、グルンディッヒのテープレコーダーでも闇商売をしていた。もしものときには、彼を脅す材料にできる。

一九六一年三月二十六日

新たにまたメスの小型犬が宇宙の旅から生還した。このようなことは前代未聞、人類の歴史始まって以来だ。小型犬は雑種で、名はズヴョーズドチカ。運命を感じさせる名前。

それにしても、なぜまた犬を宇宙へ送ったのだろう？　人間が行くのはいつなのだろうか？

三月二十七日

今朝は寝起きがつらかった。また下水道に入るのは地獄だ。

唯一の慰めは、給料をもらったこと。

アメリカだったら革命が起きそうな金額だが……。

三月二十九日

昨日、マーシャとイリーナが、はじめて歩いた。まるで、二人で前々から決めていたみたいに！　家のなかは、一日じゅうお祭り騒ぎとなった。復活祭はまだ先だが、オリガはパスハ[14]を作った。

パスハは、ぼくも子どものころからいちばん好きなお菓子だ。

四月十二日

今日はぼくの人生のなかで、いちばんすばらしい日だ。二十七歳のソ連人同志、ユーリー・ガガーリンが、地球を百八分で完全に一周して帰ってきたのだ。単なる飛行ではない。完全に一周した！　われわれはとうとう人間を宇宙へ送りだしたのだ！　これでアメリカもわれわれの足もとにひれ伏すだろう！　われわれが勝ったのだ。

タス通信によると、宇宙飛行士はモスクワ時間の十時五十五分に、エンゲルスの近くに着陸した。技師たちが計画したとおりの時間と地点で、親切な農民二名が、宇宙船から飛行士が降りるのと宇宙服を脱ぐのを手伝った。それから荷馬車でスメロフカの村まで行ったが、道中さかんに拍手を浴びたり野の花々を贈られたりしたそうだ。

下水道でぼくらがそうしゃべっているのを聞きつけた学生が、ぼくらの頭上の板を持ちあげ、大喜びしながら「出てこいよ」と怒鳴った。そして歩道で小型犬のように小躍りして、かぶっていた毛皮帽を空高く放りあげた。

地上に顔を出してみると、人々はみな建物からネフスキー大通りに出てきていた。どんどん増える人波に、ヨシフとぼくもついていった。みな口々に、歌ったり叫んだりしている。「ソヴィエト連邦に栄光あれ！」「ユーリー・ガガーリンに栄光あれ！」「宇宙の英雄ガガーリン！」「われわれの科学の大勝利！」。

みんな喜びを爆発させている。そして笑っているうちに、恥も外聞もなく涙を流したりしている。こんなにも喜び感動している人波のなかにいるのは、ナチスが降伏したとき以来だ。

娘たちへのおみやげに、プラウダの号外を買った。一面には大見出しとともに、八段抜きでユーリー・ガガーリンの写真。大見出しは「史上最大の快挙」。そのとおり。

ガガーリンは誠実そうなまなざしで、笑顔には愛嬌《あいきょう》がある。ハンサム。魅力的。まったく、ぼくはこの落ちこんでる道化師面《づら》で、われわれの美しいソ連の顔になろうなどと、一瞬でも思ったことが恥ずかしい。

これでアメリカは、息の根を止められただろう。やつらは瀕死《ひんし》。もう長くはない。二度とわれわれを追い越そうなどとはしないように……。

今夜は満ち足りた気分で眠れる。

子どものころから批判精神の刃を研《と》いできたアクリーナは、いらだった。ソ連の国民が現在していることには無理がある。不可能なほどのことにむけて、片手を思いきり伸ばしながら、もう片方の手では、皇帝《ツァーリ》が支配していた時代同様、素手でじゃがいもを掘っているのだ。この下水清掃作業員を特別心にかけているわけではないが、それにしても、彼がどれほど体制の意のままになっていることかと歯がゆい。

人々は、天使の顔をしたガガーリンが奇跡的な偉業を成しとげたことで、すっかり目をくらまされた。クルシノの貧しい農民の子が、勝ち誇るかのようなアメリカの鼻を明かしたと舞いあがって、共産主義体制が始まって以来、日々耐えてきた現実が見えなくなったのだ。収容所に送られる恐怖、誰ともわからぬ隣人の恐怖、牢獄《ろうごく》の、拷問の恐怖。飢餓、寒さ、貧困、自殺、恐喝、暴力、一斉検挙。沈黙、卑劣な行為、内通、裏切り。特権、闇市、買収。肌着をほんの三枚、野菜を一キロ、薪を二束買うために、延々と列に並ばなければならないこと。社会は細分化され、個人は否定され、共同住宅に詰めこまれて……そのうえレニングラードの下水道の、どうしようもないこと！

ああ、ソ連は美しい。頭を壁に打ちつけたくなるほどに。ええ、そう。

四月十三日

今夜はモスクワ州リュベルツィに住んでいるぼくのいとこで兵士、アントンの家に泊まる。モスクワに向かう列車のなかでは、誰もかれもがユーリー・ガガーリンの話をしていた。昨日はアルメニアからウズベキスタン、グルジア、ラトヴィアまで、どの町でも工場はすべて閉まっており、労働者たちは休日を楽しんでいた。メーデーのようだった。

ラジオで、明日赤の広場で祝典が開かれ、ガガーリンが来ると聞いた。「行ってらっしゃいよ」とオリガが言ってくれた。だからぼくはこうして出かけてきたのだ。

市が、ヒューストンに勝ったことを祝う花火を打ちあげた。目の前がまだチカチカ輝いている。

星々の雨が降りそそぐようななか、人々は抱きあい、ぼくも胸がいっぱいになって、うっとりしていた。こんなことはめったにない。

ユーリー・ガガーリンは、人々にすばらしい高揚感を与えてくれた。

「『パンとサーカス』ね」アクリーナは苦々しげにつぶやいた。結局のところ、暴君カリギュラやネロ、カエサルの時代から、何も変わってはいない。

四月十四日

今朝は五時に起こされて、アントンと、町の反対側にあるヴヌーコヴォ空港へ行った。バスと地下鉄に乗ったが、地下鉄の駅はとても美しい。レニングラードより手の込んだ装飾がなされていて、豪華だ。

ユーリー・ガガーリンは、イリューシン－18大型旅客機で、十二時半に到着した。栄誉護衛の戦闘機七機とともに。七機！　将校の制服姿でタラップに現れたガガーリンは、輝いていた。だがタラップを下りてくると、つまずきやしないかとはらはらさせられた。左の靴ひもがほどけていたのだ。ぼくと彼との唯一の共通点だろうか。ぼくの靴ひもも、すぐほどける。オリガがしっかり結んでくれたとき以外は……。

赤い絨毯《じゅうたん》の上で、フルシチョフ本人がガガーリンを出迎えた。そして長いあいだ抱きあっていた。ぼくの場所からはあまりよく見えなかったが、人々はレーニンやフルシチョフやガガーリンの肖像を掲げて振っていた。党第一書記の目には、光るものが浮かんだようだ。二人はたくさん言葉を交わしていたが、何も聞こえなかった。ファンファーレが大音量で鳴った。プラウダや外国のマスコミの特派員たちが、この歴史的瞬間を永遠に残そうと、人波をかき分けていた。

それが終わると、宇宙飛行士は党の幹部たちに挨拶した。幹部たちはいらだっているように見えた。アントンによれば、彼らは自分たちのような重要人物が写真に入らなかったことで、不機嫌になっているのだという。

ガガーリンは一人一人に挨拶していったが、どこからともなく党第一書記にしっかり腕を取られて連れだされた農民の夫婦を目にすると、一瞬立ちつくした。太い縁のメガネをかけ、フルシチョフからバラの大きな花束を贈られた若い女性もいる。田舎から呼びよせた両親と妻らしいというささやきが、人波から流れてきた。飛行機で来たのだろうか、それともヘリコプターで？この状況にとまどっているのが一目瞭然だ。だが第一書記が抱きあうように促すと、すぐに熱い抱擁が交わされた。高齢の父親は、笑顔を向けられるたびに粗末な帽子を取り、母親のほうは涙をこらえて顔をしかめていたが、二人の誇らしそうな様子は見ていて気持ちのいいものだった。それにしても、ガガーリンがこのように質素な家の出《で》とは、思ってみたこともなかった。

祝典が終わると、党が用意したバスで赤の広場へ向かった。レーニン廟《びょう》から一キロ以上も離れたところで降ろされたが、あたりはひどい混雑。膨大な数の人々が、朝からつめかけていたらしい。周囲をよく知っているアントンのおかげで、なんとかグム百貨店まで行き、屋上に上った。演壇がちょうど正面に見える。兵士というのは、それなりに利点があるもののようだ。

屋上から見おろすと、下は大勢の観衆で埋めつくされていた。ソヴィエト連邦の旗の色と同じ名の、赤の広場。その広場が人の海と化している。何千もの男が、女が、子どもたちが、ガガーリンを待っていっせいに揺れている。手には写真や旗や、枝つき燭台《しよくだい》を持って振っている。アントンによると、ナチスドイツに勝った一九四五年五月九日でも、これほどの人はいなかったそうだ！　それでもまだ、そこらじゅうから人が湧《わ》いてくる。

歴史博物館の前にはガガーリンの巨大な肖像が飾られ、その正面の聖ワシリー大聖堂の前には、二十メートルほどの高さの発射台にロケットの模型が載せられていて、いまにも宇宙を征服しに飛び立ちそうだ。

アントンは百貨店の店長から、双眼鏡を借りた。まるで魔法のメガネだ。十分ほどで、レーニン大通りに一行がやってきたのが見えた。オープンカーのリムジンは花々で飾られ、そこからガガーリンが、熱狂する群衆に笑顔をふりまいている。フルシチョフと自分の妻とのあいだで、新たなファンたちに応《こた》えている。人々は彼を見て失神したり、髪をかきむしったり、少しでも近くで見ようと、安全のために張られたロープのほうへ押しよせたり。規律第一のアントンは激怒していた。

「人民の手綱をゆるめると、こういうことになるんだ。まったくなんていう騒ぎだ。みんな酔ってやがる。おまえのガガーリンにな！」

ぼくとしては、自分は彼らとは全然ちがうと思っている。ガガーリンはぼくの夢を実現してくれたのだ。宇宙へのぼくの夢を。

ユーリー・ガガーリンはレーニン廟の上の演壇に立ち、短くスピーチをした。謙虚に、宇宙飛行を可能にした科学者たち、技師たち、専門家たちに感謝を述べ、今回の飛行は彼らの功績だと讃《たた》えた。割れるような拍手喝采。少し下がったところにいたレオニード・ブレジネフだけが不満げで、額に皺《しわ》をよせ、五分おきに腕時計に目をやっていた。

その下の御影石《みかげいし》の階段では、各国マスコミの特派員たちが、外交官や星の階級章をつけた軍人たちに交じって、自分たちの場所を取られまいとしていた。興奮気味の若者の一団もいた。アントンによると、宇宙飛行士たちの一団だそうだ。

ガガーリンのスピーチが終わるとすぐに、こんどは党第一書記がマイクの前に進みでた。波のようにうねる第一書記の言葉は催眠術のようで、何か所も話を聞きのがしたが、人類に対するガガーリンの功績は、少なくとも「新大陸」を発見したクリストファー・コロンブスに匹敵するものであり、これから世界はわれわれの足もとにひれ伏すであろうと言ったのは覚えている。ガガーリンの妻のすばらしさも讃えた。「その勇気とともに、前例のないこの飛行の重要性を理解したワレンチナ・イワーノヴナは、魂の偉大さと深い知性を示したのであります」

なんという称賛だろう。

このスピーチのあいだ、ユーリー・ガガーリンが何度も目をしばたたかせているのに、ぼくは気づいた。胸が熱くなっているのだろう。見ていると、それは家族が称賛されるたびにだとわかった。こまやかな感受性そのもののような人だ。

ガガーリンが「最初のソ連宇宙飛行士」の称号と「ソ連邦英雄」の称号を授けられ、フルシチヨフからレーニン勲章と少佐の肩章を与えられると、ぼくたちは、パレードが再開する前に引きあげた。

ぼくはその場を立ち去りがたかったが、どうしてもレニングラード駅まで戻って、家に帰らなくてはならなかったのだ。アントンが見せる兵士の身分証明書がなかったら、ますます増えていた群衆をかき分けて進むのは無理だっただろう。歩きながらオリガにと思い、落ちていた花束を拾った。娘たちには、それぞれに紙ちょうちんと、ヴォストークの縮尺模型一つとガガーリンの写真を一枚、それに「次は火星へ！」と書かれた手作りのプラカード一つをみやげにした。

帰りの車内では、巣穴で冬眠するオオヤマネのようにぐっすり眠った。列車がレニングラード駅に着いたところでようやく目がさめたが、もう夜で、何もかもが静寂に包まれていた。何もかもが一時停止になっているかのようだった。

家までは歩いて帰った。結局のところ、そう悪くはないこの人生を再始動させるために……。この二日で、ぼくはすっかり生きかえった気分だ。

四月十六日

昨日の朝、キューバ軍機に偽装した六機のアメリカの爆撃機が、ハバナの空軍基地を空襲した。フィデル・カストロ首相率いるキューバ政府軍に多数死傷者が出て、罪のない市民も七人巻き添えになった。

四月二十日
アメリカ軍は十七日に、キューバのコチノス湾に上陸。浜で戦闘がおこなわれたが、ソ連が支援したキューバ政府軍が勝利した。

四月二十一日
十二日に党第一書記が演説したことを、ここに書いておきたい。緊張の高まっている現在の状況に、これほどしっくりする言葉はないと思う。
「平和のために、いまひとたび、すべての国民、すべての政府に申しあげたい。軍拡競争には終止符を打ち、厳正なる国際的管理のもと、全世界で徹底的な軍縮を実現しようではありませんか」
この言葉が世界に届いてほしい。

四月二十三日
ユーリー・ガガーリンが乗ったロケットのエンジンは、二千万馬力に相当するそうだ。二十世紀はじめの、ロシア皇帝たちの馬をぜんぶ合わせたほどの馬力だとか。そのころすでにわれわれは、信じられないような飛行のできる力を、地上で使っていたというわけか。

四月二十九日

四十歳の誕生日。ヨシフが金色の金属でできたキーホルダーをくれた。表にはユーリー・ガガーリンの顔が彫られている。裏には宇宙飛行が成功した日付と、かかった時間。これから肌身離さず持っているつもり。
ぼくはなんとすばらしい友に恵まれたのだろう。

五月二日
娘たちのためにモスクワで拾ってきたがらくたは、結局自分のために取っておくことにした。ユーリー・ガガーリンをこの目で見た日の記念に、ぜんぶ暖炉の上に飾った。

五月十一日
マーシャが市場で、磁器の皿を見つけてきた。宇宙飛行士のヘルメットをかぶったユーリー・ガガーリンの絵が描いてある。ぜんぶで五枚。寝室のベッドの上に、半円形に掛けて飾った。

アクリーナはふと軽い寒気を覚えて、腕時計を見た。午後四時十五分。西のほうへ傾いていた太陽は、すでにネヴァ川のむこうに沈んだようだ。あたりは肌寒く、空気も湿気を帯びてきた。つま先は感覚がなくなっている。アクリーナは〈もうじゅうぶん読んだ〉と思い、名残惜しさを感じることもなく、ニコライの日記帳を閉じた。このあとに書かれているのは、現在に至るあれこれと、ユーリー・ガガーリン関連のどんな品を買ったかという話、ガガーリンの外国訪問のリスト、それに党のプロパガンダについてのお人よしな感想が少々。ニコライの考えを変えることは無理だろう。でも悪い人ではない。まったく違う。

共同住宅に戻ると、ちょうどおやつを食べ終えたオリガと娘たちに、ばったり出会った。陶器のような肌をしたオリガは、輝くように美しい。十五歳も年上の下水清掃員の妻になったことが、信じがたい。この点においてだけは、ニコライが書いていたことに賛成だ……。

アクリーナは、オリガのおめでたにお祝いを言った。オリガのほうは、彼女に愛想よく言葉をかけられることなどほとんどはじめてだったので、面食らった。それで顔には何も出さず、とりあえずアクリーナの母親の具合を訊《き》いた。

「元気です、おかげさまで。百科事典やそのラテン語訳を読んでばかりですけど……。ところでご主人は、何時ごろ帰ってらっしゃるんですか？」

「二件めの仕事を終えて、だいたい夜の十時ぐらいです。かばんからノートがのぞいてますけど、それをお返しになりたいのなら、わたしが預かりましょうか？　娘たちもわたしも、そのノートを隠す遊びが大好きで」

「ありがとうございます。でもニコライとちょっと取引をしまして、このノートがそれに関係してるもんですから。自分の手で返すことにします」

「ではよろしいように。でもどうして……」

「何か調べるとか取るとか、そういうことじゃありません。ご主人のほうから貸してくださったんです。進んで。今朝。ノートは食料戸棚のなかにあったので……」

ニコライが帰ってくるのを待ちながら、アクリーナは簡単な夕食を作ることにした。外で見知らぬ騒がしい人たちととなりあって食べるのは、もう嫌になっていたのだ。彼らは匂いのきつい食べものを、たいてい手づかみで食べている。

流しの水道の蛇口がまたも動かず、アクリーナは金づちで叩《たた》かなくてはならなかった。ところが今日は、びくともしない。もちろん、となりの部屋の人の流しで野菜を洗うこともできなくはないが、規則違反の現行犯で捕まるのは気が進まない。この共同住宅の実権を握っておくには、非の打ちどころのない存在でいたい。

アクリーナはいらだって、サラダをあきらめることにし、ラッソーリニクの残りを鍋に入れてから、ミートパイ四個をオーヴンに入れた。これだけあれば、二人分には多すぎるぐらいだ。いずれにしても、母親はスズメがついばむほどしか食べない。

最近、母ソフィヤは目に見えてひびが広がっていくかのような状態で、アクリーナはそんな母との食事を恐れていた。母の様子は見守るしかなく、いらいらしてしまうか、疲れはててしまうかだからだ。母は引退して六年、昼間は一人で哲学の講義の準備をしている。そのうちまた教壇に呼びもどされると、信じこんでいるのだ。

二人は使い古した寄せ木細工の小さな丸テーブルに、差し向かいですわって食事した。アクリーナが、今日もいつもどおり大学で過ごしてきたふりをすると、ソフィヤは「あなたまだ学生だった？」と驚いた。

「もう十五年近く前に卒業したわよ、ママ。頭しっかりさせて。わたしはもう研究者よ！　で、レニングラードに戻ってきてからは、博士論文を仕上げようとしてるところ！」

しばらくしてこんどは「ワヂムとはまだゴタゴタしてるの？」と訊かれ、アクリーナは思わずかっとしそうになった。

「あの人、もう三年以上も前に出ていったじゃないの、ママ。いまはあそこに、子どものいない建築技師のご夫婦が住んでるでしょ。ほら、わたしたちにアメリカのタバコをくれるご夫婦！」


食後、皿を洗って食器棚にしまうと、アクリーナは『ハドリアヌス帝の回想』を持ってソファに倒れこんだ。だがものの十分で、本を置いた。マルグリット・ユルスナールの文章がつまらなかったわけではは、もちろんなく、単に読書に集中できなかったからだ。頭のなかに問いが一つ、引っかかっている——ニコライに、どんなふうに接すればいいか？

おとなしくて無害な人だと思うけれど、万が一、密告されたらと思うと鳥肌が立った。父がいなくなってから脆《もろ》くなってしまった母親は、もしそんなことになったら、こんどはもう生きのびられないだろう。

父レオニード・ガヴリーロフは、司祭のひ孫として生まれ、国外でも尊敬される名高い民族学者だった。そして、かの生理学者イワン・ペトロヴィチ・パヴロフの研究に協力する、小さな学者サークルの一員でもあった。だが一九二四年、共産主義政治と宗教を分離させるため、司祭の子孫が学校や大学から大量に追放されたとき、彼もまた十七年教鞭《きょうべん》をとったレニングラード軍事医学アカデミーから、あっさり解雇されたのだ。

母ソフィヤは同じアカデミーで哲学を教えており、同じ運命をたどった。これを不服として訴えようとしたため、父の立場はさらに悪化して、訴訟を起こすこともできないまま、シベリアのコルィマ鉱山での十年の強制労働を言いわたされた。

当時すでにおおいなるオーラを放っていたパヴロフは、レオニードを救おうと、その社会的地位と影響力を行使した。パヴロフもまた司祭の息子だという口実のもと、辞表をちらつかせ、ソ連を去ってストックホルムで教授職につくと脅したのである。だが効果はなかった。引きだせたのは、ソフィヤとアクリーナはレオニードを追ってシベリアに行く必要はない、ということだけだった。それまで暖房のきいた大学の部屋で過ごしてきたレオニードは、シベリアの厳しい自然と過酷な強制労働に、二か月と耐えることができなかった。

友にもたらされた運命に怒りがおさまらなかったパヴロフのおかげで、ソフィヤはやがて、行政機関での掃除婦の職から解放され、共同住宅の一室を与えられた。そうしてここに住むようになったというわけだ。ニコライや、ほかの五家族とともに。

社会の底辺層となったこの六年間、アクリーナは身の毛もよだつこうした経緯を、とんでもなく不当な仕打ちだと感じて生きてきた。そして党と、党が作りだす偶像《アイドル》への憎しみを深めてきたのだ。彼女にとって共産主義とは、美しい詐欺にも似た面に裏打ちされている、本質的に不寛容なイデオロギーでしかない。

それでもアクリーナは、死んだ父が「太平洋と北極海のあいだのどこかに埋められているから」と、ソ連を離れようとしない母を置いていくこともできず、この国に残る決心をした。そしてモスクワで、まず十年——結婚して離婚し、再婚してまた離婚した。その後、父の著作をまとめるために、レニングラードへ帰ってきた。無痛分娩についての医学博士論文は、一九二四年にぷっつり中断された父の仕事を継ぐものでもあるのだ。


ニコライは、十一時ごろ帰ってきた。玄関で十時から待っていたアクリーナは、ニコライが入ってきてドアを閉めるなり捕まえた。

そしてすぐに、彼が真新しいブルージーンズをはいているのに気がついた。

「すてきなズボン！　きれいな仕上がり！　われわれの工場の製品？」

「いいこと言うね、アクリーナ。なかなかいいこと……」

「日記、読ませてもらったわ。うちで少し話す？　オリガが、あなたは十時ごろ帰ってくるって言って待ってたけど、『私がちょっと誘拐します』って言っておいたから。彼女、身重なんだし、もっと気をつけてあげなきゃだめよ」

不意打ちされたうえ、このように気のきいた話しぶりに、ニコライは反対のしようもなかった。

思っていたとおり、アクリーナの部屋は、ニコライの部屋よりずっと、ずっと広かった。金褐色の明かりに包まれて、ぎっしり並んだ古い蔵書や、版画や聖画像《イコン》や絵画が浮かびあがっている。アクリーナは文化と知の集積を、空気のように吸って生きているのだ。

古代ギリシャの自然哲学者、アナクサゴラスの著作にむかってかがみこんでいた母ソフィヤが振りむき、片手を上げて挨拶した。そして本から目を離したのと同じすばやさで、また本に戻った。ペンを手に集中し、本の内容以外は何も寄せつけない迫力だ。

「納得したわ、ニコライ」

「それは、意見を変えたってこと？　ぼくが……ぼくがきみの意見を？　ガガーリンが成しとげたことがどれほどすばらしいか、やっとわかった？」

「そうじゃないの。でもあの気圧計はあなたの好きにしていいって、納得したのよ。ユーリー・ガガーリンは、あなたの神なのね。それであなたが幸せなら、けっこうなこと。ほかの神さまより悪いってこともないし。正直に言えば、私にはそれほどの存在じゃないけど……」

「そこまで嫌うのはどうしてなのか、せめて教えてもらえないかな？」

「言わないでおくわ。危ない目におちいらないように。あなたを危ない目におちいらせないように、ヨシフとやってる闇商売のことを訊かないのと同じ。どこでもみんな、そういうふうにしてるものね」

ニコライは驚いて、半信半疑の微笑を浮かべた。そして彼女の肩に手を置こうかと思ったが、新たな問題を起こしたくはなかったので、やめておいた。

アクリーナのほうは、こんなにも背が高く、こんなにも純真な彼に感じ入り、オリガが彼に感じたにちがいない魅力がわかった気がした。

「でもあの気圧計、ちょっと存在感あるでしょ。入り口の廊下に置く前に、共同住宅の投票にかけてね」

「必ずそうする。ありがとう。いきなり置こうとしたりして、配慮が足りなかった」

「気にしなくていいわ！」

「あの、よかったら本を貸してもらえないかな？　ぼくみたいな下水清掃員にも読めそうなやつを。ご存じのとおり、昔の有名な本とジュール・ヴェルヌ以外、ほとんど読んだことがないんだ」

「喜んで。で、わたしが奥さんに無痛分娩の手ほどきをするあいだに、うちの流しの蛇口をなおしてもらえる？　さっき上から叩いたら、金づちが壊れそうになっちゃって」

握り拳と、目と目で、契約が成立した。


（訳注）
1　現在はサンクトペテルブルグ大学に改称。
2　イワン・ペトロヴィチ・パヴロフ（一八四九―一九三六）条件づけで有名な「パヴロフの犬」の実験などで知ら

れる。

3　レニングラード（現サンクトペテルブルグ）にある大きな庭園。ピョートル大帝によって建設された。

4　ソ連共産党の機関紙。

5　スプートニク・ショックと呼ばれた一連の影響の一つ。

6　第二次世界大戦末期のベルリン周辺におけるドイツ軍とソ連軍の戦闘。この結果、ヒトラーが自殺し、ドイツ軍が無条件降伏した。

7　アレクセイ・スタハーノフ（一九〇六－一九七七）旧ソ連の炭鉱労働者。生産性向上運動である「スタハーノフ運動」のシンボルとなった。

8　十九世紀創業の最高級ホテル。社交界の名士たちが集まった。一九九二年「グランドホテル・ヨーロッパ」に改称。

9　ロシア版のサンタクロースに近いが、霜の精であり、衣装は青と白であることが多い。

10　月の海と呼ばれる月面上の平原の一つ。

11　ライ麦と麦芽を発酵させて作る伝統的な微炭酸アルコール飲料。

12　（一八二九―一九〇二）ユダヤ系でドイツ移民のアメリカ人。十九世紀後半、新しいスタイルのワークパンツとしてブルージーンズを製造しはじめ、リーバイスのジーンズが誕生。

13　一九四七年から国際学生連盟と世界民主青年連盟の合同で開催されている社会主義国のイベント。一九五七年の第六回大会はモスクワで開かれ、世界百三十一か国から三万四千人が参加したと言われている。

14　バターと卵と凝乳《カード》で作る、復活祭の白いケーキ。

15　ロシアの伝統的なスープで、キュウリのピクルス、大麦、豚か牛の腎臓を煮こんで作る。

5　ジャーナリスト　——一九六四年四月十二日

フランス　パリ　ヴィラ・ド・ラドゥール

藤の花咲く木《こ》かげにすわって、マリーナはオリンピアのタイプライターを酷使していた。カタカタカタカタカタ、と小さな鉄のハンマーがインクリボンを叩《たた》きつづけ、チン、と改行が知らされて、ジャーッ、とキャリッジリターンがうなる騒々しさ。おかげでこの庭の虫が大好物のムクドリたちも、逃げていったままだ。

プレッシャーに加え、折りたたみ椅子のせいでおしりが痛くて、ついミスタイプしてしまう。十五時締め切りと編集長に言われているのに、原稿がどうまとまっていくのか、まるで見えてこない。駆けだしのジャーナリストに——彼女の取材許可証は、文字のインクもまだみずみずしい——ありがちなことで、取材メモを取りすぎたのだ。聞き漏らしのないように、まちがえないように、細部を見落とさないようにと。それこそが、差になる部分のはずだと思うから。これまでに出された、ユーリー・ガガーリンについての、あらゆる特集記事との差に。

少し落ち着こうと、マリーナはフラットシューズを脱ぎすて、地面にマットを広げて、二十分間ヨガをおこなった。

そして生きかえったような心地になると、〈十四時三十分には原稿を出そう〉と自分に言い聞かせたのだ。

主見出し（仮）

「人類初の宇宙飛行士の母」アンナ・チモフェーヴナ・マトヴェーエワは語る

袖見出し（仮）

あの子が何をしているのか訊《き》こうとするたびに、こう言われたものです。「母さんは外国のスパイなの？」

署名

マリーナ・バルロワ、「フランス・オプセルヴァトゥール」グジャーツク特派員

前文（仮）

三年前、宇宙を飛んだ初の人類となったのは、ソ連人宇宙飛行士だった。その快挙を伝えるこのシリーズも、この第四回をもって終了となる。最後にお伝えするのは、ユーリー・ガガーリン

の子ども時代についてだ。

本文

ユーリー・ガガーリンの家族が住むグジャーツクは、モスクワから百六十七キロの地点にあって、町全体が博物館の様相を呈している。その駅はまちがえようもない。祖国の子となった彼の存在が、駅のホールに一歩入ったとたんに迫ってくるからだ。ホールに置かれた胸像。切符売り場の上には、堂々たる肖像画。

こうした「ガガーリン熱《ガガーリーノマニア》」は、もちろん駅のなかだけにとどまらない。飛行士は、町じゅうであの魅力的な笑顔を向けてくる。学校で、郵便局で、病院で、劇場で。家々の窓で、食料品店《プロドマグ》、百貨店《ウニヴェルマグ》のウインドーで。市役所で、警察署で。カフェや、町で一軒だけのレストランの外壁で。レストランではほぼどの料理も、宇宙飛行士やその飛行にちなんだ名前になっている。そして外の通りも袋小路《ふくろこうじ》も、大通りも広場も公園も橋も、すべて彼を讃《たた》える名が新しくつけられている。「流れ星スタジアム」、「一九六一年四月十二日交差点」、「宇宙を飛んだはじめての人大通り」というように。

ユーリー・ガガーリンの母、アンナ・チモフェーヴナ・マトヴェーエワに早く会いたくて、わたしは「祖国の子」関連の展示をしている博物館には行かずにすませた。ところが町じゅうにあふれる賛美の念に圧倒されるうちに、いつのまにか町の中心からはずれ、小さな川——町の名のもととなったグジャチ川——のほとりに出てしまっていた。それではじめて、道に迷ったことに気がついた。約束の時間に遅れまいと、わたしは、近くで友だちとカエルを捕まえるのに夢中にになっていた小学生の女の子に道を訊いた。

「どっちの家に行きたいの？　新しいほう？　古いほう？」

「ユーリー・ガガーリンのお母さんが住んでるほう」

「じゃあ、新しいほうだ！」

十歳の女の子は、わたしに教えることができて誇らしげだった。そして別れぎわには、こう暗唱してくれた。

「われらが宇宙飛行士の、輝きわたる人となりこそ、わが子ども時代を照らし導く星の光です」

そこからガガーリン家の「新しい家」までは、すぐにわかった。この地方の伝統的な家々のなかで、ひときわ目立つターコイズブルーと緑の四角い家だったからだ。窓は大きく、屋根は平らである。

「昔のわが家のほうに来てもらいたかったんだけど、ユーリーが宇宙飛行をしてから、むこうは博物館になってしまって」アンナはわたしを迎え入れながら、そう詫《わ》びた。

「でもこの家も、三部屋あってなかなかいいんですよ。夫のアレクセイは、自分で建てた家じゃないと住み心地が悪いみたいだけど。これは共産党の中央委員会からいただいた家なんです。外に駐《と》めてある車もそうだし、『人類初の宇宙飛行士の母』って刷《す》ってある便せんもそう。私にたくさん手紙がくるから、それに返事を書くように励まして――というより――書けって言ってるのね。ユーゴスラヴィアからも中国からも、フランスからもイタリアからも、アメリカからさえ手紙が来るんですよ！」

このご婦人の、見た目と話しかたのギャップに、わたしは驚いた。ユーリー・ガガーリンの母、アンナは六十一歳。顎《あご》で結んだ三角スカーフや刺繍《ししゅう》のある古いショールといい、突き出た頰骨といい、絵本に出てくるロシアのおばあさんそのものなのに、話しぶりはなめらかで繊細で落ち着いている。詩的と言ってもいい。

アンナは有無を言わさずわたしを台所に連れていくと、野バラのお茶を出してくれた。

「野バラの実は体をしゃんとさせて、病気が外から入ってこようとしても守ってくれますからね！　野菜スープ《シチー》に入れる肉を切ってたところだったから、続きをやってもいいかしら？　アレクセイは、口のなかでとろけるほど柔らかく煮こんであるのが好きなのよ」

わたしはペンとノートを取り出しながら、彼女が両手で豚の肩肉を骨から切りとるのを見つめていた。マメだらけで、日に焼け茶色くなった二つの手。ずっと戸外で働いてきた人の手だ。

「お嬢さん、私たちはただの農民ではないって、記事には書いてくださいね。夫は木工職人兼大工で、家を何軒も建てたし、私の父はプチーロフ工場（編集部注　ペトログラードにある金属加工工場）の労働者で、一九一七年の革命の前、皇帝ニコライ二世をやめさせることになったストライキに加わってたんです。

意外かもしれないけど、うちには図書室もあるんですよ。ユーラが小さかったときには、夜になるとよく読んでやったものなの。ゴーリキーやアルカージー・ガイダール、風刺的なクルィロフ、ロマンチックなレールモントフにネクラーソフ。あなたのお国の作品も。ヴィクトル・ユゴーの『レ・ミゼラブル』。

私たちがウダルニクの集団農場《コルホーズ》で働くのを決めたのも、信念からで、私は酪農の仕事をしていました。共産主義は私たちの背骨みたいなものです。ワレンチン、ゾーヤ、ユーリー、ボリスの四人の子どもも、革命を信条として育てました。暮らしは大変でしたけどね。朝は五時起き、夜は十一時前に寝られたためしがない。スープを作って掃除や洗濯をして、牛の乳しぼりに豚の世話、畑の草むしり、共同の土地も耕して。それも当時は馬と人間の力だけで」

三十年前に話を戻そう。ユーリー・ガガーリンは一九三四年三月九日、グジャーツクから二十キロほどの小さな村、クルシノで生まれた。クルシノは二十世紀はじめ、この国で最も貧しい地区の一つで、水道も電気も通っていなかった。

ユーリーは陽気で騒々しくて、喧嘩《けんか》もする子だった。とても頭がよく、誰にでもすぐなじみ、適応能力がすばらしく高くて、生まれながらのリーダーだった。

「友だちと、よく近所のドゥブニャ川で川ハゼを釣ってきたわ。帰ってくると、いつもあたたかい牛乳を金属のコップいっぱいに注《つ》いで出してやったものです」

この母によると、未来の宇宙飛行士は当時から、はてしない空間の広がりに強く惹《ひ》かれていたそうだ。

「こっそり屋根に上っては、風に吹かれて金色の波のように揺れるライ麦畑に、うっとり見とれていたのね。『あのまぶしい海みたいなところに飛びこみたい。そうして大地と空が出会う地平線まで泳いでいきたい』――そんなことを言ってました」

一九四一年六月二十二日、ヒトラーがソ連侵攻を命じたとき、ユーリーは七歳だった。そのころ夢中になっていたのは？　ソ連軍の基地を爆撃しにくるドイツ軍戦闘機《ルフトヴァッフェ》を、空想の銃で追いはらおうとすること。

そんなある日、ユーリー少年は、自分の運命を変え、人生を決めることになる出来事に遭遇する。ソ連軍戦闘機が、近くの森に緊急着陸したのだ。救助を待つあいだにも、子どもたちは機体を見たくて現場に駆けつけた。ユーリーは目をみはり、「操縦席にちょっと入らせて。どんなふうに動くのか教えて」と飛行士に食いさがったという。

「あの子はひどく興奮して帰ってきました。これまで見たこともなかった興奮ぶりでね。瞳には数えきれないほど星が輝いてるようで、まともにしゃべることさえできなかった。かわりに力いっぱい、身ぶりで見てきたものを伝えようとして。機体から漂ってくる『ガソリンのいい匂い』や、銃撃されて翼に開《あ》いた弾《たま》の跡のことまで、教えてくれたんですよ！」

そこで急に、「このニンジンを見て」とアンナはわたしに言った。

「あんまり赤くないでしょう、ほら。それにこのキャベツ……灰色ね。よそから来る野菜には、どうもなじめなくて」

以前の小屋に住んでいたころは、ガガーリン家にも畑があった。ところが新しい家に引っ越して以来、畑は持たせてもらえなくなり、入り口に花壇があるだけとなったのだ。

「宇宙飛行士の親は、かがんで土に手を突っこんだりしちゃいけないって言われて。ユーラの宇宙飛行で、私たちの暮らしはすっかり変わってしまった。でもたぶん、あなたが思うようにではなくて。そういうのはもうたくさん」

　アンナはさらに少々背中をまるめて、タマネギに取りかかりながら、正面にいるわたしに、当たり前のようにナイフを差し出した。笑顔で。

「じゃがいもをむいてちょうだい。最後に入れるから。スープの作りかたは簡単だけど、根気がいるのよ」

　そのときはじめて、彼女の青い瞳がもうだいぶ淡い色になっていること、歯は何本か虫歯であることに気がついた。

　さて、一九四一年の十月には、クルシノも爆撃を受け、学校は灰燼《かいじん》に帰《き》し、家はドイツ軍に接収された。占領軍の横暴なふるまいは際限がなく、一家は手で土を掘って小屋を作り――「家畜の小屋よりひどかった！」――、そこに住むしかなくなったうえ、食べものを探すにもさらなる努力を強いられた。

「いつもひもじかった。子どもたちは、凍ったぬかるみに裸足《はだし》で入って犂《すき》を引かなくちゃならなかったから、よく気を失って倒れたものでした……」

　家を占領したドイツ兵のことは、陰で「ファシストのアルベルト」と呼んでいた。

「子ども嫌いで、サディスティックなやつだった」

　一家の目の前で、缶詰や瓶詰《びんづめ》の食べものを犬にやったり、野良猫たちを撃ったり、果樹をつぎつぎ切り倒したりしたという。

「ある日、ボリスがその男の部屋に忍びこんで、卵を一つ盗《と》ったんです。まだ六歳にもなっていなかったし、ひもじくてたまらなかったんでしょう。ところが見つかって、リンゴの木の枝に吊《つ》るされた。あの子が胃液を吐いて、息を詰まらせ引きつってるときに、男は大笑いしていた。愉快だったんでしょうよ。私はたまらなくなって、獣のように叫んだんです。そして男の首につかみかかろうとしたそのとき、ユーリーが駆けつけて私の前に立ちはだかり、信じられないような力でやつに体当たりしました。『ファシストのアルベルト』は激怒してユーリーを殴り飛ばし、溝に落とした。もしその後、あの男が上官に呼ばれなかったら、ボリスは救えず、むごい死にかたをさせてしまったにちがいありません。あの日、私ははじめて、ユーリーの目のなかで怒りが燃えるのを見ました。二つの拳《こぶし》を固く握って、『ぜったい仇《かたき》を取ってやる』と言いました。そんなことをしたら、あとでやり返す口実を与えるだけだからと言ったんですが、ユーリーは聞こうとしなかったんです」

日がたつにつれ、ますます怒りとくやしさを募らせたユーリーは、仲間といっしょにドイツ軍に対するさまざまな妨害活動をおこなった。車道に割れた瓶の破片や釘《くぎ》をまき散らしたり、ドイツ軍から武器を盗みだしたり、「ファシストのアルベルト」の車の排気管にぼろ布やごみを詰めこんだり。

「そのたびに、アルベルトはすさまじい剣幕で怒ったので、ユーリーはしばらく近所の家にかくまってもらわなくてはならなくなったんです。拳銃で頭を撃ち抜かれたりしないように」

一九四三年のはじめ、ユーリーの兄ワレンチンと姉のゾーヤはポーランドへ……

そのとき、アメリカ英語のアクセントで話しかけられて、マリーナは執筆作業のまっただなかから現実に引きもどされた。

「なにかタイプライターをぶっ叩かなきゃならないわけでも？」

「いえ、あの……」

となりの庭から、となりの住人がこちらを見ている。

一九六三年十二月三十一日に、このヴィラ・ド・ラドゥールに来てからというもの、マリーナはとなりの人の顔も名前も知らないままだった。タクシーのトランクに、ルイ・ヴィトンの旅行かばんを山のように積んできたところだけ見た、幻のような人。牧歌的なこのヴィラに、ヴィトンはあまりに場ちがいで、エキゾチックにさえ感じられたから、ジャーナリストとしての網膜に焼きついたのだ。

人物当てゲームのようにたどっていくなら、彼は幻のような人であるのに加えて、音だけの人でもあった。毎晩、バッハのゴールドベルク変奏曲を練習しているのが聞こえてくるのである。そして装いといえば、茶色の革のベストに明るい色のズボン、靴は一枚革の柔らかそうなモカシンと、なんとも洒落《しゃれ》ている。

にもかかわらず、マリーナはその人がなんとなく気に入っていた。いや、それ以上だった。外でばったり会わないかしらと、何度も期待したものだ。でもそういうことは起こらなかった。近くから見ることができたのは、たった一度だけ。パリのはずれ、二十区ヨルダン通りのカフェレストラン「ゼフィール」で。だがこのときも、ちょうど彼の後ろの席だったため、背中と指しか見えなかった。指は、すすり泣いている黒い肌のファッションモデルの頬と額を、やさしくなでていた。そしてそのまま振りかえることもなく店を出たので、マリーナは、二人が寄り添い絡みあいながらピレネー通りを帰っていく後ろ姿しか、見られなかったのだった。

それがとうとう、むこうから声をかけてくれた。ただし最悪のタイミングで。

「何かされたのかな？」

「何を……誰に？」

「そのタイプライターに！」

「いえ、その、いま、うちにはペンキ屋さんが二人来てて、仕事部屋が……」

「とんでもない騒音なんだけど、わかってませんでした？」

「すみません、気がつかなくて。もう少し静かにタイプするようにします。でも、二時までに記事を仕上げなくちゃならないので」

マリーナは、それとなくジャーナリストだと言えたことで誇りがわいて、さらに話した。

「この原稿、わたしにとってはすごく大事なんです。わたしの仕事《キャリア》において。ずっと『フランス・オプセルヴァトゥール』に書くことを夢みてきて、はじめてたのまれた記事だもんですから。それで……」

「大喜び、ってわけですか」

たいていの場合、「ジャーナリスト」と口にしたとたん、相手の顔色は変わる。

「女のジャーナリスト？　そんなのいるの？」「専門は？」「ラザレフ、知ってますか？」

ところが今回は、何も変わらない。何の反応もない。かえってカチンときて、マリーナは攻撃に出た。

「タイプを打つ音がおじゃまなら、静かなお部屋に戻っててください。わたしが終わるまで。いまも申しあげたように、これはやっとのことでわたしが……」

「お嬢さん、お言葉ですが、あなたの庭のその藤の花に陶然となって出てきてみたら、春のはじめての陽《ひ》の光がまぶしくて、冬の濃い霧に冷えきっていた僕の肌もあたためられ、この上ない喜びを味わっていたんです。あとはウィスキーがほんのちょっと、それにきれいな女の子がとなりで横になってくれたら、もう何も言うことはない。どうでしょう？」

「え……ええ。いえ、そんな、そんな！」

マリーナは、「そんな！」とほとんど叫んでしまったことを後悔した。なんと大人げない反応。一瞬、自己嫌悪におちいった。

「申し遅れましたが、僕はジョンといいます。ジョン・カーター＝ヒル！　でもただジョンでいい。あるいはイニシャルでＪＣＨと」

マリーナは混乱した。この人に、もう何か月も幻想を抱いてきたのだ。才気煥発《さいきかんぱつ》で繊細で、教養が深くて育ちがよくてと、あれこれ妄想してきた。それがこんなに軽薄な男だったとは。いや言葉がちがう、こんなにばかな男だったとは。

容赦ない現実に茫然《ぼうぜん》となって、マリーナは、できることなら庭の雑草のなかに消えてしまいたかった。

だがひと目オリンピアを見て、いまはとにかく原稿に集中しなくてはと我《われ》に返ったのだ。大人げなかったことについては、あとでいつでも説明できるだろう。

「ジョン、この原稿は十四時ごろまでに仕上げたいのに、もうすぐ十一時。時間がないんです、わかっていただけますよね。静かにタイプするよう努めますから、お心の広いところを見せてください」

「……」

「あ、そうだ、わたしはマリーナといいます。マリーナ・バルロワ」

「お会いできてうれしい《プリーズド・トゥ・ミーチュー》」

「わたしも……。じゃ、これで……」

不運なことに、隣人は撤退しようという気がまるでなかった。十三時になれば、歴史ある一軒家レストラン「ルドワイヤン」で、女優が一人、彼を待っている。だから体調を万全にしておくために、それまでは日光をたっぷり浴びて、ビタミンDを活性化させておきたいのだ。

ジョン・カーター＝ヒルは、一九四四年六月、フランスに上陸した。[2] そしてある晩、バスチーユで開かれたカジュアルなダンスパーティーに出席して、パリに——そしてパリジェンヌたちに——恋をした。一九四五年の終わりに動員解除されたが、故郷のアメリカ合衆国フィラデルフィアに帰るまで、さらに一年を要した。ともに上陸した双子の弟ピーターが、ドイツ軍の銃撃によって戦死した地、ノルマンディのオマハビーチの春夏秋冬を、そしてそれぞれの二十四時間の光景を、すべて写真に残しておきたかったからだ。

その後、パリに落ち着くにはさらに何年もかかった。正確には十八年。仕事で世界各地を飛びまわっているうちに、十八年が過ぎてしまった。だがそのあいだに、子どものころ、ハノイでアメリカ領事をしていた父が行かせてくれたリセ・フランセ・アレクサンドル・イエルサン[3]で学んだフランス語に、磨きをかけることも忘れなかった。

パリのはずれで移民も多いこのベルヴィル界隈《かいわい》は、落ち着き先の第一希望ではなく、第二希望でさえなかった。いまの小さな家は、戦場カメラマンだった昔のガールフレンドが借りていたもので、自分に見あうもう少し洒落た地域に住まいが見つかるまでのつなぎとして、又借《またが》りしているのだ。

そんななかで、となりのお嬢さんをからかうのは愉《たの》しかった。最初に目にとめたのは、「ゼフィール」に張りめぐらされた鏡のなかでだ。大きな黒い瞳、スラヴ系らしい高い頬骨、ツイッギー風のミニスカート。数日後、歩いてディナーから帰ってきたときには、もっとゆっくり眺めることができた。石畳の小道から、部屋にいる彼女が手に取るように見えたのだ。茨《いばら》に囲まれた藤や、低いレンガ塀のむこうに、すらりと筋肉質で、シンプルな白いショートパンツをはいた姿が。彼は魅了された。そして忘れられなくなった！

以来、心を奪われた彼は――といっても、動くものなら何でも気になる人が、気にしつづけるような奪われかたではあったが――声をかける口実を探していた。そこへ折よく、タイプライターの音が響いてきたというわけだ。

「『フランス・オプセルヴァトゥール』についてだけど、それはご自分で選んだわけ？　それとも何でもいいから生活のために引き受けたの？」

「とんでもない！　『フランス・オプセルヴァトゥール』に書けるのは、名誉なことなんです！　でも、とにかくわたしは……」

「で、何について書いてるの？　アルジェリア戦争[4]も終わったっていうのに。テロリストの側に立つようなことだけは書かないようにしないとねえ。ド・ゴールのことも書けるかもしれないけど、うっかり『将軍』なんて付けたらクビだよ」

挑発に乗らない勇気を奮いたたせようと、マリーナは指をポキポキ鳴らした。そしてそっけない声で言いかえした。

「ユーリー・ガガーリンの子ども時代について書いてるんです。こないだお母さんを取材してきたところで。胸の内を誰にでも話すような人じゃなくて、取材は嫌いだそうだけど、わたしが会ってもらえたのは、独占的に……」

「ガガーリン？　自分で操縦しなかった人？」

なるほど、喧嘩を売る気ね。それならわたしがどういう人間か、教えてあげましょう。フランス屈指の名門校の一つ、パリ政治学院《シアンスポ》からジャーナリスト養成センター《CFJ》を出て、チェスのチャンピオンでもある二十六歳だと！

「ガガーリンを『自分で操縦しなかった人』ってまとめるんですか？　愛国心で物事が客観的に見られなくなってるのね、ジョン。一人で宇宙に飛び立つなんて、どれほど勇気のいることだったか。たとえ自動操縦でも！」

「くだらん！　アラン・シェパード[5]は三週間後に、もっとちゃんとやってのけましたよ。一九六一年五月五日、マーキュリーを自分で操縦して宇宙に行ったんだ！」

「百八分かけて地球の軌道三百二十キロを完全に一周したのと、たった十五分、百八十キロの弾道飛行をしただけなのと、いっしょにしないでほしいわ！　そんな欺瞞《ぎまん》は不愉快きわまりないです。でもあなたがたアメリカ人は、ソ連人に負けたってことが受け入れがたかったのね。そもそも、一九五七年のスプートニクにショックを受けてなければ、そちらの宇宙航空機関はまだよちよち歩きだったでしょうに！」

　このお嬢さんにはガッツがあるな――ジョンはそこも気に入った。そして、まるで新しいおもちゃを手にした子どものように、楽しんでいた。

「ジョン・グレン[6]は、一九六二年二月二十日に軌道を三周したけど？」

「その六か月前に、ゲルマン・チトフが十七周してます！」

「とはいえ、ナチスの技術がなけりゃ、スプートニクはできなかったんだろ？　『星の街』で一人二人雇ってたんじゃないの？」

「そちらの開発リーダー、ヴェルナー・フォン・ブラウン[7]も、最初はナチスのもとで研究してたわね。その後、アメリカ航空宇宙局《NASA》に身も心も売ったけど。当時はどこでも、そんなこんなだったんじゃないの」

「……」

「だいいち、わたしをソ連人といっしょにするのは短絡的ね。ヴィシー政権はもう過去のこと！

言論出版の自由は回復されました。ジャーナリストは中立の立場でなくちゃならないし、ガガーリンの宇宙飛行に興味があるからって、わたしが物も知らないばかだとは思わないでください！」

　マリーナは思わず勢いよく立ちあがると、部屋に入って冷たい水を一杯飲んだ。あの男の評価は地に落ちた。無礼そのものではないか。それに貴重な時間を奪われた。ところが庭に戻ったとたん、また始まったのだ。

「とはいえ《ネヴァーズレス》、われわれをスパイしてたんじゃないの？　アメリカは、きみたちがガガーリンを宇宙に放り出すよりずっと早く、シェパードを送り出してもよかったんだ。とっくに準備はできて《モア・ザン・レディ》たのさ！」

「この話はもうここで終わりにしましょ、ジョン。仕事があるの」

「ぼくにはないんだな、残念でした！　忘れないでほしいんだが、ケネディは礼儀正しかったんだ。ガガーリンがサラトフに着いたって発表があってから、ものの何分かで祝辞を送った。『アメリカは遅れている』って認めさえした！　副大統領だったリンドン・ジョンソンにいたっては、ガガーリンは『勇敢』で、『米ソどちらの宇宙飛行士にとっても、輝かしい手本となり、新たな地平をひらいた』って言いきったんだから」

「で、あなたがたの大統領は、数日後には手のひらを返すように、前代未聞の闘争心を見せて、『アメリカはこの十年のうちに人類を月に送って、ソ連を見かえしてやる』って宣言したのよね！」

「そのどこが問題？　宇宙は人類全体のものだろう！」

「そうね、じゃあ、問題ないならわたしは仕事に戻ります。お願いだから、もうじゃましないで、ジョン」


一九四三年のはじめ、ユーリーの兄ワレンチンと姉のゾーヤはポーランドへ移送され、強制労働収容所で働かされた。だがユーリー同様、意志が強くてしっかりしていた二人は、何週間後かに逃げだして、ソ連軍のもとへ行った。

「でも何か月も音沙汰がなかったので、二人とも死んでしまったものと思いました。そもそも強制労働収容所から、生きて帰ってくる人はほとんどいませんでしたから。戦争も終わった一九四五年、二人が戻ってきたときには、どんなに驚き、安心したことか！　なにしろそのあいだも、ファシストどものために働こうとしなかったアレクセイが、見とがめられて、脛骨《けいこつ》を折る大けがをさせられていたんです。夫が足を引きずるようになったのは、そのせいなの」

ドイツ第三帝国は、スターリングラードの戦いでの敗北後、ソ連から撤退していった。ユーリーはいつも裸足で走りまわっていたが、占領されていた元の家も一家に戻ってきて、ようやく勉強できるようになった。

「学校は、村人の家を借りて再開されました。ほんとうに何もなくて、机は板に釘を打って作ったもの、ノートは古新聞を切ってたばねたもの。教科書もぜんぶ燃えてしまったから、先生はソ連軍が残していった軍の手引き書《マニュアル》で、子どもたちに読み書きを教えたんです。ユーラがのちに空軍に入隊したのは、それがきっかけだったのかもしれないわ」

ドイツ軍が去って、以前の暮らしは少しずつ戻ってきた。一九四四年の春、ユーリーの父は、グジャーツクの復興にむけて赤軍に動員された。

「アレクセイは元のわが家に愛着があったので、丸太を一本一本はずして運び、グジャーツクでまた組み立てなおしたんです……一本一本」

住人八千人の小さなこの町も、無残な状態になっていた。

「十七か月もドイツ軍に占領されてたんですから、どこもかしこも荒れはてて。このあたりは胸がふさぐような光景でした。砂漠でさえ、やさしい命ある地に思えるほどの」

十一歳になっていたユーリーは、短く刈った金髪の小柄な少年で、くず鉄を集めては、壊れた戦車をなおそうとしていた。小学校では三年生のクラスに入り、よく勉強した。

「どのノートもびっくりするぐらいきれいで、家では小さな棚に、まるで展示するみたいにきちんと並べてましたよ」

物理の先生はベスパーロフといい、動員解除されたばかりの戦闘機パイロットだったが、その先生のすすめで、ユーリーはコンスタンチン・ツィオルコフスキーの本を読みふけるようになった。

「それで宇宙航行学に興味を持つようになったんです。当時あの子と話してみて、そうわかりました。ベスパーロフ先生の指導で、模型飛行機を作ったことも大きかったと思います。本物のガソリンエンジンを取りつけて、ちゃんと空を飛んだんですよ！」

ユーリー少年は、学校が終わると木を切ったり、凍っている土を鋤《すき》で掘りおこしたり、作業場で父アレクセイの仕事を手伝ったりした。暮らしをよくするために、仲間とグジャチ川で淡水魚を釣ったり、貝類を採ってきたりもした。だが何といってもまだ子どもで、ばかげたこともした。なかには命に関わるような、危険なこともあった。

「手榴弾《しゅりゅうだん》を川に投げこんだり、火薬の詰まった銃の薬莢《やっきょう》を炭火に投げ入れて花火を楽しんだり。いつか手か足がなくなってしまうんじゃないかと、私はいつもはらはらしてました……」

十五歳になったとき、ユーリー・ガガーリンは、これ以上両親の世話になることはできないと、一人で決心した。弟のボリスがいたし、一つ屋根の下にはワレンチンと、結婚したばかりのゾーヤもいたからだ。

「私たちは、あの子を手ばなしたくなくて。家を出るかどうかは私たち次第でした。あの子は中学の最終学年、七年生になるところだった」

親戚を介して、ユーリーはモスクワ近郊リュベルツィの鉄鋼工場に併設された職業訓練学校で、鋳造工になる道を見つけた。

「はじめは体操選手か教師になる教育を受けたいと言っていましたが、結局リュベルツィの軍隊式職業訓練学校を選んだのです」

それは未来の宇宙飛行士にとって、勉強を続けながら国の復興に参加する道でもあった。

毎週、郵便為替とともに母に送っていた楽しげな手紙のとおりなら、ユーリーは寄宿寮での生活も制服も、非常に気に入っていたようだ。

「ユーラはリュベルツィに二年いて、十七歳で、鋳造工になるための職業訓練学校卒業証書をもらいました。私たちのような農民にとって、これはけっしてささやかなことではなかったんですよ」

そして一九五一年九月……


「『フランス・オプセルヴァトゥール』で書けるようになったのは、きみがバルロワって名前だから？」

「はい？」

「『フランス・オプセルヴァトゥール』で書けるようになったのは、きみがバルロワって名前だから？」

マリーナは、質問をくり返させたことを悔やんだ。自分の名前が聞こえて、思わず反応してしまったが、これでまた会話の糸口を与えてしまった。まったく、気の毒なマリーナ。

「バルロワだろ、バ・ル・ロワ。打ち倒せ《バ》、王《ル・ロワ》を！ な！ 共産主義の雑誌では、革命的な女性ジャーナリストが、戦力として評価されたってわけだな！」

「まあおもしろいこと。でも違います。わたしを採ったのは、わたしの第二外国語がロシア語で、わたしの母はソ連人だから。それで……」

「お母さんがソ連人？ これでわかった！ ソ連人のことで走りまわってるのは、そういうわけか！」

「何とでもどうぞ」

「でもどうしてモスクワ特派員じゃないの？　なかなか住み心地のいい街なのに！」

「この仕事に就いたばかりだし、わたしはブーローニュで生まれたフランス人だから。まだどこの駐在特派員にもなってません。わたしはここで暮らしてるの。両親や友人たちや婚約者と」

婚約者とは！――これで彼のおしゃべりもやむにちがいない。

「いや、むこうで苦労するのが怖いからだろ！　それに自由を愛してるから！」

マリーナは、耳栓《みみせん》を一セットもらえるなら、買い集めてきたミニスカートをぜんぶ差し出してもいいと思った。


そして一九五一年九月、ユーリー・ガガーリンは、サラトフ工業技術専門学校の鋳造科に入学を許可された。ヴォルガ河畔のこの小さな町で……


「ところで、失礼だったら許してほしいけど、きみたちのあのロケットは、ずいぶん変わった形らしいよね」

「……」

「ずいぶん変わった形らしいよね、って言ったんだけど」

「特に意見はありません」

「持つべきだろう、意見は！　意見がないなんて、よっぽど目が悪いか偏向してるかで、どっちの場合もりっぱなジャーナリストにはなれないね。空に揚《あ》がる巨大なペタンクの球とか、とがった銀色の円すいに、意見がないなんて」

マリーナの心の防波堤が危ない。いまにも大波があふれそうだ。必死の努力にもかかわらず、目に涙がにじみ出し、話せば声が震えそうだ。ヴォストークがどんな形だったのか、彼女は知らないのだから。写真の一枚も見たことがない。だいいち、そんなことはどうでもいい。べつに自分のロケットではないし、打ちあげたのも自分の国ではない。

「わたし、書かなきゃいけないの。なのにあなたはじゃましてばかり。どこまで書いたんだったか。もう記事の輪郭が消えていきそう。いちいち変な話するから……」

さすがにジョンは、しまったと思った。この娘《こ》は混乱しつつある。そしてそれは、自分のせいなのだ。

「ダーリン、僕のせいでそんなふうになっちゃいけない。ぜんぶ真《ま》に受けないで、言ったなかから……」


そして一九五一年九月、ユーリー・ガガーリンは、サラトフ工業技術専門学校の鋳造科に入学を許可された。ヴォルガ河畔のこの小さな町で、彼は航空クラブ《アエロ》に入り、戦闘機ヤクを操縦するようになる。そして十年後、そこから五十キロ先に、宇宙船で着陸することになるのだ。

「サラトフのあと、トムスクで鋳造工になるか、チカーロフ（現オレンブルク）の航空士官学校に進むか、ユーリーには二つの道がありました。でもあの子は空や飛行機、規律や制服が大好きだったから、軍隊に進んだんです。ワーリャと出会ったのも、チカーロフでだったのよ」

宇宙をめざす国の動きが、息子に格別の興味を与えたように感じたことは、一度もなかったとアンナは言う。

「スプートニクが打ちあげられてから、ユーラが日曜日に帰ってくるたびに、人工衛星や宇宙に行った犬や月への探検のことを、家族でよく話したものでしたよ。あの子は目を輝かせていたけど、ソヴィエト人なら当時はみんなそうだったし、それ以上ということはなかったわね」

それでも、息子さんが何か宇宙に関わるようになるとは感じていませんでしたかと訊いてみたが、まったく感じてはいなかったとのこと。

「『シチョルコヴォでは何をしてるの？』などと訊いてみても、うんざりした顔をするだけで何も答えてくれないし、『母さんは外国のスパイなの？』なんて冗談めかして言われる始末でね」

息子の口のかたさを尊重した結果、アンナは一般の人々同様、ユーラの宇宙飛行を、人づてではじめて知ることになったのだった。ラジオのユーリー・レヴィタンの放送で、地球のまわりを百八分間飛んだのだ、と。

ユーリー・ガガーリンの父、アレクセイはといえば、タス通信でその放送が流れたとき、クルシノで金づちと鋸《のこぎり》を手に働いていたそうだ。彼にとって、その快挙はあまりにとてつもなかったので、仲間から「ガガーリン少佐がロケットで飛んでるって、ラジオで言ってるぞ。あんたの息子かい？」と訊かれたときも、自分の息子は中尉[9]だから、名前が偶然同じだけさと答えた。

「ええ、私だって同じようなものでした！　すっかり気が動転して涙が止まらず、『あの子は何をしてるの？　どこに行ったの？』と、それればかりくり返して」

それからの時間は、まるで一編の叙事詩のように流れていった。グジャーツクの村は沸《わ》きかえった。住民はみな通りに出て抱きあい、感激を分かちあい、祝いの言葉を交わした。道はぬかるんでひどい状態だったが、そんなことはもうどうでもよかった。科学技術におけるこの信じられないような偉業を、少しでも身近に感じようとして、周辺住民の車という車がガガーリンの家に押しよせた。

人類初の宇宙飛行士の両親となった二人は、モスクワでの祝典に招かれ、ヴヌーコヴォ空港での最初の公式の催しにも招待された。

「息子にむかって第一書記が進みでて、抱きしめてくださったときには、私たちは二人とも胸がいっぱいになりました。歴史的な瞬間だと胸に刻みましたよ。しかも栄誉を讃えられているのは、私たちの息子なんですから。でも、こんな場は、私たちには晴れがましすぎるとも思いましたね」

クレムリン大宮殿での祝賀夕食会のために、アレクセイとアンナは党から新しい衣服をあてがわれた。

「農民のぼろ着のままでは、その場にふさわしくなかったんでしょう。そのときのドレスは取ってあって、学校や少年少女団《ピオネール》で講演をたのまれると着てますよ。どんなふうに子どもを育てたら未来の宇宙飛行士にできるのか、私が知ってるとでも思われたのね。でも、もう三時間以上も私の話を聞いてるあなたには、どれもぜんぶ、私には過ぎたことだとわかるでしょう」

そして、自分たちの息子の偉業が引き起こした熱狂の渦もまた、アンナには過ぎたことだった。

「グジャーツクに帰ってきたとたん、家は知らない人たちであふれ返りました。お客があまりに多くて、部屋のなかは身動きもできなかったほど。それに新聞や雑誌の記者たちときたら——ごめんなさいね——何週間も押しかけてきて、ひどいものだった！　何でも知りたがって。警官より根掘り葉掘り訊いてね」

メディアとの連絡のために、党は家に電話をつけさせた。

「一台じゃないの！　三台も四台も！　それがみんな、ひっきりなしに鳴るんだから。まさに悪夢でしたよ」

アンナもアレクセイも、こうした突然の名声に、いつまでも慣れることができなかった。そして知らない人に道で声をかけられたり、サインを求められたり、「分不相応な特権」を受けたりするたびに、居心地の悪い思いをした。

「あるときパン屋で列に並んでたら、前の女の人に『前へどうぞ』って皮肉っぽく言われたの。私は断わりました。もし真に受けてその人の前に行ったら、私はユーラが有名になったのを利用してるって、あとから言いふらされたことでしょうね！」

ガガーリン夫妻は、国家の威光のために息子が成しとげたことを誇りに思っていたが、生活は以前のとおりでありたいと願っていた。そんなところへ、パリからまたうるさいのがやってきたというわけだ。

十七時ごろ、アレクセイが帰ってきた。そしてわたしを気にすることもなくブーツを脱ぎ、継ぎ当てのある古い上着をコート掛けにかけたが、妻には挨拶したかどうかわからないほどだった。アンナはわたしにほほえんだ。

「気にしないでくださいね、無口な人で……」

スープもできたようだ。「家じゅうがいい匂い」とわたしが言うと、「いっしょにどう？」と誘ってくれた。「話がぜんぶ終わったのならね！」

わたしは右手を上げて、そうだと誓ったのだった。

夕食が終わってしんとしていたところに、ゾーヤの娘タマーラがやってきた。叔父さんの偉業にまだぼうっとしながらも、「ただの田舎の若者だったのよね？」と言って、場にまた話題を持ちだした。

「ユーラ叔父さんが宇宙を飛んでるって、学校で校長先生から聞かされたのは、十四歳のときだったの。あたしはすごく怖くなって、自分の机につっぷして泣いちゃった！　宇宙ってどこまでもはてしない恐ろしいところで、叔父さんは二度と帰ってこられないんだって思ったから」

アンナは、かつての息子と同じような熱気でしゃべる孫娘の言葉を、うつむいて聞いていた。なんとも特異な運命を与えられた彼女が、夕食のあとかたづけや皿洗いをして、サモワールでお茶をいれるのを、わたしは見つめていた。

この一家は空腹も寒さも、恐怖も戦争も経験してきた。そうした耐乏生活から、困難から、それでも母アンナがそそいだはかり知れない愛から、ユーリーは力を得たのだろう。一人きりで宇宙に行く力を。

アンナと目が合った。なかば真剣に、なかば冗談のように、彼女はわたしに最後の約束をさせた。

「口の悪い人たちが何と言おうと、ユーリーは背が低いことをコンプレックスに思ったことは、一度もありませんでした！」

わたしは愉快な気分になって右手を上げ、必ずそう書きますと、ふたたび誓ったのだった。


〈信じられない〉とマリーナは目をまるくした。原稿を最後まで書き終えて、時間はといえばまだ十三時だ。削るべき重複、ぎこちなさをなおすべき箇所、ふくらませるべき部分はたしかにあるだろう。だが話の流れはできたし、長さもほぼ依頼されたとおりだ。見出しの部分を除いて十三枚と少し。編集長のエクトール・ド・ギャラールから依頼されたのは十四枚。レイアウトの段階で調整できるだろう。

庭は陽《ひ》の光にあふれている。小鳥のさえずりも聞こえる。おぞましい隣人も姿を消した。人生は美しい……はずだった。


「ほら、ちゃんと終わったじゃないか！」

マリーナは耳を疑った。このおしゃべり男は、もう少し長く黙っているということができないのか？　怒りで振り子のように勢いがついて、彼女は言いかえした。

「あなたは人をいらつかせるうえに、育ちも悪いのね。『ルドワイヤン』で女性とお食事じゃなかったの？　十三時十五分にシャンゼリゼなら、もう遅刻よ」

「いや、約束してたんだが、ちょっと体調が悪くなったことにした。きみのために……きみを手伝うために」

「何言ってるの！」

「少なくとも、あんなふうにちょっかいを出すべきじゃなかった。子どもじみていたってあやまりたかったし、でも、それもそんなに……」

「よくおっしゃること！　それで何を手伝ってくださる気？」

「きみの原稿を読みかえすのを」

「すばらしい！　何の権利、どんな資格があるっていうの？」

「あの、僕は『ニューヨーク・ヘラルド』の副編集長なんだ。パリ駐在になる前は、モスクワで『ワシントン・ポスト』の特派員を八年やった。きみが崇《あが》めるユーリーが、ちょうど生涯の快挙を成しとげたころだよ。一九六一年四月十四日には、祝典に参加するのに、レーニン廟《びょう》の前でぎゅうぎゅう詰めになってた記者のかたまりのなかに、僕もいた。そうそう、それで彼のお母さんも見かけたんだ！　フルシチョフがクレムリンで開いた内輪のダンスパーティーで。まるでこれから戦場にでも行くって様子だったな。見てるのが気の毒なほどだった」

　マリーナは、あ然としていた。

「名刺、出そうか？」

「……」

「生け垣ごしにわたそうか？　いまはまだそんなに茂ってないから大丈夫だろう」

「けっこうです……」

「そうか《オーライ》」


マリーナは、原稿を書き終えてくたくたになっていたが、桜草の鉢の位置などなおしながら、なんとか考えをまとめようとして、答えるのに少し間《ま》があいた。

〈まったくいい気なもんね。わたしの朝から昼を台なしにしておいて、自分の申し出が受け入れられるなんて、よくも思えたもんだわ。何様のつもり？　父親？　家庭教師？　救世主？　まさか。なんて厚かましいの、傲慢なの！〉

思わず甲高い声をあげそうになったが、威厳をもって相手を黙らせたかったので、彼女はひと息入れて、気持ちを落ち着かせた。そして、これまでのことを一気に語りだしたのだ。

「そうね……どこから話そうかしら。ええ……あなたが誰でも、わたしにはどうでもいいんです。ともあれ、あなたの助けはいりません。わたしの家族は二世代にわたって、誰の助けもなしになんとかやってきたし、何であれうるさく言われるのは、今日に始まったことじゃない。

わたしの母の両親は、革製品の店をやってたのだけど、一九二九年、スターリンがレーニンの新経済主義を終わりにしたとき、何もかもを失ったんです。そのうち粛清《パージ》の対象になるとも言われて、翌年の一九三〇年には、ラトヴィア経由でソ連[10]を脱出した。パリに着いたときには、ほんとうに無一物《むいちぶつ》になってました。名高い白系《はっけい》ロシア人の連帯も、祖父母のもとには及ばなかったようで。祖父は三十六歳のとき、肝硬変で亡くなりました。それで祖母は、いきなりパリの中央市場で働くことになって。夏も冬も、朝の四時からカブやビーツの荷降ろしをして、結局腰を痛めてしまったわ。母は十三歳のときから、トレヴィーズ通りのカフェで働くようになって、いまもそこにいます。あとから知ったことだけど、父は国の保護を受けてた戦災孤児で、十六歳からビヤンクールの自動車工場で汗を流してました。うちには聖書と、第一次世界大戦のときの戦功章と、板絵の聖画像《イコン》のほかは、何もなかった。わたしには学校が逃げ場、近所の図書館が心の休まる居場所だった。シアンスポもCFJも、奨学金を受けて通《かよ》ったし、ここの家賃はユネスコで膨大な量の翻訳をして払ってる。

だからわたしが共産主義、特にソ連に、いわゆる偏向してるっていう当てつけなんか、どうでもいいんです。あなたが山ほど積んできたヴィトンのかばんが、わたしにはどうでもよかったのと同じ。ひと昔前の、気取ったブン屋のアドバイスも、どうでもいいんです！」

「講和会議、しない？」

「ご冗談を」

マリーナは冷淡に言うと、原稿を打ち終えたタイプライターから最後の一枚を取り出した。グルルッというその音で、一瞬、尊敬する大作家たち――ケルアック、サリンジャー、ブコウスキー――のことを思い起こす。原稿をぜんぶそろえて厚紙の紙ばさみにしまうと、彼女はオリンピアを小脇に抱え、音もたてずにまっすぐ前だけを見て、決然とした足どりでキッチンに入っていった。

やがて最後の見なおしをすませ、これでいいと判断すると、地下鉄に飛び乗って二区のブルス広場にある「フランス・オプセルヴァトゥール」本社に行き、エクトール・ド・ギャラール編集長のオフィスに原稿を出した。十四時二十三分だった。

その帰り、マリーナは円天井《まるてんじょう》の美しい高級デパート、ギャラリー・ラファイエットに寄って、緑色のブーツを買った。ブーツには、ミニスカートの次に目がなくて、ド・ギャラールが原稿をとても褒めてくれたからということで、自分へのご褒美として買った。

それから「トレヴィーズ・コーヒー焙煎店《ばいせんてん》」にも顔を出し、原稿について自分と同じぐらい気をもんでいた母親に、うれしい報告をした。

焙煎機から流れてくるコーヒーの香りで、ふと子ども時代の夏休みがよみがえってくる。母を手伝い、ブラジル原産のブルボン種やエチオピア在来のジャワ種の豆を、量《はか》りではかっては過ごしていた——。

娘の原稿が評価されたことで、胸をなでおろした母親は——そのわりに「ね、ママの言ったとおりだったでしょ！」と、いばったけれど——箱いっぱいの生チョコレートとモカコーヒーひと袋をマリーナに手わたし、店の外に出て見送った。まるで季節はずれのクリスマスが来たみたいだった。

帰宅すると、彼女はまず窓を大きく開けはなした。仕事部屋のペンキの匂いを追い出し、陽の光を入れたかったのだ。そして、がたつくよろい戸の一枚を固定しながら、思わずふととなりの家に目をやった。留守のようだ。よかった。あれは近づかないほうがいい男。なのに。むこうから手を差しのべてきた。それもさんざん意地悪したあとに。とはいえ、わたしもちょっと言いすぎたかも。深く考えもせずに。わたしだって、むこうを傷つけたかもしれない。わたしは時おり、かっとなってしまう質《たち》だから。

マリーナは、ヘミングウェイの『移動祝祭日』を持ってベッドに寝ころび、そのまうとうとした。目がさめると、すでに二十一時ごろで、お腹《なか》がすいてたまらない。朝から何も食べていなかったのだ。とにかくベーコンエッグを食べたい。

キッチンに行くと、そこの窓も開けたままだったので、部屋じゅうすっかり冷えていた。特に、テラコッタタイルの床の冷たさが裸足にこたえ、彼女は跳びはねるようにしながら、天井灯の陶器のスイッチを手さぐりした。ようやく明かりがついて、部屋に光があふれ、心臓発作もまぬがれた。だが体は冷えきって、倒れてしまわないようオーヴン付きレンジにしがみつかなくてはならなかったほどだ。

〈夢を見てるわけじゃないのね〉

そう思えるまでには、それからさらにまる何秒かが必要だった。いつもの黄色いポップな「フォーマイカ」のメラミン製テーブルの上に、サクランボと生クリームと、まるく繊細に削られたチョコレートがのった大きな「フォレ・ノワール」のホールケーキが、置かれていたのだから。ケーキには、螺旋形《らせんけい》に撚《よ》られた小さなろうそく三本と、マジパンのプレートも飾られていて、プレートには装飾文字で「三回めの記念日おめでとう、ユーリー！」と書かれている。

マリーナは、ドキドキしながら庭に出た。生け垣のむこうに、人影がある。闇に夕バコの火が赤々《あかあか》と輝き、メントールのタバコの香りが漂ってくる。

「なんならライター持ってるよ」

カチッとジッポーの音がして、夜の闇に小さな炎が躍った。

マリーナは思わずほほえんだ。

「セーター着ておいでよ。風邪ひきたくなければね……」


（訳注）

1　エレーヌ・ゴルドン＝ラザレフ（一九〇九－八八）フランス初の女性誌「エル（ELLE）」の初代編集長。

2　第二次世界大戦での、連合軍によるノルマンディ上陸作戦。

3　ベトナムのハノイにあるフランスのインターナショナルスクール。

4　一九五四年から六二年にかけて、フランスの支配に対してアルジェリアで起きた独立戦争。

5　（一九二三―一九九八）アメリカ初の宇宙飛行に成功。

6　（一九二一―二〇一六）アメリカ初の軌道周回飛行に成功。

7　（一九一二―一九七七）第二次世界大戦後、ドイツからアメリカにわたり、宇宙開発に尽くした。

8　（一八五七―一九三五）ロシア生まれの物理学者、数学者。人工衛星や宇宙航行の工学的基礎を築いた。SF作家としても『月世界到着！』などの作品がある。

9　ガガーリンは飛行中に中尉から少佐に昇進し（二階級特進）、本人もタス通信のニュースでそれを知ったという。

10　ロシア革命に反対して亡命したロシア人のこと。

6　宇宙親父　――一九六五年四月十二日

ソ連　クラスノダール地方　ソチ

セルゲイ・コロリョフの妻、ニーナ・イワノーヴナからの手紙は、けっして高圧的ではなかったが、ある要求をはっきりとユーリー・ガガーリンに伝えていた。

「ご存じのとおり、夫はあなたのことをたいへん心にかけています。天が、夫と私のあいだには授けてくれなかった息子と思っていると言ってもいいでしょう。その夫の具合が、このところ思わしくないのです。日に日に悪くなっているようで、もしかしたらあと数か月の命かもしれません。いえ、数週間かもしれない。ご多忙とは存じますが、スケジュールの合い間にもしソチへいらしていただけるなら、夫はきっと力づけられることでしょう。私たちは四月二十二日まで別荘《ダーチャ》にいます。もちろんご招待させていただきます」

ユーリーは、上司からの許可も待たずにカザン駅へ急ぎ、切符を買った。たび重なる夫の不在をさびしく思っていたワーリャでさえ、そうするべきだと思った。

「コロリョフは、弱音を吐くような人じゃないもの。奥さんがあなたにそう言ってきたなら、ほんとうに具合がよくないんだわ。わたしたちのことはいいから、行ってきて。あなたがいなくても、なんとかするから……いつもどおり！」

ガガーリンが、モスクワで開かれる「初の有人宇宙飛行四周年の祝典」に出席しないと知って、カマーニン中将はまたも激怒した。だが宇宙飛行士ユーリーは、そうした荒れ狂う嵐に立ちむかうことにも慣れていたので——強靭《きょうじん》な精神と論証する力で——ひるむことはなかった。

ちなみに、今回の論拠は三点——その一、コロリョフはソ連の宇宙開発成功における立役者《たてやくしゃ》なのだから、四月十二日に彼とともにいるのは、モスクワで「星の街」にいるのと同じく意義のあることだ。その二、コロリョフが滞在している保養地ソチまで、列車では二日とひと晩という時間がかかる。その三、さらに、ともに過ごすのが十二時間より短ければ失礼にあたると考えるなら、唯一可能な面会日は四月十二日ということになる。もし……「星の街」の最高責任者が、四月八日にウィーン訪問、十七日にはハバロフスク訪問という余裕のないスケジュールを組んでいなければ、ほかの日程もありえたのだろうが。

国土の縦半分にあたる距離を列車で移動していくのは、ユーリーにとって非常に長い時間に思えた。宇宙飛行の成功以来、各国の国王や女王、国家元首や首相たちを訪問するのは、もっぱら飛行機でだったからだ。遅い速度や混雑をはじめ、最高の快適を約束しないものへの慣れを、ユーリーは失っていた。列車の客室乗務員《プロヴォドニツァ》がおこなったさまざまな手配が――そして権威も――なければ、この長旅は難行苦行になっていたことだろう。

乗務員は、ユーリーのファンが殺到しないよう、彼が乗るコンパートメントの入り口に規制線を張った――古い毛糸を三つ編みにしただけのものだったが。そしてそのかわり、ソ連の英雄との「特権的な面会を特別に三件」許可すると約束した。一件はプレゼントをわたしたいファンのため、もう一件は写真を撮りたいファンのため、そして三件めは、質問して好奇心を満たしたいファンのためだ。

「いつまた宇宙に行くんですか？」

「ヴォストークに乗る次の飛行士、もう準備に入ってますか？」

「月面を最初に歩く人類は、われわれソ連人になりますか？」

こうしたやり取りには、多少なりともうんざりさせられたが、それでも乗務員の対応はとても献身的だったと認めざるをえない。もし秘書に雇ったら、すばらしい働きをしてくれることだろう！

おかげでユーリーは、車内でもしっかり食事ができ、ぐっすり眠れただけでなく、ワーリャが荷物のなかに入れてくれたファンレターのほとんどに、遅ればせながら目を通すこともできた。子どものころ、村に不時着した飛行機のパイロットがやさしい人物で、その後ずっと文通してくれたので、ユーリー・ガガーリンも、受けとった手紙すべてに返事を書くことを自分に課していたのだ。

それにしても、手紙の量は膨大だった。党が、ガガーリン専用の郵便番号を作ったほどだった。フルシチョフやブレジネフの場合と同じように。手紙は世界じゅうから押しよせた。子どもからも国会議員からも、研究者からも農民からも、病気と闘っている人、学生、寡婦、労働者、パイロット、そして下水清掃員からも。

ソチは「小さなニース」と呼ばれる美しい街だが、はじめて訪ねるユーリーには、まだ想像のなかの場所でしかなかった。リュベルツィの学生だったころ、仲間の工員のなかでも最も有能な者たちは、勤勉な労働者への褒賞《ほうしょう》として、ソチで保養ができたものだ。ユーリーはそのみやげ話を聞くたびに、まだ見ぬ地への思いをふくらませていた。

二日とひと晩、列車で旅をして、ユーリーはソチ駅に着いた。高いアーチが連なる気品ある白い駅舎に、雄大な柱の数々。四角い時計塔の文字盤は、周囲を十二星座のマークで飾られている。ユーリーは息をのんで見あげた。観光旅行でないのが残念で、イタリア芸術の影響を受けたこの珠玉の建築作品を、もっとゆっくり見たいと思った。

それでも、早くコロリョフ夫妻のもとにおもむこうとタクシーに飛び乗ったが、その車の窓から海岸の様子を眺めるうちに、ユーリーは、ワーリャを連れてきてやりたかったと考えていた。黒っぽい砂利の浜が広がる海辺の光景は、リュベルツィの寄宿寮に張られていた絵はがきより、はるかに美しい。遊歩道のヤシの並木もはるかにすらりと高く、コーカサス山脈もはるかに堂々とした姿だ。山々が頂く雪の白さに、海の青が混じりあう光景は、比類のないすばらしさだった。気持ちが高揚していただけに、パラソルのように広がったカサマツの木陰で、分厚い毛布にくるまってまどろんでいるコロリョフを見つけたときには、思わず胸を衝《つ》かれた。

いったい何があったというのだ？　あれほどがっしりしていた大男が、この二か月ですっかり痩せてしまっている。顔も土気色《つちけいろ》だ。とりわけ、眠っていてさえ苦しそうなのが、見ているだけでつらい。かつてバイコヌールやポドーリスクの工場の壁という壁を、怒鳴り声で震わせていた主任設計技師の面影は、どこにいってしまったのだろう。わずかにほっとしたのは、一九六二年にすでにコロリョフが入院した際、見舞いの品としてわたした腕時計が、いまもその腕にあったからだった。

ニーナはユーリーに、「夫が夢の神《モルフェウス》の腕を離れるまで、庭を散歩してきたら？　夾竹桃《きょうちくとう》やミモザが咲いているわよ」と勧めた。

「この大きな別荘《ヴィラ》は、党のものなの。政治局《ポリトビューロー》の局員用なのだけど、空《あ》いているときには私たちも使えるのよ。刳《く》り形《かた》もシャンデリアもアンティークのように見えるけど、まだ三十年もたっていないわ。すぐ上の丘にあるスターリンの別荘にしても、建ったのは一九三六年。あの人も夏に来ていたときには、このあたりのユーカリのさわやかな香りを嗅いでいたんでしょうね。もし見てきたければ、裏の小道を行くといいわ。気持ちのいい散歩道よ。スターリンの別荘は、あたりの木と同じような緑色に塗られているから、すぐわかるはず。あの人、ちょっと偏執的だったから、木立ちのなかに隠れていたかったのね。ここではみんな、『緑の植え込み』って呼んでいるの」

しっかりした気持ちでコロリョフに会いたいと思い、ユーリーは冷たいシャワーを浴びた。そして体を洗い、髪をとかし、元気が出てくると、半袖シャツとサンダルから街着《タウンウエア》に着がえて靴をはいた。現在の過密な任務スケジュールでは、薄着で体調を崩している余裕もないのだ。それに彼は、もともと慎重な性格だった。

ユーリーとニーナは、テラスでランチを食べた。まだ目ざめないコロリョフから、数メートルの位置のテーブルで。起こしてしまわない程度に離れていて、もし呼ばれたら聞こえる程度に近い。そしてそこから見える黒海《こっかい》と白い街の眺望は、はっとするほど美しい。

設計技師の妻ニーナは、とめどなく話した。いまや気苦労を打ちあけられる人が、誰もいないのだ。ユーリーも元来話すのが好きだったが、黙って聞いていた。かつてのすぐれた指導者《メンター》が、これほど衰弱しているのがこたえていた――意気消沈した、とまでは言わないにしろ。あらゆる不測の事態に対応して――不測の事態は起きたのだ！――人類初の有人宇宙飛行を成しとげたユーリーが、生まれてはじめて、何を言い、どうしたらいいのかわからなくなっていた。

「セルゲイの体調はどんどん悪くなっているの。病院の先生たちには、腸から出血してるんじゃないかって言われていて、遅かれ早かれ、手術しなくてはいけないらしい。食欲がないし、くり返し血圧が下がるし、よく頭痛もするらしいわ。心臓も弱って、耳もだんだん遠くなっていて。でも、遠慮なく声をかけて、話してやってくださいね」

ユーリーは愕然《がくぜん》とした。コロリョフは、痛ましいまでの巧みさで、手の内を明かさずにいたのだ。病状の深刻さは疑いようもない。なのにこうして突然やってくることがなかったら、自分はおそらく、まるで何も知らないままだっただろう。

「ねえ、ご存じかしら？　夫は毎日十時間以上、設計局で仕事をしてきたし、自分の意見や計画を守るために、ずっと闘ってこなくてはならなかったの。もう五十八歳、ふつうならそんなことはしなくていい歳《とし》でしょう。国のために成しとげたことを思えば、なおさらよ！　それなのに。『星の街』では誰もが自分の主張を通そうとするから、そういうことになるのね。まったくあそこはひどい。風通しも悪いから、セルゲイはなかば……」

「おい、ぜんぶ聞こえてるぞ、ニーノチカ！　おれはもう難聴で、補修されたロケットみたいにおんぼろだがな。職場の話でユーリーを困らせるのはやめなさい。彼には関係ないことだ。ここまで長旅をしてくれただけでも、ずいぶん疲れただろうに」

　妻を制止するその声を聞いて、ユーリーの心はふと軽くなった。コロリョフは、たしかに体調がよくなさそうだが、頭はまだ冴《さ》えており、当意即妙に答えることもできるのだ。

　ニーナの笑顔にうながされて、ユーリーは席を立ち、コロリョフの頬にキスをしに行った。

「きみが宇宙飛行から帰ってきた夜の、クイブィシェフ[1]での祝宴を覚えてるかい？」

　どうして忘れることができるだろうか？　宇宙飛行後の時間は一分一分、彼の胸に、そして頭に、あざやかに刻みこまれている。

「カマーニンが党の地方委員会で徴用した別荘は、なんとも立派だったなあ。きみもそう言ってただろう！　ヴォルガ川が一望のもとだった！　あの雄大さも、われわれがあそこにいたことも、信じられないほどだと言ったら、きみも同意してくれて……。あのときあんなに疲れていたのは、ほんとうに残念だった。そうでなければ、晩餐《ディナー》をもっと楽しめただろうに。いや、でもきみはあの晩、けっこう楽しそうだったな。いつになくよくしゃべって、きわどい冗談や色っぽい言葉遊びもつぎつぎ飛びだしていた。手も、医者の手よりも器用に動いてたじゃないか！」

ユーリーは、ニーナに聞こえなかったことを確認した。ご婦人がたには悪く解釈されかねない話だ。幸い、彼女はコーヒーをいれに席を立っていた。

「それから、部屋じゅうに漂っていた石けんの匂い……。誰もがきれいに装《よそお》っていたな。きみはといえば、クルシノ出身の農民の子だ！　そこからいったいどんな道をたどってきたのか。なあ。あのキューバの葉巻の匂い、ウオッカはいくらでも飲めて……」

セルゲイ・コロリョフは、そこで急に激しく咳《せ》きこみはじめ、言葉が途切れた。いつのまにかニーナが戻ってきている。ユーリーは、コロリョフがそのまま死んでしまうのではないかと身を硬くした。いや、大丈夫だった。主任設計技師は身を起こすと、妻がわたしたコップの水を飲み、ユーリーが差し出したハンカチで痰咳《たんせき》をして、そのあとは何ごともなかったかのように話に戻った。

「地方の名士たちがずらりと顔をそろえたのも、みごとなものだった！　みんな、目の前の人間が幻ではないと確かめたがってるみたいに、きみのまわりに群がって、きみにさわったり、お祝いを言ったり、質問したり。まるでイチゴジャムの壺《つぼ》にたかるハエさ！　ＫＧＢの高官たちさえ、きみにはいっせいに道をあけたな。きみの顔は、まだ彼らに知られてなかったのにだ。直感的に『これは栄光を約束された人間だ』とわかったんだろう。あれは、モーゼの前で紅海《こうかい》が二つに分かれたみたいだったぞ！」

ユーリーは、胸を打たれてほほえんだ。分別があり、恩というものを知っている彼は、人類初の宇宙飛行という前人未踏のあの大冒険を思いかえしても、自分の役割など、さほどのものではなかったと考えてきたのだ。一度も表に出ることなく自分を守りつづけてくれたコロリョフの功績の前では、自分の名声など、何ほどのものだろうか。すべてはコロリョフのおかげなのだから、本来なら彼も、自分とともに舞台の上に上がってしかるべきなのだ。いや、自分の前に、あがるべき人なのだ。この人こそ、ヴォストークの生みの親なのだから。そしてヴォストークが完成していなければ、宇宙へ飛び立つことなどできなかったのだから。

　コロリョフは、若いころから天才的なエンジニアだったが、冤罪《えんざい》で強制労働収容所《グラーグ》に送られたという凄絶な過去を持つ。過酷な寒さと地獄のような労働環境に加え、拷問や暴行によって、顎《あご》は砕かれ、歯は抜け落ち、心臓も悪くした。のちに釈放されてからも、スターリン主義体制のもとで、自由を制限されてきた。

　その制限は、コロリョフを内面深く傷つけた。写真撮影、取材を受けること、海外旅行、著作物の出版は、いっさい禁止。国の最も偉大な人々と同様の特権や恩恵には浴したが、その存在は国家機密として消され、けっして公にされることはなかった。称号、昇進、勲章も、カメラやフラッシュなしで、秘密裡《ひみつり》に党から与えられるだけ。一九六一年四月十四日のレーニン廟《びょう》での祝賀会でさえ、姿を見せることは許されなかったのである。

「このまま横になっていてもいいかい？　いまはこれがいちばん楽な姿勢でね。なんだ、その顔は？　おれはまだ死んでないぞ！　大丈夫、じきによくなる。最高の医者たちが、しっかり診てくれてるんだ。何かあったら、ペトロフスキー厚生大臣をたよることだってできるしな！　それに、まわりを見てみろ。こんなにいいところにいたら、体はよくなるしかないさ……」

ユーリーが意見を言うより早く、コロリョフは自分が寝ているデッキチェアに、もっと椅子を近づけるようにと手招きした。ユーリーは気軽に応じた。

「ニーノチカ、コーヒーは流しに捨ててくれ！　ユーリーにはコニャックを。前にここを借りてたやつが、サイドボードにヴィンテージを一本置いてったんだ。飲まなきゃ失礼ってもんだろう！　あとグラスを二つ。一つはユーリーに、もう一つはおまえのだ。今日は四月十二日。人類初の宇宙飛行士が、おれの宇宙船で地球のまわりを一周して、ちょうど四年だぞ！　さあ、お祝いだ！」

ユーリーは、何か月も前から酒量の記録更新を続けていたので、ほんとうは遠慮したかった。だが遠慮しようとするたび、鼻先にグラスを突きつけてくる者がいる。いまも、自分を迎えてくれたこの別荘の主《あるじ》を気づかって、結局ヴォストークとニーナに乾杯したのだ。そして主任設計技師に敬意を表し、一気に飲みほした。

「おれも昔はずいぶん一気飲みしたもんさ。それも続けざまに！　それがいまじゃ、オレンジジュース一滴で火事になっちまう」

ユーリーは、空いたグラスへ反射的に次の一杯を注ごうとしていたが、思わず手を止めた。ボトルで火傷しそうになったかのように。

「どうした？　飲め飲め、ユーリー。せっかくだ……」

主任設計技師にそう言われ、ユーリーは禁酒を誓ったことも忘れてグラスを満たした。一度ならず。ニーナは一杯だけでやめていた。

「おい、知ってるか？　きみの着陸後、われわれは軍用機でヴォストークのもとへ向かったんだが、そのとき『カミュ』のブランデーを三本空けたのさ。聞き流していいが、カマーニンはそんなに飲めた義理じゃなかった！　きみが成功したことに、驚いてたんだから。ひどい話だよ！ひどいと言えば、旅を終えた宇宙船の状態も、ひどいもんだったな。石炭みたいにまっ黒で。それでも、あれはまた立派に宇宙に飛び立てるはずだ！」

まるで夢のようだったあの日、ソ連の宇宙開発における最もすばらしい日を思い出しながら、コロリョフの目は輝いていた。その輝きを消してしまわないよう、ユーリーはひとことも口をはさまなかった。

ニーナはほろりとして、夫の膝をやさしく叩《たた》くと、額に触れて熱を確認し、そのままそっと立ち去ろうとした。

「行くのか、ニーノチカ？　おれの話がつまらなかったか？」

「いいえ！　その逆よ。熱気あふれるあなたの話しぶり、すてきだったわ！　いつもならこのあと、『宇宙船が海や外国に落ちることがなかったのは、幸運だった！』って続くのよね。たとえあなたの計算では……」

「……ユーリーが着陸するのは、あと四百キロ南だったのだとしても。そのとおり。だがわれわれは……」

「だが私は、ずばぬけた頭脳の人と結婚したと思ってます。ツィオルコフスキーに続く天才ね！　だまされてよかったわ！」

　コロリョフが言いかえすより早く、ニーナは室内に戻っていった。そしていまの冗談に一人笑いしているのが聞こえてきて、コロリョフとユーリーは思わず目を見かわした。

「きみがバイコヌールの基地に、けが一つなく帰ってきたときには、まさに喜びが爆発したよ！　待ちかまえてたところには着陸しなくても、それはべつによかったんだ。とにかくきみは生還した。生・還・した！　おれはお祝いにシャンパンを開け、これからも幸運が続くように、グラスを粉々に割った。[2]でもあまり効き目はなかったようだな。カマーニンは、万が一きみが死んだら国家にとってとんでもない損失だって理由で、もう戦闘機にさえ乗せようとしないじゃないか。あの男に、おれの話を聞く耳があったなら。あれは歩く尊大さ、歩く強情だ……」

　この言葉に、ユーリーの表情はくもり、目には愁《うれ》いのヴェールがかかった。そして重い足どりでテラスの端まで行くと、丸い石が組み合わされた欄干《らんかん》に肘をつき、長いあいだ、じっと海を見つめた。海は、雪の残る山々に囲まれて、コバルトブルーに輝いている。空もまた同じ色。海は静かで、白波をちりばめながらゆったりと波打ち、水平線で空と一つに溶けあっている。遠くで小さな黄色い釣り舟が、網を引きあげている。ふと子ども時代のグジャチ川がよみがえってきて、あの川が自分たち家族に魚を恵んでくれた以上に、この海があの漁師たちに豊かな恵みをもたらすようにと、ユーリーは祈った。当時、家族はみな、なんとひもじかったことだろう。

　振りむくと、主任設計技師は眠っていた。あえぐような寝息だけが、そこにいるしるしだ。意外なほどのたよりなさだった。あれほどの熱気、あれほどの力をこめて話していたときには、病《やまい》もその体から、なかば出ていったかのようだったのに。

ずり落ちていた毛布を掛けなおしていると、ユーリーの胸には不意に、娘たちとワーリャへの思いがこみあげてきた。愛情が、続いて悲しみが。

もっといっしょに過ごす時間を取ろうと、彼は心に誓った。そして家族を愛そう、と。そのためには、よく――あまりによく――呼びだされる「星の街」や航空学校ジュコフスキー・アカデミー、ソヴィエト連邦最高会議や青年団《コムソモール》との関係を、少しゆるめたほうがいい。いよいよほんとうに着陸し、地に足をつけて、食べすぎず、特に飲みすぎないようにしたほうがいい。女性たちとの気晴らしも、やめたほうがいい。

この四年で、彼に何が起きたのか？　あれほどの栄光と、数々の栄達も、輝きを失いはじめているのだ。ユーリーは、ときどき自分がよくわからなくなった。グルジアのことわざどおりなのだろうか？――「すべてを失った者は、すべてを渇望する」。

少し気分を変えようと、彼は泳ぎにいくことにした。だが肩に大きなタオルをはおって庭を歩いていくと、ニーナに腕をつかまれた。

「だめよ！　海はまだ冷たいわ。このあたりも冬の寒さはきびしいから、水温がじゅうぶん上がっていないの。茶の木の白い花が咲いても、まだ四月。それより居間にいらっしゃいな。いいものを見せてあげるから」

何だろうと思いながら、ユーリーはついていった。ニーナはウエストが絞られた花もようのワンピースを着て、スタイルのよさが引きたち、実際の年齢よりずっと若く見える。わずか二か月で十歳も歳を取ったかのようなコロリョフとは、なんと対照的なことだろう。

しとやかな動作で、彼女は小さな机《ライティングビューロー》から、皺《しわ》のよった紙の束を取り出した。髪を無造作に上《アップ》でまとめたその後ろ姿を、ユーリーは思わず魅力的だと感じて、どきりとした。それなのに夫のほうは、なぜこの人を裏切ったのだろう？　男というものは、そういうふうにできているのか……。

「ゆうべ、セルゲイの屑《くず》かごに、これが捨てられていたの。あなた宛てよ。どうして捨てたのかしら。恥ずかしかったのね、きっと。でも目を通してみてほしいの。胸を打たれる手紙だから」

ユーリーはとまどった。自分を導き支えてきてくれた大人物の心の奥底を、知るべきだろうか。それとも、この手紙は読まれるべきではないという本人の気持ちを、尊重するべきだろうか。

その様子を見て、ニーナは紙の束をユーリーの両手にあずけると、レーニンの肖像画の下に堂々とおさまっている茶色のビロードのソファを、指さした。

「セルゲイは、あとどれぐらい生きられるかわからない。強制労働収容所で半殺しの目にあって、病気に対する抵抗力もすっかり弱ってしまったのね。余命はそう長くないと思うの。だからここに書いたことも、あなたに直接言うことはないんじゃないかしら。そうなったら、ほんとうに残念。だって何度も言うようだけど、胸を打たれる手紙だから」

ユーリーは、ニーナに従うことにした。

親愛なるユーリー、

私のロケットに搭乗する宇宙飛行士として、きみよりふさわしい人間はいなかった。きみと知りあってから、ゲルマンよりきみを推して後悔したことは一度としてない。彼も才能ある男だ。非常に才能があるとさえ言える。だがきみには、彼にはない資質がある。それは書物からも、コックピットでも、身につけられない資質だ。きみは陽《ひ》の光のように人生を照らし、人の心に喜びをわき起こさせるのだ。きみは神の恩寵《おんちょう》だ。

いつだったか、きみに「どうしていつも笑顔なんだ？」と訊《き》いたことがあった。答えによっては癇《かん》にさわったと思うが、結局感心させられた。きみはこう言ったのだ。

「さあ……たぶんくだけた性格だからだと思います！」

世の若者がみんなきみのようにくだけた性格だったら、地球はもっとまるくまわることだろう……。

きみがどれほどすばらしい人物か、はじめて知ったときのことは忘れられない。一九六〇年三月のことだった。工場の中心部に入ってきたきみは、作業段階だった宇宙船をいくつも見つけると、尊敬と称賛の念で目を輝かせた。きみは、文字どおり魔法にかかったようになっていた。ほとんどの宇宙船は、まだ骨組みだけの段階だったがね。

そのなかでも、すでにだいたいの装置が設置されたもののなかに「入ってみたい者はいないか？」と訊いたとき、きみはまっ先に前へ進みでた。ほかの連中は、身がすくんでいたな。それからきみはごく自然に、謙虚に、ブーツの紐《ひも》をほどいて脱いだのだ。田舎の両親の家に入るときのように。その敬意のしるしに、私は感動した。

のちに、きみを宇宙に送ることについて危惧を抱いていたとき、私を安心させてくれたのにも、ほんとうに感動したものだった。きっと私は、情けない男に見えたにちがいない。いまは、そうわかる。すまなかった。

それでも私に課された責任は、なんともすばらしいものだったよ。私はきみを選ぶことができた。そしてヴォストークは、私の子どもだ。ただ、何か一つがうまく機能しなくなっても、きみには死の宣告となる。それも、残酷な死の。だからこそ私は不測の事態にそなえて、宇宙船を手動に変更するコード番号をきみに明かした。カマーニンには禁じられていたことだった。広大な宇宙で、もし何か起きれば、きみは正気ではいられなくなるだろうからと、医師たちからも止められていた。きみをわかっていないにも、ほどがある！

ヴォストークが軌道をはずれてアメリカのケープカナベラルに不時着するかもしれないなどという恐れより、通信システムが故障するリスクのほうが、私にはずっと恐ろしかった。もっとも、故障は起きた。ほんの十分のこと[3]ではあったが、私には十時間にも、十年にも思えた。

きみの心の大きさ、勇敢さ、ユーモアは、打ちあげの前の晩に私がやたらと吸ったタバコよりも、精神安定剤《トランキライザー》よりも、よく効いた。立場がまるで逆転したみたいで、奇妙な気分だった。きみという人間はいったいどうやってできあがったのかと、私はよく考えたものだ。戦争が、飢えや寒さや恐怖が、きみを、ほかの誰とも違うきみにしたのか。一九六一年四月十二日を迎える前日、つまり十一日の晩、私はきみのベッドを見にいった。きみは子どものように眠っていた。両手を握りしめて。信じられない光景だった。

同様に、打ちあげのとき、直前にハッチを閉めなおさなくてはならなくなったときのきみの落ち着きぶりも、信じられないほどみごとなものだった。音楽でもあれば少し辛抱しやすくなるときみが言ったときには、まったく耳を疑ったよ。私はといえば、地団太を踏み、怒鳴りちらし、まわりじゅうを殺してしまいたい気分だったのに。きみはヘルメットのなかで、『スズランの唄』を聴いていた……。

大気圏再突入の際、切り離されるはずだった機器モジュールがはずれなかったときにも、落ち着いてよく身を守ってくれたな。ありがたく思っている。そのせいできみはバレリーナのようにくるくるまわりつづけ、胃にあったものをぜんぶ吐いた。申し訳なかった。きみが宇宙船のなかで感じたあらゆる恐怖についても、申し訳なかったと思っている。でもきみは、何も言わなかったね。私に責任がおよばないように。私を守るように。

六羽の「私の小さな鷲《わし》[4]」のなかでも、私から見れば、勝利の栄誉に輝くのはきみしかいなかった。そしてきみは前人未踏の快挙を成しとげ、アメリカよりソ連の宇宙開発のほうが進んでいると全世界に証明してくれたのだ。きみは私の意志を継ぐ者だ。帰還後、きみを抱きしめて流したうれし涙は、娘のナターシャが生まれたときに頬をつたった涙と同じだと言っても過言ではない。前妻と離婚してから、ナターシャが私の人生からいなくなってしまったのが、さびしくてならない。あの子のかわりになれる者はいないが、私にとってきみは、息子同然だ。ニーナと私のあいだに授かることがなく、これからも授かる可能性のない息子……。

きみの家でご家族と過ごしていると、そうした昔の心の傷が癒えていくのを感じる。ワーリャは献身的な伴侶だ。大切にしなさい。幼いガリーナとエレーナは、なんと愛らしいことだろう。二人ともきみたちのような両親のもとに育つのだから、将来が楽しみというものだ。二人が私を「セルゲイおじさん！」と大声で迎えてくれるのが、ほんとうにうれしい。私がかける言葉やおみやげを、二人ともなんと楽しそうに受けとり、私の背中によじ登ろうとすることか。ご家族に再会したら、ぜひ私からよろしくと伝えてくれたまえ。

覚えているかい、きみが私の宇宙船に乗りこむ直前、「いつの日か、今度は人類が月面を歩けるよう、謹んできみを送りだそう」と私が言ったのを。私は本気だった。そうできると信じていた。だが不運なことに、時がたつにつれ、その確信は揺らいでいる。わが国の宇宙開発産業を弱体化させる組織の……


快活でありながらも絶望的な手紙は、そこで終わっていた。ユーリーはこの手紙を、快く受けとっておくこともできただろう。だが、ニーナが取り出してきた小さな机の元の場所に、礼儀正しく戻した。

とはいえ心は波立ち、コロリョフを抱きしめたい思いに駆られて、彼はテラスに出た。ところがデッキチェアは、もぬけの殻。毛布は床に落ちていて、多少なりとも拍子ぬけさせられたのだ。太陽はすでに沈もうとしており、夕焼けの淡いバラ色が庭の木々を染めている。コロリョフは、着がえにいったのだろう。

ユーリーは視線をめぐらせ、先ほどの黄色い釣り舟を捜したが、どこにも見あたらなかった。海にも、港にも、ヨットなどの停泊地《マリーナ》にも。あの網に魚はかかっただろうか。わからずじまいになってしまった。海が惜しみなくその恵みを与えたのだといいが。

それからも長いあいだ、彼は海を眺め、白いヨットを目で追った。ヨットは起伏ある沿岸の、松やヒマラヤ杉や糸杉の陰をすべるように進んでいく。詩情あふれる光景だ。

ユーリーのなかで、一つの思いが別の思いに、その思いがまた別の思いにつながっていき、ふと、自分は重力の実験を重ねる閉じられた集団のなかにいるばかりで、行きつ戻りつしながら人の心をやわらげる波のゆりかごの味わいは、知らないままだと思い至った。そこで革の手帳を取り出すと、「いつか船に乗ってみたい」と鉛筆で記した。娘たちやワーリャとともに。

家で妻を手伝うときのように、自然とユーリーは落ちていた毛布を拾ってたたんだ。毛布はレモンのようなオーデコロンの香りと、タバコの匂いがした。あの体でタバコを吸うとは。ユーリーは現実にかえって暗い気持ちになり、ひょっとしたら来年の四月十二日には、コロリョフはもう遠くに行ってしまっているのかもしれないと、不吉な思いにとらわれた。それだけで喉が締めつけられて、まぶたがかっと熱くなる。感情の高ぶりとともに、「星の街」やバイコヌールで雷を落としていた彼につけたあだ名がよみがえってくる――「われらが宇宙親父」。それは、その後の二人の関係を暗示するものではなかったか？　時とともに、「宇宙親父」はユーリーの第二の父となったのだから。

たしかに命を与えてくれたのは、粗野で無口で無骨《ぶこつ》なアレクセイ・イワーノヴィチ・ガガーリンだが、セルゲイ・パヴロヴィチ・コロリョフは、ユーリーを宇宙へ送りだし、宇宙飛行士としての新たな生を授けてくれたのだ。また、実の父とはコミュニケーションが、ないとは言わないまでもむずかしい一方、コロリョフとユーリーは、言葉をかわさなくても理解しあえた。そして彼は、父が息子を見まもるように、カマーニンがユーリーの人のよさにつけこまないよう目を光らせ、その能力や功績は手ばなしで褒め、外国訪問の際には必ず、行き先の国々の新聞雑誌の内容を、あらかじめ要約して伝えた。

「外国のジャーナリストのなかには、悪意のあるやつらもいるからな。偏向した質問をされて、やりこめられないようにしないと！」

最先端の航空学や宇宙飛行学を学べるジュコフスキー・アカデミーで、ふたたび勉強するようにと背中を押したのも、コロリョフだった。

「将来きみの伝記が出るとき、伝記作家に学歴や資格が貧弱だと思われたり、なめられたりしたくなけりゃ、ジュコフスキーに行くしかないぞ」

なにしろ、それまでのユーリーの資格はといえば、ただの鋳造技術者でしかなかったのだ。

さらにコロリョフは、何ごとも徹底的におこなう性分だったので、ユーリーがジュコフスキーに入ってからも、成績に目を通し、研究を励まし、教官たちにも会いにいき、研究に行きづまってあきらめようとしたときには説教もした。

「何を考えてるんだ、ユーリー？」

コロリョフの声——いきなりソチの現実に引きもどされて、ユーリーは跳びあがりそうになった。もしスターリンが生きかえって現れたとしても、これほど驚きはしなかっただろう。いつものベージュのコートを着て帽子をかぶったコロリョフが、そこに立っている。

「寝たら気分がよくなって、腹までへってきたような気がしてな。ちょいといっしょに街へ行こうじゃないか。ニーナもおれも気に入ってる店があるんだ。おれは食えるかどうかわからんが、二人が串焼き肉《シャシリク》をかじるのを見ていることぐらいはできるだろう。上着を取ってこいよ！　ちょっと冷えてきたし、これからもっと寒くなるだろうから」

ユーリーは驚いたまま、バラ色の大理石でできた階段を大急ぎで上った。そして部屋に入ると、丈夫なボイルドレザーの旅行かばんから、茶色の綿のベストとアルベルト・アインシュタインの『特殊および一般相対性理論について』を取り出した。一九六四年、スウェーデンを訪ねたときにマルメの書店で買い、何かの機会にコロリョフに贈ろうと思っていた一冊だ。陽光あふれるこの地での会食は、まさにうってつけの機会だろう。デザートが出てくるころにでも、わたすことにしよう。

ところがテラスに戻ると、ちょっとした騒ぎが起きていた。コロリョフがポケットにいつものばせている二カペイカ硬貨のおまもりが、どこかにいってしまったというのだ。

「もう三十年以上、どこに行くときも持っていて、あらゆることから守ってもらってきたんだ。あれがなけりゃ、出かけられん。何か起きるに決まっとる。なんとしても捜しだす！」

ニーナとユーリーも、いっしょに捜した。主任設計技師は、沈んだ面持ちで室内に戻ると、居間に四脚ある低い安楽椅子の一つに腰かけた。と、息がゼーゼーいいはじめ、また咳きこみはじめたのだ。そして、血を吐いた。ユーリーは立ちすくみ、ニーナは夫に駆けよった。

やがて元の呼吸に戻り、燃えつきるかのようだった喉の様子もおさまってきたころ、ユーリーが硬貨を見つけた。コロリョフがずっと横になっていたあのデッキチェアの縫い目に、はさまっていたのだった。

コロリョフは目をうるませながら、このおまもりは一度ならず自分の命を救ってくれたが、それはこのコートも同じなのだと語った。

「これを着ていた一九三九年、おれは危うく水死をまぬがれたんだ。シベリアのマガダンから、極東のウラジオストク行きのインディギルカ号に詰めこまれる予定だったが、ボートに乗りきれずに次の船にまわされた。インディギルカ号は北海道沖で座礁して、沈没した。強制労働収容所《グラーグ》の仲間たちを乗せたまま……。

あれ以来、このコートもおれを災難から守ってくれるんだよ。もう汚れてすり切れているが、そんなことはどうでもいい。これがなければ、一九六一年四月十二日も無事に過ぎたかどうか……」

コロリョフが、これほど迷信深かったとは。ユーリーは思わず「合理的で不可知論者《ふかちろんしゃ》のあなたが、なぜそのように矛盾した思いにとらわれるのですか？」と訊いてみたい思いに駆られた。が、やめておいた。思い起こせば、一九六一年四月十二日の朝、自分も縁起をかついで、ひげを剃《そ》らなかったではないか。

ソチの駅に着いて、三人がタクシーを降りようとしたところ、運転手はどうしても町を案内したいと言いだした。

「この町には、秘められた宝がたくさんあるんです。ぜひ観《み》ていってください！」

ごくふつうのタクシー運転手にとって、人類初の宇宙飛行士を乗せるなど、またとない機会にちがいない。それをじゅうぶん味わうかのように、車は時速二十キロを超えずにゆっくりと走り、運転手は高級ホテルや歴史的建造物、植物園やスターリン大通りについて、情熱的に解説を続けた。

「大通りは、第一書記からの厳命で敷設されたものです！」

世界じゅうの美しい都市を訪ねてきたユーリーも、目をまるくして見入った。そして、ソ連人であることを誇らしく思った。運転手につられて、うっとりしながら。

「今日は静かだな、おれの小さな鷲《わし》よ。まだ一度もきみの声を聞いてないぞ。きみらしくもない！　そろそろ気分を変えてくれ。おもしろい話が山ほどあるだろう。まずは次のフランス訪問で、どんな自己紹介をするつもりか、聞かせてくれよ」

「わかりました」

（訳注）

1　現在はサマーラに改称。ヴォルガ川の東側にあり、冷戦時代にはミサイル関連産業の中心となって、人の出入りや情報をきびしく制限する、いわゆる閉鎖都市とされていた。

2　旧ソ連／ロシアではシャンパングラスが割れると縁起がいいとされ、結婚式でシャンパンの瓶やグラスを割って祝うこともある。

3　ヴォストーク一号は大気圏再突入の際に機体と電気ワイヤーの切り離しがうまくいかず、きりもみ状態になった。

4　コロリョフは宇宙飛行士の最終候補者六名を「私の小さな鷲」と呼んだ。

5　現在は「保養地大通り」に改称されている。

7　工業専門学校同窓生　――一九六六年四月十二日
ソ連　サラトフ州　サラトフ　郷土歴史博物館

しっかり握った右手を、訓練機ヤクの操縦桿《そうじゅうかん》の上に置くと、ドミトリーは目を閉じて飛び立った。シートに体をあずけ、胸いっぱいにコックピット内の空気を吸う。そして思わず歓声をあげる。水平飛行に入ると、どこまでも解き放たれる気分だ。夕陽《ゆうひ》が空を、輝くオパールの色に染めあげている。眼下には雲一つなく、機体の影がくっきり落ちている。ヴォルガの流れも見える。畑はまるで絹の絨毯《じゅうたん》のように広がっている。村はミニチュア模型のようだ。トラクターが今日最後の畝《うね》を作り、子どもたちは両手を上げて、全速力で飛ぶ飛行機を追いかけてくる。きっとこう叫んでいるのだろう。

「おーい！　ここにいるよ！　こっちだ！　見てくれよ、下りてきて！　おーい……おーい！」

パイロットは飛びつづける。まっすぐ前へ。地平線めざして。バックミラーには、サラトフの誇り、トロイツキー大聖堂の色あざやかな丸屋根が映り、それがあっというまにカラフルな点になる。

そのときだった。四十フィート[1]と離れていない十二時の方向に、十歳ぐらいの女の子の姿が見えたのだ。ドミトリーはあわてた。レーダーもおかしくなった。一瞬のうちに、彼は着陸した。そして、気が動転している者どうしの視線が交わった。どちらも、この事態をすばやく判断しようとする。

パイロットはシートベルトをはずしながら、ほぼ同時にガラスの風防《キャノピー》を開け、コックピットから出ると機体から飛びおりた。

女の子は、目の前の展示品から人が出てきたのにびっくりして、後ずさりすると、博物館のトイレのほうへ逃げだして隠れようとした。日ごろからランニングを欠かさないドミトリーは、ものの何歩かで追いつき、闖入者《ちんにゅうしゃ》は三十秒とたたないうちに捕まって、床に押さえつけられ、どうして入ってきたのか説明するよう命じられた。

ところがおしゃべりな危険分子は、答えることを拒否したうえ、次から次へと逆に質問して、倍返しにしたのだ！

やりこめられて、腹がたったドミトリーは、反撃するのかあきらめるのか考えた——展示品の訓練機に乗っているのを見つかったのは、まったく気まずく恥ずかしい——。自分が臆病にも思われていらだち、結局あきらめて、彼は答えた——。

——ぼくは、ドミトリー・ザイキン。三十一歳。この博物館の警備員長だ。夕方になって閉館し、同僚たちも帰宅すると、人類初の宇宙飛行士が飛行の練習をした、このヤクのコックピットにもぐりこむんだ。幸福感を、失った自由を、取りもどすために。不都合はないだろう。何も壊しはしないし、この訓練機のことなら隅から隅までわかってるんだから。ぼくが乗れば、こいつは語りだす。あんな事故さえなければ、ぼくは空軍パイロットにだってなっていたかもしれない。

ドミトリーは、ゆっくり制服の袖をまくりあげると、手首から先がない左腕を見せた。左手は、サラトフ工業技術専門学校のコンプレッサーにはさまれたのだ。一九五五年八月十一日、十時三十二分のことだった。それ以来……。

「サラトフ工業技術専門学校?」女の子が叫んだ。「ガガーリンが行った学校だよね? いっしょに勉強したの? あの人のこと知ってるの? 友だち?」

自分の悲劇に何の反応もないという、珍しいケースに少々傷つきながらも、ドミトリーは小声で答えた。

「まあね」

女の子は興奮のあまり、口を開けたまま、言葉が出なくなっている。ドミトリーは、このときとばかりに反撃を開始した——きみは何をしてたんだ、こんな遅い時間に博物館なんかで? どうやって入った? どこから来た? 何を探してた? それよりまず、名前は?

女の子は、松葉づえで体を支えて立っているのに疲れてきたらしく、「すわろう」と言った。ヤクの正面に掲げられたガガーリンの写真の下、ワックスでみがかれたベンチに。

ドミトリーは、ゆっくりすわった。目の前の訓練機のおごそかな尊さを知っている人間に、不意に出会って、内心、胸を打たれてもいた。外では風がうなりをあげて吹きつけ、窓を震わせたりカーテンを揺らしたりしている。

「今度はきみが話す番だ」

その子は宇宙飛行士の熱烈なファンで、十二歳だと言った。二歳ぐらい幼く見えるが。「体が小さいだけ。頭のよさは歳《とし》よりずっと上だって、みんなに言われる!」

三日前に、ヴォルゴグラード近郊の孤児院から、脱走してきたという。そこで「虐げられて」「とにかく不幸だった」から、このサラトフの郷土歴史博物館に逃げてきた。もしかしたら、自分の英雄《ヒーロー》に会えるのではないかという希望を抱いて。

「だって新聞で読んだんだ。去年はあの人、ここに来て、自分の訓練機だったヤク18を小学生たちに見せたんでしょ。じゃあまた来るかもしれないじゃない? 今日は四月十二日だよね?」

少女は、両親の顔を知らないという。生まれたその日に母親が、自分を芋虫《いもむし》みたいな素裸《すっぱだか》のまま、大きなレストランのゴミ箱に捨てたから。

「いつの日か身元をたどれるようなものも、何一つ残していってくれなかった。置き手紙も、アクセサリーも、写真も何も。だからあたしは、自分が誰かも、どこから来たかもわからない……」

耳のいいレストランの調理人が、弱々しい泣き声を「何だろう?」と思わなければ、彼女は飢えか寒さで死んでいた。嵐のなか、孤独の極限で捨てられる新生児たちと同じように。

やがて、一九六一年四月十二日、彼女は父を見つけた。保護者を。そのかたわらで憩《いこ》い、育ち、成長していける男《ひと》を。ユーリー・アレクセーヴィチ・ガガーリンを!

去年、彼女はガガーリンに「すごく感動的な」長い手紙を書いて、自分を養子にしてほしいとたのんだ。すると返事が来た。それが彼女のこれまでの人生で、いちばんすばらしい日なのだという。

聞きながら涙をこらえていたドミトリーは、その手紙を読ませてほしいとたのんだ。女の子は身をよじって、毛糸のペチコートの内側から、しわくちゃにすることも破いてしまうこともなく、大事に手紙を取り出した。

「開くときは気をつけてよ！　あんまり何度も開《あ》けたりたたんだりしたから、クリスマスローズの花よりもろくなってるの。これがあたしのいちばん大事な財産だって、知ってる？」

ドミトリーはもちろん知らない。でもそうにちがいないだろう、と思った。自分は不平を言ったらばちが当たる、とも。家族は全員戦争を生きのびたし、自分には住まいがある。猫もいる。仕事もある。おもしろい仕事ではないが、とにかく仕事があって、タバコも買える。絶望に打ちひしがれる夜には、そういう職業の女たちにやさしくしてもらうこともできる。

親愛なるオクサーノチカ、

きみの手紙を読んで、僕の胸は張りさけそうです。僕に、きみの面倒を見る時間と手段があって、きみのお父さんのようになってあげられたなら。

でも残念なことに、僕にはもう六歳と四歳の娘がいますし、その娘たちにもじゅうぶん会うことができないのです。わが国のすばらしい科学技術を伝える講演を、外国でたくさんしなくてはならないからです。だから、もしきみを養子にしたとしても、ちゃんと面倒を見てくれないと言われてしまうことでしょう。

　孤児院で生きていくには、どれほど強い心が必要か、僕にはわかります。ぜひ学校でしっかり勉強して、自己を開花させ、同志ワレンチナ・ウラジーミロヴナ・テレシコワ[2]のようなすばらしい宇宙飛行士になってください。あと何年か、がんばりぬけば、いつかいっしょに月へ行けるかもしれません。きみが操縦するロケットに乗って。

　きみへのいじめがなくならないようなら、遠慮せずにまた僕に手紙をください。いじめるやつらには、もしやめないなら僕が個人的にきびしい罰をくだしに行く、と言うように。僕は本気です。なにより一人の父親なのですから……。

誠実なるきみの友、ユーリー・ガガーリン

　ドミトリーは心の奥深くを揺さぶられ、感動のあまり、動揺したり自分をすまなく思ったりして、慰めの言葉も見つけられずにいた。一方、大胆でエネルギーのかたまりのような女の子は、自分が与えたショックの大きさに気づいて、ちょっとやりすぎたかなと罪悪感を抱いた。そして沈黙が広がるなか、ドミトリーの心を軽くしてあげたくなって、思わずこうつぶやいたのだ――

この手紙には、おじいちゃんもすごく感動してたし。

いきなり、凍りついたような驚きの視線が返ってきて、「しまった」と彼女は思った。嘘の現行犯で捕まる――青ざめながら、彼女は松葉づえを取ると、またもや逃げだそうとした。

ドミトリーは、女の子の肩を乱暴につかむと、ふたたびすわらせた。痛かろうと何だろうと、かまうものか。嘘をついた罰だ。ばかにしやがって。

「ちがう、ばかになんかしてない！　あたしはただ……」

「本当のことを言え。本当のことだけを。さもなければその腕二本、へし折ってやるぞ！　その曲がった脚に似合うだろうよ」

「まあ落ち着いて、落ち着いて」

女の子の名は、オクサーナ・リヴォーヴナ・イシューチナ。父レフ・ロマノヴィチ・イシューチンと、母アレクサンドラ・ヴィクトロヴナ・ワセリュークのあいだに生まれた。十二歳だが、二歳ほど幼く見えるということは、前に今日と同じようなへまをしたときに知った。

「さっきはどうしちゃったんだろう。いつもはもっと上手に嘘がつけるのに……」

オクサーナは、二歳のときに小児麻痺《ポリオ》にかかった。不幸中の幸いで、呼吸器障害は起きず、肺活量も低下しなかった。だが両脚に、麻痺が残ったのだ。

「すぐに松葉づえの生活になった。でも百十メートルハードル[3]のほかは、何だってできるんだから」

オクサーナは祖父ヴィクトルと祖母ダリヤに育てられ、「研究所」で働いている両親には一度も会ったことがない。「研究所」とは、子どもは入ることのできない国の極秘の研究施設だ。祖父は民兵で、ヴォルゴグラードから七十キロほど離れたレニンスク警察分署の署長をしている。祖母は夫に隠れて、ヴォルゴグラードの特権的幹部《ノメンクラトゥーラ》向けにプラム酒を作って売っている（そしてそれを夫は知っている）。

「おばあちゃんはテレビを買いたいわけ。おばあちゃんの義理の弟は、KGBで働いてるんだけど、妹の五十歳の誕生日にテレビをあげたんだって。それを聞いて、ね！」

一九六一年四月十二日、ユーリー・ガガーリンが宇宙船で地球を一周したと祖母のラジオで聞いて、オクサーナは彼の公式伝記作家になろうと決意した。でも「海洋生物研究の博士」になる夢も捨ててはいない。そして、狭いところに閉じこもるのが大好き。

「昔から、森のモミの木の下より、シーツにもぐって『こぐまのミーシカ』を読むほうが好きなんだ」

「で、ガガーリンの手紙は？　あれも偽物《にせもの》？」

手紙は本物だ。ただ、オクサーナはぜったい返事を書いてもらおうと、彼にも嘘をついたのだった。ガガーリンはとても忙しいから、ただの女の子より未来の女性宇宙飛行士志望者のほうに早く返事を書いてくれるだろう、と考えたのだ。しかも、祖父母に育てられたというより、孤児だというほうが印象に残って同情も引くだろう、と。

「でもね、自分の脚のことは利用しないって、あたしは決めてる」

とはいえ、もし二本の脚の自由がきくなら手に入らないことがあるときには、しっかり活用するわけで……。

サラトフに来るのに、オクサーナはみんなに嘘をついてきた。祖父母には、少年少女団《ピオネール》の活動で、アフトゥバ川の川原へキャンプをしに行くと言ってある。その指導員には、南部のアストラハンで伯母《おば》のお葬式があると言ってある――伯母は実在しない。

周囲の監視の目から自由になると、列車に無賃乗車してレニンスクから四百キロの距離をやって来るのも、何でもないことだった。田舎ならではと言うべきか。

「障碍《しょうがい》があって身なりがいいと、検札なんて一回も来ないよ」

それに、何週間も自分の子どもから離れて働く客室乗務員《プロヴォドニツァ》たちは、小さな女の子を、たとえ無賃乗車でも、あたたかい目で見てくれたのだ。

「きみ、やるねえ、オクサーナ」

「ちょっと頭がまわるだけ。それに、これまででいちばんすごいユーリー・ガガーリンの伝記を、どうしても書きたいって思ってるから」

オクサーナの祖父は、ヴォルゴグラードの公園で、偶然ゲルマン・チトフに会ったことがあるという。そしてそのときの話が、すでに多少なりとも参考になっている。一九六二年四月十二日のことで、世界初の偉大なる宇宙飛行から、ちょうど一年たった日だった。

「でも、あたしが書きたいのはガガーリンの宇宙飛行。チトフのじゃない。チトフもすごい宇宙飛行士だけど、はじめて宇宙に行ったわけじゃないもんね。あの人は三番め。一九六一年五月五日に、アメリカの宇宙飛行士アラン・シェパードが、マーキュリーに乗ってちょこっと宇宙に行ったから！」

ドミトリーは、舌を巻く思いとうんざりした気分の両方を味わいながら、これからこの子をどうしようかと考えた。次の列車で送りかえすか、それともこの子が夢みる「いちばんすごい伝記」の執筆に力を貸してやるか。なにしろユーリー・ガガーリンとは、サラトフ工業技術専門学校で、四年間いっしょだったのだ。のちの英雄の日常生活を、自分は間近で見ていた。とはいえ、オクサーナは、孤児院の話とゴミ箱に捨てられた話で嘘を言った。あんな話、信じてはいけなかった。あまりにもお涙頂戴《ちょうだい》ではないか。なんとたくましい想像力なのだろう。そしてなんと厚かましい……。

ドミトリーがあれこれ考えるうちに、オクサーナは布製のかばんから、ビスケットの袋を取り出した。すでに開いている。

「食べる？　今朝、食料品店《プロドマグ》からもらってきたの。ポーランド製らしい。正確にはクラクフかな！　棚にぎっしり並んでたから、一つぐらいなくなってもそう困らないよね。おばあちゃんに気づかれたらいけないから、あたし食べるものを何も持たずに出てきちゃったんだ。おばあちゃんって、ほんとに鋭いんだもん。プラム酒のことがあるから。これ、二つもらってくればよかったなあ。サクサクしてちょうどいいチョコ味。甘すぎないし、硬すぎない！」

ドミトリーは、障碍のあるこの女の子の自由奔放さにとまどいながらも、物怖《ものお》じしない姿をうらやましく思った。けっして言い負かされまいとする強気なところも。細く小さな顔に、キラキラ輝く大きな目、気ままに広がるモシャモシャの巻き毛。この子はまるで生命力のかたまりだ。

自分もこんなふうになれたなら。

事故にあって以来、ドミトリーの人生は一変した。それでいまも独身のまま、博物館で警備員をしている。本来なら鋳造工や鋳造工場の経営者、エンジニア、もしかしたらユーリーのように空軍の士官にさえなれたかもしれなかったのに。「女の子にモテる技術」もさかんにみがいていたが、いまではその女の子たちを、自分から避けている。昔の友だちのことも。

そのうえ、好きだったギターもボート競技もアイスホッケーも、自分には不可能なものになってしまった。毎日ベッドから出ると博物館に来て、また共同住宅《コムナルカ》に帰って寝る日々。鬱々とした気持ちを忘れさせてくれるのは、走ること《ランニング》と、あの友人が飛行練習をしたヤク18にもぐりこむことだけ――。

ドミトリーは、オクサーナがどうしてもと言って引っこめない小袋に、手を突っこんだ。そしてほとんど次の瞬間、ビスケットを吐きだした。ふやけたように湿気《しけ》ていて、妙な味。犬だって食べないかもしれない。

またしてもやられた。不幸なる警備員は、かっとなって怒鳴りたいのをなんとかこらえた。いや、笑いたいのを？　もう何がなんだかわからない。

「リラックスリラックス、ドミトリー。ただの冗談。ここで冗談なんて、めったに言わないんでしょ。で、学校でユーリーのことは知ってたの、知らなかったの？」

自然体でタメ口《ぐち》をきき、自分を振りまわすこの女の子を前にして、ドミトリーはいつのまにか、生きかえったような心地になっているのに気がついた。いつ以来のことだろう。この子のエネルギーと明るさは、こちらの心を開いてしまう。

「知ってたよ……」

「ほんとに？」

「うん、よく知ってた……」

「すごい！　もっと話して！　ドミトリーが若かったときから、彼、もうすてきな人だった？」

「いやぼくは、まだ若いんだけど！　だいいち、ユーリーより一つ年下なんだけどな！」

「ごめん、知らなかった。どよんとした感じだから、もっと歳《とし》とってるのかと思った……」

やれやれ、とドミトリーは思った。腹もたつが、そのとおりかもしれない。今度も彼は自分を抑えた。この博物館にあるいちばん古い、あの髭《ひげ》の長い野雁《のがん》の剝製《はくせい》みたいに埃《ほこり》だらけになりたくなければ、もう一度、バランスのとれた社会生活を取りもどさなくてはならないのだ。生きる目的を見つけなくてはならないのだ。

「で、二十歳のころのガガーリンは、どんなふうだった？」

「いかしたやつだったよ、そのころからすでに。すごくいかしたやつだった」

「第一印象は？」

その言葉で、ドミトリーは過去に立ちかえった。一九五一年九月、サラトフ工業技術専門学校の広いホールに、ガガーリンが入ってきたのをはじめて見たとき——ずいぶん小さいやつだな、と思ったのが第一印象だ。まだソヴィエト国民の栄養状態がよくない時代ではあったが、それにしても、百五十七センチという身長は小柄だった。

だが本人は、気にしていなかった。ほかの生徒たちはみな頭一つか二つ分大きかったが、その彼らを引っぱっていくのは、ユーリーのほうだったのだから。生まれながらのリーダーで、自信と輝くようなオーラがあり、運動神経もよくて、入学後わずか一週間かそこらで、学校のバスケットボールチームのキャプテンに選ばれた。とはいえ、モスクワ郊外の冴《さ》えない町、リュベルツィから来ており、まだ何者でもなく、持っていた資格といえば、共産党青年団の団員証と鋳造工五級の資格証書、そして中等教育七年級修了証書だけ。ユーリー十七歳のときのことだ。

「特に中等教育修了証書が、彼には誇らしいものだったんだと思う。十五歳でグジャーツクを離れたときに、いったん勉強をやめなくちゃならなかったのに、それを再開して取ったわけだから」

サラトフで、ユーリー・ガガーリンは鋳造理論の講義を受け、実習をおこない、田舎に出かけて集団農場《コルホーズ》の手伝いをしたり、少年少女団《ピオネール》のキャンプ指導員になったりもした。リュベルツィでは、制服の着用や規律正しさといった軍隊式の環境に順応したが、こちらの大きな工業都市では、水を得た魚のように新しい生活を楽しんだ。週末、試験や研究発表の準備をしなくてもいいときには、仲間とスケートをしたり映画を観に行ったり、クロスカントリースキーができる山に行ったり。むっとする暑さの夏には、ヴォルガ川へ泳ぎにも行った。女の子たちの歓心を買いたくて、廃止になった製材所から持ちだした間伐材《かんばつざい》で、飛びこみ板を作ったりもした。みんなとともに、ユーリーもくるりと宙を舞って、華麗に飛びこんだ。

彼の十九歳の誕生日は、一風変わっていた——ドミトリーは、うつむきながら思い出す。乾杯の際、ユーリーは両親や当時の恋人、自分の未来などを祝してではなく、何日か前に没した「人民の父[4]」をしのんで、献杯《けんぱい》の音頭《おんど》を取ったのだ。

「偉大なるユーリー……」

「え？」

「だってスターリンの時代に生まれて、何もかも国のおかげだって感謝してたんだから。学校に行けたのも実習ができたのも、資格や卒業証書をもらえたのも。ほんのちょっとのお給料も。それもほとんどお母さんに送ってたっていうし。あの宇宙飛行は、国のしっかりした制度や党の気前よさがなかったら、不可能だったんだよね？」

訓練機ヤクの操縦を学んだのも、サラトフでだった。サラトフには航空クラブがあり、ドミトリーも、ユーリーと同じように四年のときに入会申し込みをした。ユーリーはここで、子どものころの夢をかなえたのだ。クルシノで、ソ連軍やドイツ軍の戦闘機が上空を飛んでいくたびに、息を切らして追いかけていたころの夢を。

だが航空クラブでの毎日も、楽しいことばかりではなかった。教官は、戦闘機部隊にいた元軍人、マルチャノフ。カリキュラムも軍隊式で、生徒たちの学校での勉強など考慮してもらえなかった。モットーは、教官の情熱そのものの「命をかけて飛べ」――。「時間をかけて慎重に学べ」ではなくて。

おかげでユーリーは、徹夜もいとわず、二つの勉強の両立をめざさなくてはならなくなった。夜は航空クラブで、操縦の理論と実践の基礎を学び、昼間は専門学校での総仕上げとして、むずかしい課題の卒業論文に取り組む。

「考えてもごらん、オクサーナ。大規模鋳造工場で、部品を作る鋳造の生産計画を立てて、その部品製造の工程も作る。で、未来の鋳造工のために、それを職業学校で教える授業計画も立てるっていう課題なんだ！」

「どういうことか、よくわかんない……」

未来の宇宙飛行士、ガガーリンも、ヤクに乗って飛びはじめたばかりのころは、惨憺《さんたん》たるありさまだった。飛行に正確さを欠き、急降下したり機体の後部がコントロールできなかったり。離陸時も着陸時も、旋回のときも。元軍人の教官たちは、上空にむかって怒鳴ってもどうにもならないのにうんざりして、ガガーリンの訓練をやめさせることを何度も考えた。クラブの名簿から、はずすことさえ。マルチャノフ――どの教官より慧眼《けいがん》だった――が割って入らなければ、ガガーリンの飛行技術が向上することは、まずなかっただろう。

「割って入って、どうしたの？」

「操縦席に、分厚いクッションを敷かせたんだ！　それで何センチか座高が高くなって、ユーリーはやっと遠くがちゃんと見えるようになった。それで機体もうまくあやつれるようになったんだよ」

操縦レベルも上がり、ガガーリンは急速にうまくなっていった。そしてじきに、基本的なあらゆる操作で抜きん出た存在になると、一九五五年七月には、仲間たちからおごそかに「アクロバット飛行の第一人者」と呼ばれるまでになって、地元紙に写真付きで記事が載ったのだ。それほどの成長を、誰が予想できただろう。ドミトリーでさえ驚いた。

ガガーリンは、最初はパラシュート訓練でもお粗末なものだったが、それについて担当記者が一度も水を向けなかったのは幸いだった。上空で動けなくなって、飛ぶのに時間がかかったのだ。ここでマルチャノフ教官は、じつに効果的な言葉をかけた。航空クラブの滑走路に押しかけていた女の子たちに、注意を向けさせたのだから。

「どうした、ユーリー！　女の子たちが見てるぞ！　がっかりさせるな、さあ飛べ！」

ギャラリーを落胆させるわけにはいかない。ユーリーは手もとの環を思いきり引き——やがて白いパラシュートが開いて、彼は空を漂うと、無事着陸した。

サラトフにやって来たとき、ユーリーの目標は、立派な金属工業従事者になるか、関連研究所で仕事を見つけるかのどちらかだった。だが最終学年の四年で航空クラブに入会し、思いがけない道が開けたというわけだ。

そして一九五七年。国が、スプートニクの打ちあげに成功した。ユーリーからの手紙には、自分は宇宙飛行士になりたいと、ためらいがちに書かれていた。人から笑われないよう、ほかにはまだ誰にも言っていないとのことだった。自分よりよく準備し、鍛えてきた者たちが、大勢志願するだろうから……。

「ユーリーには勇気があったんだよね？」

「そうさ！　勇気がなければ、専門学校の先生たちのきびしい要求に応《こた》えたり、航空クラブのおっかない教官たちに正面から向かっていったりなんてことも、できなかっただろう。学校と航空クラブの両方に登録してたのは五人いたけど、一九五五年六月、ユーリーだけが両方の卒業証書をもらえたんだ。それも、とびきり優秀な成績で！　それにひきかえ、ぼくはどっちもだめだった……」

「手をけがしたのは、そのころ？」

「その話はあんまりしたくない……」

「それならいいよ、ジーマ……」

ジーマ――アンジェリカと別れてから、その愛称で呼ぶ者はもう誰もいなかった。婚約者だったアンジェリカ。切断手術以来、振りはらったその思い出が、いま、後悔となってドミトリーの胸に押しよせる――彼女はそれでも、ずっと彼のそばにいると何度も言ってくれたのだ。それなのに、手首から先がなくなった左腕と自分自身を嫌悪して、その言葉も気持ちも受けいれることができなかった。彼女のような女性に対して、あのようにつらく不当に当たってしまったとは……。

「だめだなあ、あたし」

「え？」

「ユーリーについて、いままで書いたこと、ぜんぶだめ……」

仲間たちがコンプレッサーを止めてくれたときには、もう遅かった。手は押しつぶされていた。ぐしゃぐしゃに。だから切断するしかなかった。安全装置をちゃんと作動させるようにと、あれほど言われていたのだ。自分の不注意と愚かさが招いた事故だった。

「手がなくなって、ぼくは打ちのめされた。松葉づえがないと立てないきみに、こんな話はするべきじゃないんだろうけど、でもそうだった。朝、目がさめるとまず、いちばんいい死にかたは何かって、毎日考えてた」

「ええ！　手がないぐらいで死ぬことないじゃん！　でも結局ここに来たんだよね？　博物館の警備員っておもしろい？」

「ぼくの母親が、ここの学芸員でね。ぼくもここにいれば、目が届きやすくて安心だと思ったんだろう。ぼくが死にたがってたのを知ってたし、飛行機が好きなこともわかってたから」

オクサーナは強そうなことを言ったが、ドミトリーの気持ちがよくわかった。自分だって、よくアフトゥバ川に身投げしたくなる。一度ほんとうにしたことさえある。八歳のときのこと。レニンスクでいちばんかっこいい男の子に、「年ごろになったら」結婚したいと告げたところ、鼻先で笑われたのだ。

その日、あたりに目を光らせていた密漁者がいなかったら、オクサーナは流れにさらわれ、溺《おぼ》れて死んでいたことだろう。祖父母はおめでたいことに、百二十キロ以上ある鯉《こい》に釣《つ》り竿《ざお》を引っぱられて川に落ちたという作り話を信じ、その日彼女が死を選ぼうとしたことに、気がつかなかった。

このときから、オクサーナはユーリー・ガガーリン——自分と同じく小柄だという——の伝記を書くことと、荒れた天気のときにバルト海沖合いに姿を見せるネズミイルカとイルカの記録をつけることを、心の支えとするようになった。星々のあいだを飛ぶことはできなくても、海の生きものたちのあいだは飛びまわれるような気がしたのだ。行く手がきびしいことはわかっている。でも強い心があれば、道は開けるはずではないか。

オクサーナが口をつぐんでいるあいだ、ドミトリーは静けさに身をゆだねた。そして、ユーリーのヤクをみがいた。水とアルコールに浸した雑巾《ぞうきん》で、機体を拭きあげる。翼を飾る赤と白の二つの星が、これまでになく輝きだす。

外では、空がバラ色とオレンジ色の濃淡に染まり、やがて銀色の月が昇ってきた。月は、芽吹きはじめようとする木々のあいだになかば隠れながら、博物館の部屋に光を投げかける。あたりも暗くなってきた。もうじき電気をつけなくてはならないだろう。

舌をきゅっと上顎《うわあご》につけて、オクサーナは熱心に、いま聞いた話を古いノートに書きつけている。そしてそれが終わると、またしゃべりだし、話はユーリーの私生活へと広がっていった。

「ユーリーって小さいときから、超むこうみずだったって知ってる？　大祖国戦争のときには、敵に妨害活動もしたんだって。ドイツ軍の車のバッテリーに、砂を流しこんだり……」

「……道の曲がり角に、釘《くぎ》や割れた瓶の破片をまいて、やつらの車をパンクさせたり……」

「……やつらの車の排気管に、じゃがいもの皮を詰めたり！」

かつて似たような不運に見舞われた二人、ドミトリーとオクサーナは、思わずいっしょに吹きだした。そして心から笑った。博物館の、トルコ石のように青い壁に、笑い声が響く。この子は、まるでひとすじの陽《ひ》の光だ。

「ぼくたち、似た者どうしのいいコンビだと思わない？」

「似てないよ！　あたしには、なくなったものはないもん。下のほうがちょっと調子よくないけど、あとは大丈夫なんだから！　で、最後にガガーリンに会ったのは、いつ？」

会ったのは——というより遠くから見たのは、去年のことだった。一九六五年一月。専門学校の創立二十周年記念式典に出席するため、ユーリーは妻ワーリャと、列車で八百キロ近い距離をやってきたのだ。モスクワ駅の駅長が人々に注意をうながしたため、かえってファンの知るところとなり、人々はホームに、サラトフ市内に、殺到した。首からカメラをさげて、彼を押しつぶしかねないほどに追いかけた。まったく悪夢のようだった。

ドミトリーは、広場恐怖症の傾向があるので、無理はしなかった。宇宙飛行士ユーリー・ガガーリンが、小学校四年生に自分の訓練機だったヤクを見せに博物館へ来たときにも、クロークに隠れた。彼を案内するのは学芸員である母親の役目だったが、ユーリーは、自分の訓練機が展示品に変わっているのを見て、目をまるくしたという。そして、こうぼやいたそうだ。

「母が、ぼくのアンダーシャツなんかを取っといてなくてよかった。ひょっとしたらそんなものまで、展示されかねなかったんじゃないか」


そのときとは別に、ドミトリーが友として、最後のひとときをユーリーと過ごしたのは、一九五五年八月、ヴォルガ川の川辺で簡単なピクニックをしたときだ。そのときユーリーは、シベリア西部のトムスクで鋳造工になるか、軍に志願してチカーロフの航空士官学校に入るかで、迷っているとうちあけた。ドミトリーは、手を切断したショックからまだ立ちなおっておらず、どちらがいいか助言することはできなかったが、航空クラブのマルチャノフ教官が、航空士官学校に行くよう励ました。

「本物の戦闘機ミグに乗れるようになるし、給料も宿舎も食事も、将来の保障もある。それに革のフライトジャケットを着たら、女の子にモテるぞ！」

もしこの勧めがなかったら――フライトジャケットはともかく！――宇宙飛行士ユーリー・ガガーリンは、おそらく誕生しなかっただろう。

「彼がチカーロフへ行ったあとも、ぼくらは何年か文通してたんだ。で、一九五九年の終わりに、返事が来なくなった。たぶん、宇宙飛行士候補になって、訓練が始まったんだと思う」

「ほんとだ、時期が合うね！　そのころのこと、おじいちゃんからちょっと聞いたよ。期待したほどには情報がなかったけど。ゲルマン・チトフは、訓練の内容をもらさないって書面で約束させられたんだって。だから、たいしたことはわからないまんま」

乾燥した草原《ステップ》地方、チカーロフの、航空士官学校での最初の数か月はきびしいものだった。凍りつくような水での洗面や、ベッドのかたづけといった兵舎での規律に加え、マイナス二十度の戸外での体操などでも、上級生たちにしごかれた。まるで奴隷か、いじめの標的であるかのように。だがユーリーは動じなかった。

そして一九五六年一月に、晴れて軍人の宣誓[5]をおこなった。ところがその冬は吹雪がひどく、その後、新入生の訓練機は一機も離陸できなくなった。吹雪は機関車の蒸気のように視界をさえぎり、交通を遮断する。未来の将校たちが、滑走路と道の雪かきを懸命におこない、凍傷やあかぎれに苦しんだ。ユーリーの士気も下がった。

次の飛行まで、ときには何週間も部屋に閉じこもらずをえなかったが、ユーリーはそのあいだ、この先搭乗することになるミグ15の工学構造や、飛行についての理論の勉強に没頭した。

そして学年末試験では、最優秀の成績となった。おかげで卒業後に配属される基地も選ぶことができ、北極圏のムルマンスク州ルオスタリ空軍基地へ赴任することになった。

「同志ワーリャと出会ったのは、チカーロフ？　それともルオスタリ？」

「チカーロフ。学校でのダンスパーティーで。大変ななかにもいいことがあった、ってわけだな」

ユーリー自身は、未来の妻と出会ったときのことについて、あまり多くは語っていない。でもドミトリーには、二人が親しくなっていくのは「目に見えていた」という。ユーリーは母親から、早くいい女性《ひと》を見つけるようにと言われてもいた。

パーティーで、ユーリーはワーリャをワルツに誘った。チカーロフで生まれ育った彼女に、ユーリーはすぐ夢中になった。ワーリャのほうも、未来の将校の目にとまって、まんざらでもなかったにちがいない。ユーリーは、ワーリャの何もかもが好きだと言っていた。しっかりした性格も、小柄な背丈も、輝きにあふれた知的な目も、そばかすも。ときどきかけるメガネも。メガネは猫の目のような形のフレームで、かけるととてもまじめな印象を与えた。二人はお互いの気持ちに確信を持つと、早々に結婚した。一九五七年の十月、いや、十一月だったか。ドミトリーは、もうはっきり思い出せない。

　ユーリーは、ワーリャを置いてひと足先に、ルオスタリの部隊におもむいた。北極圏で過ごすはじめての冬は、まったくきびしいものだった。夜は長く、昼はあまりに短い。ユーリーたち新入りは、ミグに乗るのをまたも春まで待たなくてはならなかった。太陽が顔を出してくれるのを待ちながら、未来の宇宙飛行士は、二人の士官学校生とともに住んでいた粗末な家で、タバコをさかんに吸った。トランプをし、フランス映画「花咲ける騎士道」をくり返し観て、ついにはセリフをぜんぶ覚えてしまった。

　本も、手に入るものなら何でも読んだ。サン＝テグジュペリやヘミングウェイ、パステルナークも。

　このころ、のちにエレーナと名づけられる女の子が、ワーリャのお腹《なか》にいるとわかった。こうした幸せな状況のなかで、ユーリーはミグの操縦を学び――座席に新しいクッションを敷いて！――何もかもが混じりあう北極圏の危険も知ったのだ。昼と夜、空と氷原、雲と海が混じりあい、淡い白は薄い青に、薄い青は淡い白に溶けこんでしまう……。

　ユーリーからの最後の手紙は、一九五九年十一月二日の日付《ひづけ》だ。そのなかで彼はこう書いていた――十月に打ちあげられた無人月探査機ルナ三号が、それまで謎だった月の裏側の写真を送ってきた。これを知って以来、有人宇宙飛行も可能になるにちがいないと考えるようになった。自分はそれを待ち望んでいる。いや、待ちきれない。すでに空軍基地や海軍航空部隊の基地で、特別な任務をおこなう者の採用が始まっているようだ。自分も志願する――。

そして、便りは途絶えた。

「ありがとう、ドミトリー。おかげで、伝記に書くことがいっぱいできた！　遠くまで来た甲斐《かい》があった……」

「どういたしまして、オクサーナ！　でもレニンスクでは、きみのせいできっと大変なことになってるよ。いまごろは地域の警察官全員に捜索命令が出て、潜水員たちがアフトゥバ川にもぐってるんじゃないか？　おじいさんおばあさんに早く連絡して、安心させてあげないと」

「おじいちゃん《ヂェードゥシカ》おばあちゃん《バーブシカ》に連絡するには、電話がなきゃいけないけど、うちにはないの。警察の分署に行くにしても、どこにあるのか知らないし、探すにはもう時間が遅すぎる。ね、ドミトリーのとこに泊めてくれない？　ソファある？　マットレスは？　ペルシャ絨毯は？　古新聞《プラウダ》の束《たば》でもいいよ。あたし部屋できょろきょろしたりしないし、皮膚も丈夫、どこでも寝られるし！」

ドミトリーは、十二歳のときから誰も部屋に入れたことがなかったので、共同住宅のドアをオクサーナのために開けることなど、無理だと感じた。自分の家でこの子を寝かせると考えただけで、恐ろしい。そもそも、どこに寝かせる？　何を食べる？　ガガーリンの話も終わったし、このあと、何を話せばいい？

だが、もしもこの子が、何か人知を超えた力によってつかわされた、天使だとしたら？　事故のあと、途切れたままの人生を、もう一度やりなおすようにと伝えるためにつかわされた天使だとしたら。

ドミトリーは、まだ若い。じつは美青年でもある。両脚の不自由な子が、こんなに明るく活発に生きているのを目《ま》の当たりにすると、こう思えてくる――片方の手がないことぐらい、何だというのか。

「ドミトリー、考えすぎちゃだめ！『いいよ』って言って、電気をつけて。暗くてなんにも見えなくなってきたじゃない！」

迫られて、ドミトリーは不承不承《ふしょうぶしょう》返事をした。

「じゃあ、ひと晩だけ。変なこと考えるんじゃないぞ」

「あたしのこと侮辱してる？」

「まあ、きみはぼくと同じぐらい初心《うぶ》だしな」

「まだ十二歳なんだから！　じゃあ、それでいい？　泊めてくれるのね？　やった、夢みたい！」

夢みたい……。そうなのかもしれない。

何か考えつくと、いっそう頭がまわるようになるオクサーナは、次の――そして最後の――思いつきを言いはじめた。

「ねえ、さっきはあんたにおっかない目で追いかけられて、ガガーリンのヤクをちゃんと見られなかったから、一回、なかに乗せてくれない？　一人でやってたみたいに。そうしたら、ドミトリーは昔の友だちに、宇宙飛行五周年のすてきなお祝いができるし、あたしには、五周年記念プレゼントになるし！」

ドミトリーは、展示されている訓練機のコックピットへ、最大限の注意をはらいながら、オクサーナを持ちあげた。オクサーナは羽根のように軽かった。彼はそのまま、かつてユーリー・ガガーリンがすわった操縦席に、できるかぎりそっと、大事にオクサーナをすわらせ、曲がったひ弱な両脚を、操縦桿の下にすべりこませてやった。シートベルトも締めた。そして、風防《キャノピー》を閉めた。

「ベルトって、ちょっとじゃまだと思わない？　こんなのあったら、飛び立てないよ！」

「そうかもな……。じゃあ、目を閉じて。出発しよう――ほら、下にヴォルガの流れが見える。畑はまるで絹の絨毯のように広がっている。村はミニチュア模型のようだ。トラクターが今日最後の畝《うね》を作り、子どもたちは両手を上げて、全速力で飛ぶ飛行機を追いかけてくる――」

（訳注）

1　約十二メートル。

2　（一九三七―　　）一九六三年、女性初の宇宙飛行士としてヴォストーク六号で地球を四十八周した。

3　男子のハードル走。女子はふつう百メートル。

4　一九五三年三月に没したスターリンのこと。

5　校内のホールで全員銃を手にし、一人ずつ隊列から進みでて、指導官たちの前で、命と名誉をかけて祖国を守ると宣誓する。

8　通訳　――一九六七年四月十二日

フランス　パリ　ホテル・ジョルジュ＝サンク[1]

縁のすり切れた文庫本《リーヴル・ド・ポッシュ》――その表紙が目に入って、わたしは息をのんだ。そしてそのまま倒れた。ばったりと。切り倒された木のように。

ホテル・ジョルジュ＝サンクのバーで、わたしはスツールにすわり、カウンターに肘をついて仕事の相手を待っていた。そのときふと、誰かが忘れていった本の表紙に目がいったのだ――飛行士の横顔。額にはパイロットゴーグル。たそがれの空を飛んでいく航空郵便のプロペラ機――アントワーヌ・ド・サン＝テグジュペリ著。『夜間飛行』。

あのひとが、いちばん好きだった本だ。あのひと、YGは、いつもこの本を持ち歩いていた。ロシア語版のこの本を。そしてわたしにフランス語版をくれた。セーヌ河畔、トゥルネル橋近くの古本屋《ブキニスト》で買って、すぐ読んでくれと言った。主人公のリヴィエール、物語のなかで姓だけで呼ばれつづけるリヴィエールは、あのひとの心のなかのヒーローで、自分の指導者《メンター》を思い起こさせると言っていた。不屈の意志を持つ技師《エンジニア》を。サン＝テグジュペリの主人公たちと同様、その人もまた、いつか人間が星々と親しく語りあえる日がくるように、宇宙開発に自らの命を捧げたとのこと……。そしていまから十五か月前に、亡くなった。

YGとのあの夜を忘れるために、わたしはあらゆる努力をした。思いもかけなかった出来事で、わたしは道に迷ったのだ。だから枕で顔を覆《おお》って口をふさぎながら、胸の痛みを叫んだ。旅をした。泳いだ。走った。ボクシングもした。浴びるように酒も飲んだ。タバコも吸った。さんざん泣いた。泣かされた。食欲がなくなり、眠れなくなった。ドラッグもいろいろ試したが、中途半端な気持ちのなかに取り残されただけだった。文章も書いた。でも消した。また書いた。そしてぜんぶ破り捨てた。あのひとからもらったただ一つのプレゼントも火に投げ捨てた。そう、『夜間飛行』も。

けれど、すべて失敗――。

ただの表紙から、これほど一気にすべてがよみがえってくるなんて、どうかしている。この二年近く、わたしは胸を締めつけられつづけ、それがかろうじてゆるみはじめるのは、ミシェルの腕のなかでだけというのも、やっぱりどうかしているのだ。

意識が戻ったとき、わたしはキャスター付きの簡易ベッドに寝かされていた。枕もとには金色のフリンジが下がったランプが置かれ、彫刻のほどこされた天井に、オレンジ色がかったあたたかな光が投げかけられている。消毒液と薬品の匂いがする。

見知らぬ女の人が、やさしくわたしの手をとった。高齢で、言葉に包みこむような抑揚《アクセント》がある。

外国語には慣れているのに、どこの国の出身なのかわからない。レバノン？　シリア？　それともイラン？

「お嬢さん《マドモワゼル》、安心なさい。ここはホテルの医務室ですよ。もう大丈夫……。私たちも、そりゃもう驚きましたけど！　あなた、いきなり悲鳴をあげて、そのまま倒れたんですって？　それで意識を失って、バーテンダーのサミュエルがカウンターのむこうから駆けつけたときには、タイル張りの床で頭を打って、ひどい出血だったんです。それもなんとか止まったので、包帯を巻いておきましたからね。でも、レントゲンを撮って検査してもらったほうがいいから、アメリカンホスピタル[2]へ、誰かに連れていってもらってください。ご両親かお友だちか、ご主人か。私が連絡しましょうか？」

　頭の痛みがひどくて、わたしはまともに考えられず、答えることもできなかった。「はい」も「いいえ」も、喉の奥に引っかかったままだ。でも看護婦はしゃべりつづける。せっせと立ち働く。わたしの腕にやさしくさわり、頬に触れる。放っておいてほしくて、わたしは目を閉じる。わたしのことは、けが人というより病人だと思ってほしい。いや、ここにいないと思ってくれたら、もっといいのに。

「お財布にあった名刺を見ましたよ。通訳なのね？　すてきなお仕事！　何語の？　それとも何か国語も？　通訳って、何年も勉強しないとなれないのかしら？　じつはうちの娘がなりたがってて。私と同じレバノン人だから、いまも三か国語が話せる《トリリンガル》んです。アラビア語と英語と、フランス語ね！　バーでは、こちらにご宿泊のお客さまを待ってたの？　イスラエルの大臣？　サウジアラビアの王子？　それともイギリスの俳優？　ほらあの『ロシアより愛をこめて』とか『サンダーボール作戦』の！　ちょうどいま、三人ともここに泊まってらして、みんな大騒ぎしてますよ！　特にあの俳優さん。ほんとにセクシー。あなたみたいにきれいな女性《ひと》は、気をつけなきゃだめよ。あのミス・フランスだったクローディーヌ・オージェ[3]みたいに、ボンドガールになりたがったりしないでね。あ、答えなくていいの。名刺をお借りして、あなたの事務所に連絡して、心配ないって伝えておきます。で、迎えにくるようにって。それまで、ゆっくり休んでください。誰もあなたを起こしにきたりしないはずだし、そう願ってます！」

　わたしは、ぎゅっと目を閉じたままでいた。黙ってほしくて。行ってしまってほしくて。いなくなってほしくて。

　それがやっと叶《かな》った。彼女は立ちあがってわたしの手を放すと、赤ん坊にするみたいに毛布を整え、出ていった。ようやくゆっくりできる。過去にもぐりこめる。わたしの心をかき乱したあの男との時間に、ふたたび戻っていける。

　通訳は、たしかにすてきな仕事だ。この仕事をしていなければ、ＹＧに会うことなど、けっしてなかっただろう。

　はじめて会ったのは、一九六三年十月。グルネル通りのソ連大使館で。彼の偉業を祝して開かれたパーティーで、パリじゅうの人間が押しよせたかと思うほどの大盛況だった。噂《うわさ》によれば、三千枚もの招待状が発送されたとか。わたしは、あるフランス企業の経営者の息子に連れていかれた。宇宙開発に熱烈な関心がある人で、招待してもらうためにあらゆる人脈を駆使したそうだが、わたしの名前は、外務省での彼の同僚女性が、彼のお父さんと寝たときにささやいたらしい。わたしがいれば「偉大な宇宙飛行士とのコミュニケーションがスムーズになる」と思われたからで、実際、大量の質問リストをわたされた。だが、あの日質問できたのは、一つだけ。

「ロケットはどのような形だったのでしょうか？　図面も写真もいっさい公表されていませんが……」

YGは、スピーツキーとかいうソ連大使館の特別顧問の監視下で、文字どおり貝のように押し黙っていた。ヴォストークに関することは、すべて国防機密なのだ。大きさ、形、外観、重量、エンジン、操縦システム、無線誘導などすべて。わたしの依頼者が質問にこだわればこだわるほど、YGは頬を紅潮させ、お目つけ役はぶつぶつ文句を言った。体格のいいボディガードが上手にとりなしてくれなかったら、あの場の雰囲気は、まちがいなく悪くなっていただろう。

どちらの側にも、残念ながらモヤモヤしたものを残した会見は、その後、YGの手のひらに流血をもたらした。わたしの依頼者が復讐《ふくしゅう》したからではなくて、その晩YGは、六千回以上も握手をしなくてはならなかったから。そして大きなアンプル三本分の注射を打たれるはめになった。

わたしたちの目が合ったのは、わたしが氷を紙ナプキンに包んで、彼に差し出したときだった。なんてにこやかでやさしい目、と思ったのをよく覚えている。どんな降伏の白旗を掲げられるよりも、もっと敵意をそがれてしまう目。わたしはどぎまぎして――心を乱されたとまでは言わないものの――、パーティーが終わるまで待っていて、と言われたときには、断《こと》わる言葉を失っていた——それからあなたのお気に入りのダンスホールで、いっしょに最後の一杯を飲みませんか。出席者のなかで、ロシア語が話せてあなたみたいに美しい女性は、ほかにいませんからね！ あなたをかたわらに、夜の明かりにいろどられた街を探検すれば、やさしく美しい夜への前奏曲《プレリュード》になることでしょう。

たしかにあの人は、ソフトな印象だった。それでも、とてもドキドキした……。

もし依頼者が、今日の報酬《ギャラ》には彼を宿まで送っていくことは含まれていないと言わなかったら、わたしは、まちがいなく彼に譲歩していたと思う。

わたしの人生が、YGの人生と二度めに交わったのは、それから二年後の一九六五年六月、パリ北東のル・ブルジェ空港で開かれた第二十六回国際航空宇宙ショーでのことだった。演壇に立ち、会場のコード付きマイクにむかって、あのひとは、無表情にヴォストークの模型の宣伝をしていた。一九六一年四月十二日に、あのひとを乗せて飛んだ宇宙船、ヴォストーク。前回一九六三年のときには、わたしの通訳依頼者の質問に、ほんの些細《ささい》なことも明かさず、答えもしなかったのに！

その日、あとになって知ったのだが、当時ソ連はソユーズの計画が軌道に乗っていて、ヴォストークの形状などを隠しておく意味は、もうなくなったということらしかった。

このときわたしは、フランス国立宇宙研究センター《CNES》の依頼で、会場に来ていた。本来通訳をするはずだったソ連の同業者が、息子の急性腹膜炎で来られなくなったと言われて。

あのひとは、むくんで太った印象だった。とても疲れているようだった。前回、グルネル通りのパーティーで会ったときには、あれほどにこやかでやさしかった目が、もう笑っておらず、無理に作り笑いを浮かべているだけだった。

わたしのことを覚えていたかどうかはわからないが、このときもあのひとは、遠慮なく声をかけてきた。ほぼ同じセリフで。「出席者」は「国」に、「明かりにいろどられた街」は「パリ」に変わっていたが、「やさしく美しい夜への前奏曲《プレリュード》」をというのは同じだった。わたしはその言葉にはほとんど惹《ひ》かれず、このひとはこういうふうに誘うのに慣れているんだな、と思っただけだった。セリフも前と同じだったし！　それでもわたしは、喜んでガイド役を引き受けることにした。

わたしがそのころつきあっていたのは、リシャールという男性《ひと》だった。シャンゼリゼ劇場の舞台監督で、休演日と月に一度の週末にだけ会っていた。好きだったけど、心から愛しているというわけでもなかった。つまり、彼にしばられていたわけではなかったということ。少なくとも、当時、彼の態度はわたしにそう思わせた。

「お嬢《マドモワゼル》さん、寝てるのかしら？　仕事のお相手の方《かた》が、ホテルのバーにあなたがいないのを心配して事務所に連絡したそうで、事務所の方から、フロントに問いあわせがありましたよ。あなたはちょっとした事故にあった、って説明しておきました。だから、いまではみんな事情を知ってます。ただ、事務所の方があなたを迎えにきてくれるか確認したくて、私からも電話してみたんですけど、もう誰も出なくて。

聞こえてました？　それとも最初からまた話します？」

なかば目を閉じたまま、わたしはうなずき、聞こえていたと伝えた。一人きりの夢想を続けたくて。


国際航空宇宙ショーのその日のプログラムは、際限なく続くかのようだった。午前十時に始まったヴォストークについての説明は、フランスと世界各国のマスコミによるインタビューに続き、それが通信ネットワーク機器の多国籍企業ＳＩＡＥ主催による昼食会となり、さらにソ連とフランスの航空宇宙関係見本市となり、参加者たちとの記念撮影やサインの時間となり、ラジオ局「ヨーロッパ１」の番組収録となり、さらに集中的な質疑応答の時間となった。

質疑応答には、わたしは関わらなくてよかったが、見ていてＹＧが気の毒でならなかった。課せられた任務の重さからか、目に見えない装置にあやつられているかのように、機械的にふるまっている。会見に次ぐ会見で、頬はこけて目は落ちくぼみ、背中はまるまり口調も重い。話の途中で言葉につまったり、言いよどんだり、語尾が聞こえなかったりすることもあった。

十九時ごろ、ようやく解放されると、彼はまずホテルに戻ってシャワーを浴びたいと、わたしに言った。ホテルは人目につかない六区の建物で、わたしはそのあいだに、シニョンに結った髪とメイクを整えなおした。

二十時半ごろ、きれいに髭《ひげ》をそり、いい香りをさせて現れた彼は、灰色の制服から明るい色のズボンと白いコットンのポロシャツに着がえていた。多少なりともリフレッシュした姿に安心して、これから先はお任せしますと言ってみた。すると、どこでもあなたの行くところに行くからと言われた。希望は一つだけ——いまあなたが行きたいところに案内してほしい。

こんなにはっきりたのまれたら、どうして従わずにいられるだろう？

わたしたちはサン＝ジェルマン・デ・プレ界隈《かいわい》を歩き、「ル・プロコープ」[4]の前を通っていった。絶妙な距離で、ＫＧＢの男たち二人があとをつけてくる。

まさにパリらしいこのレストランに、わたしは特別な思い入れがある。学校に通っていたころ、成績優秀者の名簿に載るたびに、両親がここでオニオングラタンスープを食べさせてくれたのだ。わたしはよく成績優秀者になったし、うちは裕福ではなかったから、たいていその一品だけだったけれど、それでもたまにはドーフィネ風ラヴィオリ[5]や、ヴァニラのサントノーレ[6]も食べた。

サン・シュルピス教会のあたりで、ＹＧはわたしの腰に手をまわしてきた。本物のパリの恋人どうしみたいに、街のなかに紛れこもう——そう言った。彼のカリスマ性に魅了されていたし、公の場で見ていた姿とのギャップに緊張感もやわらいできていたので、わたしはされるがままにした。

予約していた店では、わたしの連れが誰なのか、店の人がすぐに気づいて、いちばん奥のテーブルに案内してくれた。ＹＧはブルゴーニュの白《アリゴテ》を一本たのみ、グラス二つになみなみと注《つ》いでくれた。そして一気に飲むと、また同じぐらいたっぷりグラスに注ぎ、それから二本めをたのんだ。一本めが空《あ》いてしまっても、待たずに次を飲めるように。

わたしがその飲みっぷりに目をまるくしていると、乾杯や酒を注がれる機会があまりに多くて、体にも響いているが、なんとかやっていくためにもこれぐらいは飲まないと、と耳もとでささやいた。

飲むほどに、彼は大胆になっていった。そして前髪が乱れて落ち、顔がよく見えなくなったころには、さかんにわたしの手を取ろうとした。捕まった手は、なでられ、さすられ、彼の唇に持っていかれた……。

ちょっとしたこの戯れが、不愉快だったと言ったら嘘《うそ》になる。彼の動作には、少しもいやな感じがなかった。だいいち、これほど特別な運命にあるひとを拒絶できる女が、どこにいるだろう？　たとえそのひとが結婚していて、二児の父だったとしても……。

二本めも空《から》になると、わたしはセーヌ川のむこう岸、中央市場《レアール》地区にある「レスカルゴ・モントルグイユ」[7]で軽食をとりませんかと声をかけた。これぞフランス料理というものを食べたいと、彼が言っていたからだ。十九世紀風の華やかなインテリアのなかで、「最高の軟体動物門腹足綱《ふくそくこう》有肺亜綱類《ゆうはいあこうるい》を、パリのガーリックバターで」提供するこの店こそ、ぴったりだと思った。

ＹＧに腰を抱かれたまま、パリ最古の橋、ポン・ヌフをわたっていくのは、魔法がかかったみたいにすてきなひとときだった。彼はヴォストークでの偉業について話している。わたしは自分をつねって、これが夢ではないと確かめる。まるで、現実ではないみたい――労働者《ブルーカラー》の家に生まれ、パリのはずれの十二区の、水道も電気もない老朽化した二間《ふたま》の住まいで育ったわたし、アリアンヌ・クルーゾーが、宇宙を旅してきたはじめての男性と、いま、セーヌ川をわたっている……。

わたしたちは橋の中ほどで、足を止めた。そして、遊覧船《バトームーシュ》にぎっしり詰めこまれた観光客たちを、からかい半分に眺めたり、街灯のまわりを飛ぶカモメたちの、甲高い鳴き声に耳をすましたり、折りたたみ椅子にすわった釣り人たちが、楽譜の音符のように川岸に並んでいるのに目をやったりした。川面《かわも》を見つめるうちに、YGはなつかしそうに、子どものころ、家族の食卓を少しでもよくしようと、グジャチ川で川ハゼを釣っていたという話をしてくれた。戦争中はこのひとも、わたしと同じようにお腹《なか》をすかせていたのだ。

満月が、乳白色のやさしい光でわたしたちを包んでいた。アンリ四世の騎馬像のほうにむかって、二人の影がおかしな形に伸びている。わたしたちは子どものように影踏みを始め、どちらも踏まれるたびに「あ痛《いた》っ！」と叫んだ。あまりに楽しく、うきうきして、わたしはセーヌ川も飛び越えられそうな気がした。ひらひらと、水たまりの上を飛んでいく蝶々《ちょうちょう》のように。

そのまま少し寄り道をして、ノートルダム大聖堂を眺めていきましょうとわたしは提案した。夜空に、ゴシック建築のむこうの二つの塔が、二匹の巨大な怪物のように浮かびあがっていた。

「お嬢《マドモワゼル》さん……お嬢さん……起きてますか。電話であなたの事務所の方とお話しできました。ご友人が車で迎えにくるそうです。三十分、遅くても四十五分ぐらいで着きますからって。それまで、もう少しうとうとしてられますね。そうそう、それから、ソ連のピアノの巨匠の件は、心配しなくていいそうです。かわりに、あなたのご友人のソニアがつき添うそうですよ。ピアニストはいま、私設秘書とタクシーで急いでるらしいですけど、リハーサルには遅れそうだとか。だから、代理の方はサル・プレイエルで落ちあうって言ってました！　安心しました？」

わたしはだんまりをきめこんだ。いっさい反応しなかった。死んでいるみたいに。

看護婦は、忍び足で出ていった。


レストランに着くと、ノースリーブのミニワンピース一枚だったわたしは、寒くてしだいに震えだした。航空宇宙ショーの会場は蒸し暑かったから、コートを持っていかなかったのだ。するとYGが、自分のカーディガンをさりげなくこちらへわたしてくれた。わたしはありがたく受けとった。とにかく寒くてたまらなかった。

YGは「体をあたためるにはこれがいちばん」と言って、その日三本めになるワインをたのんだ。料理はそれぞれエスカルゴを一ダースずつたのんでいたので、ソムリエが薦《すす》めたのは……ブルゴーニュの白《アリゴテ》。わたしたちは思わず、声をあげて笑った。でもこのおいしい白は、たしかにぴったりだった。

わたしは少しずつしか飲まなかったが、それでも体はあたたまってきた。ついでに目がぼんやりしてきた。音も妙に響く。そしてよく笑った。何にでも、何でもないことにでも。とりわけ、何でもないことに。エスカルゴの殻がすべって、専用のハサミからテーブルのあちこちへ飛んでいくたびに。

体内のアルコールを少し薄めようと、わたしはバゲットをどんどん——かなりお行儀悪く——ちぎっては口に入れた。おかげで体のかなりの部分が回復し、わたしは彼に——そう口ごもることなく——話しはじめていた。なぜロシア語の通訳になったかを。

あれは十歳のときのこと。父が共産主義の同志たちと、ロシア語はひとこともわからないまま、切れぎれに聞こえるラジオからのスターリンの演説に、しんと耳をかたむけている場に居合わせたのだ。わたしは父が大好きだったので、そのとき決心したのだった。いつの日か、わたしがその場で説明してあげられるようになろう、と。

これを話したあと、わたしは水を飲みつづけた。

彼のほうは、「星の街」の階層制《ヒエラルキー》の複雑さについて並べたてだしたが、そのとき、ロシアの血を引くというフランス人ジャーナリストが、わたしたちのテーブルにやってきた。アメリカ人の夫と食事をしていたところ、わたしたちが入ってくるのを見たそうだが——店の半分のお客と同じように——、わたしたちがエスカルゴと格闘するのが終わるまでは、じゃましないようにしていたとのこと。

YGが彼女を見つめ、観察し、頭のなかでもしかしたら服を脱がせたかもしれない様子を間近で見て、このひともまた彼女の魅力に無関心ではないのだとわかった。彼がもし独身だったら、サビニ[8]の女を略奪したローマ人のように、YGは彼女を略奪しただろうか。でもわたしは、女性の趣味がいいな、とも思った。大きな黒い瞳、高い頬骨——独特のスラヴ美人だ。

だが夫にぴったり寄り添われた彼女の言葉に、わたしたちは、まったくもってびっくりさせられた——あなたのお母さまと、長い時間お話ししたことがあるんです。一九六四年に、「フランス・オプセルヴァトゥール」の取材で。

彼女はグジャーツクを、母のアンナ、父のアレクセイ、姪《めい》の夕マーラを、とてもよく覚えていた。ＹＧは、父が食べる野菜《シチー》スープのためにじゃがいもの皮をむいたフランス人女性などと出会って、すっかり驚き、二人をわたしたちのテーブルに招待すると、ウオッカ「ストリーチナヤ」を一本たのんだ。尾行の二人は、とつじょ現れた見知らぬカップル——しかもロシア語を話す——に、そわそわしはじめた。

アメリカ人のだんなさんは、昔「ワシントン・ポスト」のモスクワ特派員だったそうで、米ソの宇宙開発競争の話題を持ちだした。ＹＧは——非常に意外だったことに——ソ連の肩をほとんど持たなかった。ソ連の宇宙産業は内部の争いでうまく進まなくなっていると暴き、それにひきかえ西側《アメリカ》は、現実的な可能性にむけてはるかに多くの資金をつぎこんでいると断言した。そして自分はといえば、ニコライ・カマーニンという者に、もっともらしい口実を設けられては飛ぶことを阻止《そし》されているのだとぶちまけ、少しもぼかした表現にすることなく、レオニード・ブレジネフの頑固さと、自分への仕打ちを糾弾した。

一瞬にして、場は凍りついた。だがＹＧ自身は少しも気にしていなかった。

ＹＧは、飲めば飲むほど批判をくり広げた。そして批判すればするほど、声が大きくなっていった。燦然《さんぜん》と輝いているはずの宇宙飛行士第一号から、その日ふたたび、すべての輝きが消えていた。目に隈《くま》ができ、首の血色《けっしょく》はまだらになり、シャツには汗がにじんで、まるで試合に負けたプロレスラーみたいだった。

不意に、アメリカ人のだんなさんが不安そうに、わたしたちの付添人に目をやった。二人はちょうど、デザートのクレープに添えられたアイスクリームを食べきろうと、スプーンで器を引っかいている最中で、同国人の言論の暴走に耳をそばだてるどころではないようだ。

だんなさんは少しほっとした様子になったが、だしぬけに、具合の悪い息子を子守《ベビーシッター》にあずけてきたから、そろそろ帰らなくてはと言った。そして「この酔っぱらいくんをよろしくね」とやさしくわたしに言って、奥さんをちょっとむっとさせたが、彼女も「飲むのにブレーキがかかれば、ぜんぶ元どおりになるわ」と励ましてくれた。

二人が行ってしまうと、わたしは全力で、彼が次のウオッカをたのまないように説得を始めた。彼はわたしの頬を軽くつまんで、ウオッカをたのむのはやめてくれたが、かわりにシャルトリューズをたのんだ。ボディガードたちは――いまはコーヒーを飲んでいるが――何かあればYGの口を封じようとするにちがいない。だからわたしは、必死に話題を変えようとした。通訳の仕事を始めたばかりのころの失敗談を、いくつも披露したりもした。YGはどうやら心を動かされたようで、その薬草リキュールを一息に飲みほした。

このひとが一歩も歩けなくなる前にと、わたしはそろそろ錨を上げるようにうながした。

なんとか彼がお勘定をすませているあいだ、わたしは店の硬い空気を感じていた。居合わせた客たちはみんな、楽しい食事の場を台なしにされたことだろう。そしてわたしと同じように、自分の目撃したことを、信じられない思いだろう。

外に出ると、YGはわたしの首にキスしようとした。ぎょっとして――少々不愉快でもあって――わたしは身をよじりながら拒《こば》んだ。だが彼は、少しも気を悪くすることなく、そんなに緊張して気をもんでばかりいたらいけない、と言った。そして、自分はコサック騎兵より酒に強いし、ニコライ・カマーニン――またこの人だ――に行かされる各国のカクテルパーティーでは、いつももっと飲まされるんだと言った。

ホテルのほうへ戻りましょうと、わたしは勧めたが、彼はフォーブール・モンマルトル街を歩いて、サクレ・クール寺院のほうへ行きたいと言った。フランスにはじめて来たときそうしたように、寺院の前の見晴らし台から天の川を眺めたいというのだ。街の明かりのせいで、パリでは天の川は見えませんよと説明したが、彼は聞き入れなかった。わたしはモンマルトルの老舗《しにせ》キャバレー、ラ・ヌーヴェル・イブの北側に住んでいるので、そちらの方向に行くのでも、べつにかまわない。とはいえ今夜、彼がしっかり睡眠を取ったほうがいいのは明らかだ。

モンマルトルの丘を登りながら、彼が側溝に落ちないように、わたしは肘を貸した。腕時計は十二時半を指している。わたしは歩きながらも半分寝ていた。彼はアルコールのせいで、自分では否定したけれど、ふさぎこんだ面持ちになっており、それでいてよくしゃべった。そうして語りだしたのだ――各国を訪問するたびに、よき一軍人として、人々の前で何を言えばいいか、あるいは言ってはいけないか、事前に指示を受けなくてはならなかったことを。

彼の日々は、いわば敵の攻撃から身をかわすようなことの連続で、誰にも知られてはならないことがあまりに多かった。自分の身長体重などの身体測定値――つい最近までヴォストークの寸法も――、宇宙飛行士選抜の過程、宇宙飛行士としての訓練の内容、宇宙飛行そのものと帰還時の着陸の仕方……。ロケット打ちあげ基地の位置や、ロケットを製造している場所も明かしてはならず、宇宙からの帰還はパラシュートを使ってではなく、最後まで宇宙船に乗ったままだったと世界じゅうに信じさせなくてはならなかった。国際宇宙航行連盟[9]が、着陸時に宇宙船に乗っていなければ宇宙飛行成功とは認めない、と決めていたからだ。主任設計技師の名前を出すことも——死んでからさえ——厳禁だったし、国の宇宙政策や党を批判するなどもってのほかだった。

何もかもに、わたしはぞっとさせられた。だがその一方で、なんだか滑稽《こっけい》な気もした。

サン・ジョルジュ広場まであと百メートルあたりのところで、ＹＧは足を止めると、小さな宝飾店の美しいウインドーに見入った。そして、自分はここにあるよりもっとたくさんの宝石を持っているんだとつぶやいた。勲章のことだろう。国から、そして訪問した各国、各都市から贈られた勲章で、ＹＧの制服の襟や胸もとは、じつにきらびやかだ。

ときどき自分がクリスマスツリーになった気がする、と彼は言った。いや、飾りたてられた品評会の家畜かな。生きたまま剝製《はくせい》にされたみたいな気もする。スケジュールも行動も、もう何も自由にならない。はてしなくまわりつづけるメリーゴーラウンドに乗せられて、地に足をつけたいのに、降りることすらできないんだ。

宇宙に行くはじめての人類として選ばれたことで、彼の運命は、ニコライ・カマーニンとニキータ・フルシチョフによって決められることになった。自分のものではなくなり、出口も見えなくなった運命。それに、人類史上初の旅に耐える準備はおこなわれたが、その後の飛行準備はおこなわれずじまいだ。

トランペットが鳴り響く名誉の場、外国でのアフターサービス、快挙のあとの義務の数々。その後はそんなことばかりで、フランスでド・ゴール将軍と握手し、英国女王と朝食をともにし、エジプト大統領ナセルやインドの首相ネルーとにこやかに話をする。ブリジット・バルドーやジーナ・ロロブリジーダに冗談を言ったり、キューバでフィデル・カストロとペロータ[10]に興じたりしたのは、気晴らしに——気をよくした、とは言わないまでも——なっただろうが、いまの彼の望みは一つだけだった。ふたたび飛行機を操縦すること。昔乗ったあのプロペラ機、ヤクでもいいから。なんとささやかな望みだろう。あれだけのことを成しとげた人なのに。

一九六一年四月十二日、彼は宇宙の無重力と、恍惚《こうこつ》とさせられるほどの静寂を、身をもって知った。キリマンジャロの雪を、サハラ砂漠のまるみを、アマゾン川の蛇行を、そしてエトナ山の噴煙を、宇宙船の円窓から見たはじめての人となった。そしてもう、時間は巻きもどせない。太陽に近づきすぎたイカロスのように、彼は翼を焼かれてしまったのだろうか。

疲れはてたYGは、家族にその身を捧げたいと願った。数々の称号や使節の名誉、「星の街」の宇宙飛行士訓練センター副所長や飛行指揮官の座を、捨ててもいいとさえ思っていた。だがその思いは受け入れられず、すでに四年以上、飛行機の操縦桿《そうじゅうかん》に触れることもできていない。そもそも、宇宙船の操縦もしなかったのだ……。

「レスカルゴ・モントルグイユ」を出たとき感じていた疲れと吐き気が、わたしのなかで同情に変わった。このひとは、苦悩そのものだ。いったい誰が思うだろう？——ソ連の理想の英雄であり、理想の夫、理想の息子、理想の父、理想の友、理想の恋人であるYGが、これほど心を打ち砕かれた人だとは。これほど幻滅している人だとは。魂が、肉体から離れてしまったような人だとは。世界じゅうがその足もとにひれ伏しているというのに、彼はただもう一度飛びたいと、そのことだけに胸をこがしている。

わたしの家まで、あと少しだ。わたしはYGに、サクレ・クール寺院はあきらめて、ピエール・フォンテーヌ通りの道を行きましょうと説得した。彼が濃いコーヒーを飲めるように。しゃっきりするように。アルコールで鈍った頭を元に戻すために。そうしたらアスピリンをわたして、ベッドに入ってもらおう。今夜のパリめぐりは、悲しく気の重い結末になってしまった。なんと残念。もったいない。

YGが逃げだす状態にはないと見て、歩き疲れたKGBの二人は、アパルトマンの一階にとどまった。エレベーターを――またも故障中だったが――背に、二人はマッチをすってタバコに火をつけた。そして、聞こえないだろうと思ってか、わたしを侮辱する淫《みだ》らな冗談を言いあった。重い足どりで階段を上っていたYGが、すぐさま反応し、「黙れ」と二人に怒鳴った。

わたしが自分のワンルーム――二部屋分がワンルームになっている――にまさに入ろうとしたとき、彼はわたしの手首をつかんで、自分を真似《まね》るようにと言った。つまり、靴を脱ぐようにと。自分の田舎では、たとえ泥酔していても、家に土足《どそく》で上がりはしない。だからはじめてヴォストークを見せてもらったときも、靴を脱いだんだ。

そう言うと、YGは片目をつぶってみせた。一瞬、顔を輝かせて。

わたしがいれた濃いトルココーヒーで、わたしたちはともに、しゃきっと目がさめた。デザートを食べていなかったので、四角いビスケット「プティブリュン」を一箱と板チョコ「プーラン」を半分出し、板チョコは一かけらずつに割って、リキュール「デュボネ」の文字が入った赤い灰皿に並べた。

甘みはわたしたちの悲しさをやわらげた。わずかに軽い心持ちになったまま、わたしはちょっともったいぶって、でも含み笑いをしながら、板チョコの箱に入っていたカードを差し出した。カードの絵は、銀色に輝き、座薬の形をして、宇宙に飛び立とうとしているロケット……一九六一年のヴォストーク！

こんなにも愉快な偶然に、部屋の雰囲気は一気にあたたかくなった。革のクッションスツールにすわっていた彼は、わたしの両腕を取ると、ベッドのかわりにもなる長椅子に誘った。ゆったりと慰めに満ちたその動作に、わたしもやさしい気持ちになった。すわるかすわらないかのうちに、彼はわたしの両腿《りょうもも》に頭をのせ、しゃがれた声でロシアの詩をささやきはじめた。

「『待っていて』きみが待っていてくれたら、ぼくはまた来る／でも強く想《おも》って待っていて／待っていて。黄色い雨が、悲しみを連れてくるときも／雪が舞うときも／夏が勝ち誇るときも／待っていて／過去が忘れられ／人が誰も待たなくなっても……」*

そこからは、あっというまのことだった。彼はわたしの髪《シニヨン》をほどいた。服のボタンをはずした。下着のホックをはずした。そしてわたしを絨毯《じゅうたん》の上に寝かせた。はじめはおごそかな愛しかただった。それから情熱的に、やがて何もかもを振り切るように。わたしの動揺にも、高まりにも敏感で、この上ないやさしさを示してくれた。これまでそんなふうに愛されたことはほぼなかったが、このときわたしは、自らの欲望だけに身をまかせていればよかった。そしてわたしたちは、いっしょに絶頂に達した。こんなに息が合うこともあるなんて、はじめて知った。ミシェルとは、まあ……。でもよく思いかえしてみると、あの夜の、あのひととのことは、比類なくすばらしかった。

朝の五時二十分、わたしたちは隣人が猫を捜す声で、ベッドから引きはがされた。

「レイモン……レイモン……レイモーーーン」

ＹＧは不機嫌そうに長枕で顔を覆うと、明け方から廊下で大声を出して建物じゅうを起こすのがフランス流なのかと、わたしに訊《き》いた。「そのとおり」とわたしは冗談半分で答えたのだが、彼は笑わなかった。具合がよくなさそうだった。ゆうべより、さらに。罪悪感からか、体が動かないらしく、おれは悪い夫だ、悪い父親だ、とわたしに言った。

おおいに飲み、食べ、出かけ、あやつり人形のようにふるまい、もくもくタバコを吸って、彼は結局、自分の身を危険にさらしている。何か月も家を空《あ》け、帰ってきたときには、娘たちが誰だかわからないほど大きくなっている。それでも娘たちを愛している。では、彼自身は？　彼自身は娘たちの目にどう映っている？

彼は太った。はつらつとしたところを失った。以前とは変わってしまった。もう歌をうたわない。冗談も言わない。ストレスが内部から彼をむしばんでいる。そして、わたしが彼にぴったり絡みついているのも忘れたように、とどめを刺すようなことを口走った。

ぼくは、寝たがる子とは寝てきたんだ。そんな子は大勢いたよ。みんな、ぼくにキャーキャー言ってさ。ぜんぶ忘れるために、ぼくは寝た。自分を忘れるために、寝たんだ。

わたしは胸を引き裂かれた。腹をえぐられる気がした。だが、苦しいのに、彼を悪く思えなかった。少なくとも、自分のためには。

この夜以来、わたしは彼に、全面的に感情移入するようになった。


「アリアンヌ……起きて。ぼくだよ、ミシェルだ。迎えにきたよ。さあ帰ろう……」

「そんなにせかさないでください、ムッシュー。ここに運ばれてきてからまだ一時間、血圧も下がったままです。なにしろ頭を強打したんですから。あそこのスツールは、ふつうより四十センチも高いんです。いつかけが人が出ると思ってたんですよ。支配人に考えてもらうよう、言っておかないと！」

わたしは片肘《かたひじ》をついて、体を起こした。息をするのも苦しい。頭ががんがん痛む。まぶたも重い。包帯がゆるかったらしく、曲芸師のリボンみたいにほどけてきた。ＹＧがさかんになつかせようとしていた髪の房が、落ちてきた。そして目にかぶさる。

いま、ミシェルは世界でいちばんいい男《ひと》かもしれないけれど、ここで会いたかったのは、彼じゃない。忘れがたかった時間があんなにもあざやかによみがえって、わたしの傷口はまた開いてしまった。

出ていって。そうじゃないと、あなたに何をするかわからない……。

だがミシェルは、わたしが起きあがってベッドから下りるのを手伝った。事務所から持ってきたトレンチコートを、わたしに羽織《はお》らせた。

ミシェルは、通訳事務所の共同経営者だ。わたしの半身。わたしに忠誠を誓った騎士。恋人よりも、騎士になることを彼が望んだ。そしてわたしの態度を甘受《かんじゅ》した。彼をほぼ何とも思わない態度を。

はじめて会ったのは、通訳学校での初日、校内のカフェテリアで。だからわたしのことは、何でも知っている。YGについてさえ。ミシェルの愛はわかっていたが、わたしはかまわず何でもした。誰とでも。それでもミシェルはあきらめなかった。わたしが倒れれば起こす。落ちこめばなごませる。それでとうとう、わたしにもわかったのだ。この人がいちばんの味方、わたしのたのみの綱なのだと。その目に、腕に、言葉に、わたしはやすらぎを見いだすようになった――。

早くホテルから出ようと思っていたところを、看護婦が追いかけてきて、医師に伝えることを教えてくれた。最後に、彼女は手の甲でやさしくわたしの額をなでた。まるで母親のように。

「あなたを苦しめているのは、スツールから落ちたことでも、そのけがでもないわね。心のなかがまっ暗なんでしょう。わかるわ。感じるのよ。あなたみたいにきれいな女性《ひと》は、人生にも、彼氏にも、ほほえんでいなくちゃ！　お二人、とってもお似合いですよ」

ミシェルがいつもの倍ぐらいの力で、ぎゅっとわたしを抱きしめた。

彼の車、シムカの窓に頭をもたせかけ、わたしはパリの景色が流れていくのを見つめていた。ミシェルが迎えにきてから、わたしはひとこともしゃべっていない。しゃべったところで何になる？　いつものように、ミシェルは完ぺきなのだ。そしてわたしの沈黙を尊重する。自分は何も言わない。

わたしを家まで送るため、車はシャンゼリゼ大通りを横切って、フリードラン通りからさらに東へ走り、サン・オーギュスタンの交差点からサン・ラザール駅のほうへ向かったが、そこで渋滞につかまった。空では灰色の雲が分厚くなっている。いい兆《きざ》しではない。

　ローマ通りに入ろうとするところで、車はいきなりどしゃぶりの雨に打たれだした。通りにいた人たちが、あわてて「ブラッスリー・モラール」[11]の軒先に駆けこんでいく。子どものころは、この老舗の名を聞くだけで気持ちが浮き立った。でも、いまはもう。少なくとも、いまこのときは。

　大粒の春の雨が、車の窓を、フロントガラスをつぎつぎ叩《たた》き、しずくになって競走しては、ワイパーにかき分けられて一掃《いっそう》されていく。そして元のところへ、空へ、帰っていく。その様子は、彗星《すいせい》の尾を思わせた。ＹＧも、はるか宇宙にいたとき、そんな彗星に遭遇しただろうか。

　かわいそうなＹＧ。賛辞と讃歌《さんか》の山に埋もれさせられて。公式の伝記では、勇気と忠誠と謙虚さの手本である宇宙飛行士として、美化されている。そんなの、耐えられないだろう。耐えられるようにできている人間など、一人もいないだろう。国民から称賛されながら、国からは道具のように扱われ、銅像を建てられ、さわるものすべて――さわったものも、これからさわるものも――博物館に展示され、本人はもはや少しも自由にふるまえない。その名が病院にも駅にも、養護施設にも学校にも、通りにも橋にも公園にも、産院にも財団にも、記念碑にも町にもつけられている。そしていったいどれほど多くの男の子に、一九六一年四月十二日以来、ユーリーという名がつけられたことだろう。

わたしの気持ちがここにないことを、ミシェルは知っていた。YGとともにあると感づいているだろうか？　もしそうでも、彼はけっして口に出さない。わたしに何も訊かない。

……あのひとが、親指と人さし指で、乱れたわたしの髪を器用にわたしの耳にかける。それから、身のかわしようもない素早さ。完ぺきなテクニック……。

車がふたたび動きだす。サント・トリニテ教会が見えてきて、いつでも渋滞しているシャトーダン通りを避けてクリシー通りに入り、右折してモンセー通りへ。

ミシェルがラジオをつける。十三時を数分過ぎたところ。ニュース番組が始まっていた。

「お相手は、アルベール・デュクロック[12]です！　さて、ポール……六年前の今日、モスクワ放送は世界にむけて、ソ連の宇宙飛行士ユーリー・ガガーリンが、ヴォストークで地球の周囲を一周したと伝えましたね。というわけで、今日ぼくらがいるのは……」

わたしのなかで、何かが爆発した。崩壊した。わたしは息ができなくなった。このままここにいたら、神経の発作が起きる。

最初の赤信号で、わたしはものも言わずに飛びだした。外はどしゃ降りだ。わたしはただ前へ走った。振りかえりもせず。ミシェルの目が、言葉にならない悲しみをたたえているのがわかる。それを思うと耐えがたいが、どうにもならない。自分にも理解できない。制御がきかない。自分がいやだ。

ラ・ブリュイエール通りに本屋があった。まるで闇を、わたしの闇を、照らす灯台のように。わたしは入った。息を切らしながら。びしょ濡《ぬ》れで、頭に巻いた包帯がなかばほどけて、わたしは正気ではない女に見えるにちがいない。歯が鳴る。手が震える。

店員の女の子が、細く澄んだ声でわたしに訊いた。

「いらっしゃいませ、何かお探しですか？」

「サン＝テグジュペリの『夜間飛行』はありますか？」

「文庫版《ポッシュ》ですか、それとも単行本《ブランシュ》？」

（原注）

＊　コンスタンチン・シーモノフ（一九一五—一九七九）『待っていて』より。

（訳注）

1　現フォーシーズンズホテル・ジョルジュサンク・パリ。超高級名門ホテル。

2　一九〇六年創設。パリで世界トップレベルの医療を提供している私立総合病院。

3　実際には準ミス・フランス（一九五八年）。ミス・ワールドのフランス代表にも選ばれ、女優デビュー。映画「007　サンダーボール作戦」でのボンドガールとなった。

4　一六八六年開業のパリ最古のカフェ・レストラン。ルソー、ナポレオン、ショパン、アナトール・フランスなどが常連だったという。

5　二層のパスタのなかにチーズ、パセリ、バターなどをはさんで焼くフランス南東部ドーフィネ地方の郷土料理。

6　パイ生地に小さなシュー生地を王冠のように丸くつけて、キャラメルでおおい、中央にクリームをのせた菓子。

7　(L'Escargot Montorgueil) 一八三二年開業の老舗レストラン。

8　サビニは中部イタリアの古代民族。ローマと四度戦争をしたが、紀元前二九〇年、ローマに併合された。

9　一九五一年創設。パリに本部があり、毎年、国際宇宙会議を開催している。

10　素手、グローブ、ラケット、バットなどで、コートから壁にむかってボールを打つゲーム。

11　一八九五年開業の老舗ブラッスリー。アールヌーヴォーの豪華なインテリアで有名。

12　（一九二一―二〇〇一）ジャーナリスト、エッセイスト、物理学者。宇宙についての記事やコラムを週刊誌などに多数書いた。

9　遺《のこ》された妻　――一九六八年四月十二日
ソ連　モスクワ州　シチョルコヴォ　星の街

ユーリー・ガガーリンの妻にして遺族となったワーリャの日記より

一九六八年三月二十八日（木）十六時四十分……

昨日の朝、ユーリーが旅立った。永遠に。だがそうと知らされたのは、今日になってからだった。またしてもわたしは二の次の存在とみなされたのだ。カマーニンとその一派に。

わたしに、わたしたちに降りかかったことが、うまく受けいれられない。頭に入らない。胸におさまらない。

こんなに忌まわしいことが、現実に起きるというのだろうか？　二十六日、わたしは潰瘍の治療でまだ入院していた。退院する二十七日に家にいてやれないからと、ユーリーはあの日、前もってフルーツゼリーの詰めあわせを持ってきてくれた。二十七日には、ミグの後部座席にセリョーギンを教官として乗せ、久々の飛行をすることになっていたからだ。それが突然、最後の飛行になった。操縦桿《そうじゅうかん》をやっとまた握れることになって、ユーリーはあんなに喜んでいたのに。長いあいだ、この日を待ちわびていたのに。それが致命的なことになるとわかっていたなら――。いったい何が起きたというの？　ほんとうに信じられない。信じられないしわからないし、聞きいれられないし理解できないし、向きあうことも受けいれることも考えることもできない……。

　ユーリーが宇宙を飛んでいると知ったあの日より、わたしはさらに茫然《ぼうぜん》としている。あのときも仰天させられたけれど……。

　最初に電話が鳴ったのは、十一時ごろだった。昼食前で胃が痛み、出るのが遅れたら切れてしまった。その後は、わたしの反応を想像して尻込みでもしたのか、すぐにまたかかってくることはなく、ふたたび電話が鳴ったのは三十分もたってからだった。受話器を取ったとき、鼓動が速くなっているのがわかった。最悪の事態を予感していたのだと思う。そしてそれが、現実になった。

「了解。実行します」――十時三十分の無線連絡。これが、ユーリーが最後に発した言葉だったという。問題は、あの人たちが言うことのどこに真実があるのか、わからないこと。でも、いかにもユーリーの言葉らしい。命令実行や規律は、あの人の人生と切っても切れないものだった。

　ミグがレーダーから消えたあと、すぐに捜索活動が始まったそうだ。そして四時間以上、空から捜して、基地から六十キロのあたりに残骸が散らばっているのを見つけたという。捜索隊は、地面に突っこんだ機体のまわりを放射状に捜したが、ところによっては一メートル以上の積雪で、遺体はなかなか出なかった。

最初に見つかったのは、セリョーギンだった。いや、「見つかった」というのはあまり正しくない。遺体はバラバラになって森じゅうに飛び散り、あちこちの木々の枝にぶらさがっていたというのだから。衣服や持ち物も同様で、上顎《うわあご》の金歯から、かろうじて彼だとわかっただけだった。

ユーリーのほうは、見つかるのにもっともっと長くかかった。はじめに彼の飛行日誌が発見されたそうだ。でもこれは何の役にも立たなかったとのこと。墜落するより先に、脱出していたかもしれないから……。

あの人たちは、いったいどこまでわたしの夫をわかっていないのだろう。ユーリーはそんなことはしない。ぜったいに自分の飛行機を、教官を、見捨てたりしない。ユーリーは義務感の強い人なのだ。飛行士の鑑《かがみ》なのだ。

この間《かん》、わたしは「星の街」の自宅で部屋をかたづけ、本を読み、料理をし、眠り、起きて、また一日を始め、娘たちと遊んでいた。何も知らずに。一九六一年四月十二日と同じように——こんなにくり返し思い出すなんて、あの日のことが、わたしは好きだったというの？

軍の捜索隊は、眠りの浅い一夜を過ごしたのち、ふたたびユーリーの捜索に出発したそうだ。気象条件があまりに悪くて、生きて見つかる望みはなくなっていたという。それでも、ヘリコプターや犬たちも使って、機体が墜落した周辺を徹底的に捜索した。

八時ごろ、ユーリーのズボンとフライトジャケットの一部が見つかった。高い樺《かば》の木の枝先に引っかかって、強風に激しくあおられていたそうだ。遺骸をついばみに来たカラスたちの鳴き声が、不吉に響いていたかもしれない。木の下の雪が、まっ赤に染《か》まっていたという。大自然のなかにまき散らされた人間の体の、何百という断片からにじみ出た血の色だったのだろう。

続いてそこで、左耳が見つかった。ユーリーの耳だ。まちがいない。まるで刑罰か拷問で虐殺されたかのようだが、証拠もあった。何メートルか先で、泥のなかからコロリョフの写真が出てきたのだ。コロリョフが亡くなってから、ユーリーがいつも財布に入れていた写真だった。

ユーリーが死んだ。

この信じられない知らせを聞いたとき、わたしはすぐには泣かなかった。受話器を置き、膝からくずおれないよう、ソファにむかって倒れこむようにすわった。一か月前に買ったばかりのソファ。結婚したときに両親が贈ってくれたものから、買いかえたばかりの。頭がくらくらした。胃は焼けつくようで、こめかみもあまりに強く打つので、一瞬、脳のなかで何か爆発が起きたのかと恐れた。

ユーリーの仕事に伴う危険はよくわかっていて、わたしは何度、彼を失う覚悟をしたかわからない。それは一九六〇年ごろにさかのぼる。宇宙飛行のための訓練が、極秘でおこなわれていたころだ。いまは、宇宙船にふたたび乗りたいという彼の希望も潰《つい》えてしまったのだから、もう心配する必要もないと思っていた——わたしはなんと愚かだったのだろう。

家には、わたしの入院中に家事をしにきてくれた姉のマリヤがまだおり、妙に静かなわたしの様子を気にして、台所から出てきた。残りもので、昼食を作ってくれているところだった。

どんなに恐ろしいことが起きたのか、わたしがようやく理解したのは、その姉に、電話から流れてきた言葉の波を説明していたときだった。姉の目にパニックの色が浮かび、それが戦慄へと変わっていくのを見て、わたしの脳もようやく同じように認識したらしい。姉の様子を反映するように、わたしも茫然となり、背中が硬直し、はじめて涙がこみあげてくるのがわかった。それでもまだ目はうつろだった。姉がとなりへすわりにきて、わたしの頭を彼女の胸に抱えこみ、そっと揺らしながら泣けるようにしてくれてはじめて、わたしのなかの堰《せき》が切れた。わたしは泣いた。声をあげずに。隣人たちに聞きとがめられないように。

その後、エレーナとガリーナを学校へ迎えにいった。話は帰り道でしようと考えていた。パパが死んだこと、これからわたしたちはパパなしで生きていかなくてはならないこと。それを聞いて、二人はわっと泣きだした。

もしかしたらわたしは、話すのを急ぎすぎたかもしれない。でも相手は九歳と七歳だ。包み隠すことなく正直に話すべきだと思ったのだ。一方で、パパがどんな状態で見つかったかは言わずにおいた。バラバラの遺骸は集められ、コンテナのなかに一つずつ並べられて研究所に送られ、検死を受けたのだろう。ユーリーは最後の最後まで、あの人たちのいいようにされた……。

十六時、電話がまた鳴った。今度はカマーニンだった。手短《てみじか》なお悔やみのあと、レオニード・ブレジネフの命《めい》により、ユーリーとセリョーギンは今夜二十一時十五分に火葬されると言った。軍の栄誉礼を伴う葬儀の式典は、明々後日、日曜日にとりおこなわれると。

二人の亡《な》き骸《がら》をかたづけるのを、どうしてそんなに急ぐの？　何か隠している？　二人が死んだ理由に、何かあなたたちに都合のよくないことでもあるというの？

姉は日記を書くわたしを見て、こんなときによく書けるわねと言った。いや、いまこの瞬間、書くことこそ、わたしにはどうしても必要なのだ。いま起きていることを言葉にして、現実とは思えない出来事をなんとか現実にし、受けいれようとしているのだ。

カマーニンは、火葬場へ行くための車をまわすと言った。運転手ともども、あと一時間で来るらしい。

これからしきたりどおりに着がえ、娘たちも着がえさせなくてはならない。


三月二十九日（金）六時五十分……

ゆうべは一睡もできなかった。信じられないような一連の出来事に、納得できる筋道を見つけたいと思うのだが、集中して考えることができない。

ゆうべ、ユーリーは空に昇っていった。永遠に飛び去った。飛行機やロケットに乗ってではなく、煙になって。私の手もとに残されたのは、ひと束の髪だけ。法医学の先生が、カマーニンや捜査官たちにも言わずにくれた。義母アンナも、もらう権利があったはずだが。

火葬がおこなわれたのは、夜も更けてからだった。火葬場の床は冷えきっていて、寒さで顔がこわばり、手がかじかんだ。わたしと同じように娘たちも歯を鳴らしていたが、ひとことも文句を言わなかった。台の上に安置された父の棺《ひつぎ》をじっと見つめて、自分たちがここにいることや、これからおこなわれることの意味を考えていたのだろう。何もかもがあまりに速かった。わたしたちの上に、もし建物が降ってきたとしても、そのほうが残酷ではなかったと思う。

何の打ちあわせもしていなかったが、自然に祈りのときがやってきた。暗く深い静寂が、コールタールのように四方の壁を塗りこめた。わたしたちがここに着いてから、党の高官たちにつぎつぎかけられたお悔やみの言葉が、胸によみがえってきた。

そのひとときが終わると、ユーリーとセリョーギンのどちらが先に火葬されるべきかが、問題になった。知らない声が、「ユーリーが先だ」と命じた。将校が一人進みでて、火葬炉の扉が開けられると、ユーリーの棺が炎のなかへすべりこんでいった。わたしは火炎に目がくらみ、そこからの熱で顔が痛かった。

扉が閉められると、義姉のゾーヤは嗚咽《おえつ》をもらし、義母は激しく咳《せ》きこみはじめた。痰《たん》のからんだ咳《せき》で、ゼーゼーいっている。息がつまってはいけないと思い、わたしはコップに水を入れて持っていき、椅子にすわってもらった。

義母は、娘のゾーヤにつき添われて一人で来ていた。夫のアレクセイは出席を拒否したのだ。ユーリーの遺体といってもそれはもうユーリーではなく、教官と混じっているだろうと言って。わたしはとてもそうは思えない。そんなふうに思っただけで、心が喉もとまでせり上がってくる気がする。わたしは必死で考えないようにした。

娘たちは、パパが入っている木の箱がパチパチと乾いた音をたてはじめると、耳をふさいで、車に戻りたいと言った。とても耐えられなかったのだ。セリョーギンの奥さんが「そうしてあげなさい」と耳打ちしてくれたので、わたしはすぐその言葉に従った。車の後部座席に乗りこむと、二人はまもなく眠ってしまった。

運転手は痩せて背の高い四十代の男性で、ユーリーの死に気が動転しており、わたしと話をしたがった。わたしは応じなかった。彼を慰める気力がなかったのだ。しゃべるのをやめてほしいとわたしが言う前に、かろうじて知ったのは、彼がニコライという名前で、わたしの夫の熱烈なファンで、この七年間、ユーリーの宇宙飛行にちなんだ品はすべて、どんなものでも集めてきたということだった。

部屋に帰ってカーテンを引こうとしたら、空を引き裂くように星が流れるのが見えた。このむごい一日を消して、とわたしは願いをかけた。ユーリーは死んではならなかったのだ。有人月周回飛行や、月面着陸の計画に加わることを、望んでいたのに……。

わたしと娘たちは、三人だけでこれからどうなるのだろう?

三月三十日（土）十七時三十分……

姉マリヤが、夫の待つルィビンスクに帰らなくてはならなくなり、かわりに母がチカーロフから来てくれた。娘たちはおばあちゃんに会えたのがうれしくて、午前中のほとんどを、いっしょにトランプをして遊んだ。その間《かん》に、わたしは明日にそなえて全員分の黒い喪服を作ろうとした。となりの奥さんが、服を黒く染めるのを手伝ってくれた。簡単な作業ではないが、それでしばらくのあいだ、絶望から目をそむけていられた。

電話がひっきりなしに鳴った。まるで国じゅうの新聞記者が、ユーリーの死しか書くことがないみたいに。彼のいないこの世界なんて、動かなくなればいい。何度も電話のプラグを抜こうとしたのだが、カマーニンからの電話が取れなかったらいけないので、思いとどまった。ユーリーも、そんなことをしたら眉をひそめるだろう。カマーニンのことは、彼も好きではなかったけれど。

昼食後、母がラジオ・モスクワをつけた。ユーリー・レヴィタンが、わたしのユーリーとセリョーギンの訃報を伝えていた。毅然《きぜん》とした声で、涙にぬれたモスクワの人々が一キロ以上にわたって長蛇の列を作っています、と言っている。何十万人もが、警備兵たちをものともせずに、ソ連軍中央会館に安置されている骨壺《こつつぼ》の前で二人を悼もうとしている、と。

明日の国葬には、さらに百倍の人出《ひとで》が見こまれるという。一九六一年四月十四日と同じように、わたしたちはチャーターされた車で、赤の広場まで連れていかれる。ただ今回は、回転花火も横断幕も、国旗もないだろう……。

家にいれば、わたしは守られていると感じる。ここには日々の習慣がある。友人たちもいる。仕事もある。ユーリーとの最後の思い出も。ここに残ることを、認めてもらえるなら。わたしたちを、追いたてずにいてもらえるなら。

明日、何が待ちうけているのか、不安でたまらない。これまでは、日曜日が大好きだったのに。ユーリーが世界のあちこちに行かなくてよかったころは、いっしょに森でピクニックをして、果実やスズランの花を摘んだり、チェスやバレーボールをしたりした。サイクリングもした。これからは、タイヤがパンクしたら誰がなおしてくれるというの？

早く月曜日になって、つらい儀式がぜんぶ終わるといい。

娘たちが持ちこたえられますように。夕食にはペリメニ[2]を作ってやってと、母にたのんだ。二人の大好物なのだ。元気が出るだろう。

三月三十一日（日）二十二時十五分……

ユーリーの骨壺は、クレムリンを囲む壁のなかにおさめられた。セリョーギンのものも。任務中に亡くなったウラジーミル・ミハイロヴィチ・コマロフ[3]の場所から、さほど離れていないところに。コマロフは、ユーリーの親友だった。

できることなら、骨壺は家に、そばに、置いておきたかった。コロリョフが亡くなったときのニーナのように。でも、誰もわたしにどうしたいか訊《き》いてくれなかった。ユーリーは、もうずいぶん前から、わたしのものではないのだ。彼自身は、これでようやく自由になったのだろうか？

つらい一日だった。車でモスクワまで往復したのは、この三日でもう二度め。運転手はずっと同じ人、ニコライだ。前はレニングラードに住んでいたそう。ここで雇われたのは、もしかしたらユーリーに会えるかもしれないと思ってのことだったとか。それが、かわりに遺族を乗せることになろうとは……。

娘たちは、パパが死んだとわかって、車のなかでずっと泣いていた。一時間、五十キロの道のりのあいだじゅう。二人とも、おばあちゃんといっしょに家にいたいと言い、わたしもそのほうがいいと思ったが、カマーニンに許可してもらえなかった。自分が取りしきる国葬で、わたしの横に娘たちがいる光景を見せたかったわけだ。わたしたち三人が、彼の演出における重要な部分なのだ。

赤の広場では無数の人たちが、ユーリーとセリョーギンに最後の別れをしようと、ちぎれた心をかかえて、夜明けから雪の上で待っていた。目もとをぬぐっている人たちがいた。鼻をかんだり、毛皮帽《シャープカ》をもてあそんだりしている人たちもいた。わたしは、名も知らぬ人たちが掲げるユーリーの大きな写真を何枚も見て、くらくらしてきた。みんな、よく見えるようにと、人波の上に高く掲げている。その写真の彼の、なんとにこやかで元気そうなことだろう。すっきりと締まった体つきで、美しいことだろう。ユーリーの快挙は、国の快挙だった。彼の葬儀も、同様に国の葬儀なのだ。

わたしたちは葬送の行進に出る前に、会館に行って冷たくなったユーリーの遺灰に別れを告げるようにと言われた。立ち入り禁止の柵のむこうでは、大勢の記者がわたしたちを待ちかまえていた。わたしは人目にさらされたくなかった。娘たちはもっとさらしたくなかった。

ひと所《ところ》に花がこんなにたくさん入るものだとは、考えたこともなかった。会館の部屋は、それほど花であふれていた。まるで温室のようだ。ばかでかい花たばに囲まれて、骨壺はとても小さく見えた。ほかにも国旗やまっ赤なリボンが、あちこちに供えられている。革命のときに流された血のように、まっ赤なリボン。事故で雪の上に広がった、ユーリーとセリョーギンの血のように、まっ赤な……。

そこには義母と子どもたち、つまりユーリーのきょうだいたちと、宇宙飛行士の一団がいて、わたしたちを迎えてくれた。義父アレクセイは、今回もいなかった。誰もがみな、わたしたちと同じように憔悴《しょうすい》した顔だった。

それを見て、わたしのなかで、何かが決壊した。壁墓所の前でくずおれてはならないと、この二日のあいだ、とても緊張していたのに、こんなにも多くの同情にあふれたまなざしに囲まれたら、もう感情を抑えきれない。耐えられない。

そのとき、人類初の女性宇宙飛行士、ワレンチナ・ウラジーミロヴナ・テレシコワが、自分のポケットからハンカチを出して、わたしの目と鼻に当ててくれた。

わたしが崩れたのを見て、泣かせてはいけないと思っていた娘たちも、また泣きだした。わたしの新しい味方が、思いやり深く二人の面倒も見てくれたのだが、いったいどんな言葉で二人を落ち着かせたのだろう。そんな言葉を、わたしは持ち合わせていなかったのに。

涙が乾くか乾かないかのうちに、外へ出るようにと、カマーニンにせかされた。遺族である義母アンナと娘たちとわたしが、葬列の先頭を行かなくてはならないのだ。暖かい部屋にもう少しいたかったが、わたしたちが行かなくては始まらないので、しかたなく従った。そして何百万もの見知らぬ目に見つめられながら、労働組合会館のほうへ向かった。メーデーや、スターリンの国葬のときと同じほど、たくさんの軍人がいる。

ふと、突風がコートのなかへ吹きこんできた。首筋に刺すような冷たさが走る。お腹《なか》も背中もすっかり冷えてしまう。凍りついてしまいそうだったが、進まなくてはならない。世界じゅうのテレビカメラが、後世《こうせい》に残すため、わたしたちを撮っている。何メートルか後ろから、花で飾りたてられた二台の棺台が、戦車に牽引《けんいん》されて進んでくる。百人ほどの楽団が、わたしたちの歩調にあわせて葬送の曲を鳴らす。わたしたちが苦しい十字架の道を歩いているあいだずっと、鳴らしつづける。

一九六一年のときと同じように、レーニン廟《びょう》の下に着くと、わたしたちは小休止した。演壇で、党第一書記ブレジネフと高官たちが、震え声でかわるがわる挨拶する。でも何を言っていたのか覚えていない。あまりにも怒りがわいて、集中できなかったのだ。誰もが競って賛辞やお世辞を並べたてたが、わたしは忘れてはいない。ユーリーが死んだのは、あなたたちの忘恩《ぼうおん》と利己主義のせいであることを。彼を失うことで、自分たちの威光を失うのを恐れた結果であることを。

彼に、宇宙飛行士の同期生たちがどんどん飛び立つのを見ているしかないようにさせて、あなたたちは彼を傷つけ、侮辱し、うつろにした。無用な書類の山や「星の街」内部での対立、外国歴訪、カクテルや宴会や夜のパーティーなどに忙殺されて、ユーリーはなくしてしまったのだ。あんなにもすばらしかった反射神経を。宇宙飛行士としてもパイロットとしても秀でていた能力のすべてを。もっと訓練に時間をかけていたなら、墜落しかけたミグの体勢も立てなおして、助かったかもしれないのに。わたしはあなたたちを憎みます。全員、例外なく。

司祭のお説教が一時間半続いて終わると、最後の、さらにつらい試練が待っていた。ユーリーとセリョーギンの骨壺を、クレムリンの壁墓所におさめにいくのだ。この最後の一キロを、どうやって歩いたのかといまでも思う。義母は疲れてふらついていたし、娘たちはもう足が痛いと訴えた。わたしは髪を留めているピンが、頭に食いこんできていた。

あと三、四百メートルのところで、棺台の担ぎ手が、軍人たちから党の幹部たちに交代した。レオニード・ブレジネフ、[4]ニコライ・ポドゴルヌィ、アレクセイ・コスィギン、それにユーリー・アンドロポフ。偽善者たち。卑怯《ひきょう》な人たち。手を貸すべきだったのは、彼が生きていたあいだだったのよ。

到着すると、赤い腕章を巻いた警備兵が二人、ユーリーの巨大な遺影を見守っていた。地面には、何百もの白いバラ。そして彼に贈られた大量の勲章が、小さな赤いビロードのクッションの上に一つずつ飾られていた。

ユーリーの骨壺は、要塞《クレムリン》を取りまく壁の、赤レンガの一部を四角く切り取ったなかにおさめられた。そして黒い大理石のプレートで閉じられると、金色のねじで留められた。わたしはユーリーの遺影にキスをした。涙で目がかすんでいた。そして指先で遺影に触れて、永遠の別れを告げた。

それから、振りかえることなく、自分を待っていた最後の義務のほうへ向かった。葬儀での端役を演じるという使命はじゅうぶん果たしたが、エレーナとガリーナはもう限界だった。帰るべき時間は、とうに過ぎていた。

四月一日（月）十六時……

今日は、「星の街」中央医療研究所が休みをくれた。わたしがひと息つけるようにと。今夜、母は列車で帰る。チカーロフで待っている父のもとへ。母がいなくて、父は途方に暮れていたようだ。わたしは十四日のイースターを祝いに行くと、母に約束させられた。

娘たちも学校を休みたがったが、わたしは行かせた。「パパはそうしてほしいと思ってるわよ」と言って説得したのだ。ユーリーは戦士だった。仕事の鬼だった。

一人になると、することもなく、時間をもてあましている。

十五歳のとき以来はじめて、白いページを前に、何も書けない。何も言葉で表現できないのは苦しい。娘たちが生まれたときでさえ、ノートにいくつか文章を書きつけることができたのに。

四月二日（火）十八時三十分……

エレーナがわたしたちのもとにやってきたときほど、ユーリーの目が喜びに輝いたことはなかったと思う。一九五九年四月十七日。当時わたしたちは北極圏のルオスタリ空軍基地で暮らしていて、暗い夜が二か月以上も続き、こんなに長く飛行訓練もできないところに志願したのはまちがいだったかと、ユーリーが悩みはじめていたころだった。住まいの設備は質素なもので、わたしたちは、自ら引きこもってしまったこの状況から、どうやって抜け出るかという計画をあれこれ練っていた。

そんなところへエレーナが生まれて、毎日が一気に晴れやかになり、自分たちの状況も相対的に考えられるようになったのだ。生まれてきた子は健康で、わたしたちは愛しあっている。住む家があり、友人たちがいて、自転車も二台ある。ユーリーは軍人としての給料を受けとり、飛行訓練もじきに始まる。これ以上、何を望むというのだろう？

ガリーナは、一九六一年三月七日に、「星の街」で生まれた。このころユーリーは、あまりに家にいなかったので、出産に立ちあうのはそもそも無理だっただろう。なぜそれほど忙しいのか、彼はひとことも話さなかったが、何か重大で歴史的なことが起ころうとしているのを、わたしは感じ取っていた。家の空気は張りつめていた。わたしは理由を知りたかったが、彼は口をつぐみつづけた。わたしはいらだった。

ユーリーが宇宙征服に飛び立ったとき、ガリーナはまだ生後五週だった。ほんの四週のときに、「星の街」の司祭さまから洗礼を受けたのだが、どうしてそんなに急いだのか、あとからわかった。縁起をかついだのだ。あるいは任務から戻ってこられないときのことを考えたのだろう。チュラタムに向けて出発する前日、不器用ながらガリーナをおくるみにくるんで抱きあげたのも、あとから思えば縁起かつぎだったのかもしれない。

ユーリーはエレーナに「先生」というあだ名をつけていた。学校ではメガネをかけていたからだ。ガリーナは「マヒワちゃん」。いつも小鳥のように歌っていたから。

そのマヒワちゃんが、父親が死んで以来、何も歌わない。ピアノからも音はしない。

四月三日（水）二十二時……

今日は一日、トイレに隠れては泣いていた。研究所でも、食堂でも、家でも。声をあげずに。涙が乾くと、苦しみに身をまかせた。恨みにも。

カマーニンの使いが、ユーリーからの手紙を届けに来たのだ。だがそれは一九六一年四月十日、打ちあげの前々日に、内密に書かれたものだった。

遺《のこ》された妻の視線に向きあうのを恐れ、自分で届けなかった意気地《いくじ》なしのカマーニン。内輪の仲間にばかり忠実で、互いにはけっして期待を裏切らない国の委員会の男たち。彼らがこの手紙を止めていたのだ。ユーリー自身はどうしてほしかったのか、気にかけることもなく。そして打ちあげ前にわたしに届けることが、何かの役に立つとは、誰も考えなかったというわけだ。

それが今回の事故で、あの人たちもわたしを、わたしたち家族を、哀れに思ったのだろう。ひょっとしたら、大きな罪を犯したと悔やんだのかもしれない。わたしにはわからない。でも、あの人たちに釈明を求めて喜ばせるようなことは、しないつもりだ。そんなことをしたら、思うつぼだろう。自分の気力はほかのことに使いたい。あの人たちと闘うのは、どう考えても勝ち目のないことだ。

あの人たちが憎い。あの人たちを呪う。一人残らず。

この手紙が書かれた不吉な日から、七年の時が流れた。まったく、どうしてユーリーは、一度も何も言わなかったのだろう？　あんな役は引き受けるべきではなかったのだ。引き受けて居心地悪い思いなどするべきではなかったのだ。それにしても、どんな気がねがあって、あの人たちのあのいまいましい蓋つきスープ鉢に乗りこむのは恐ろしいと言わなかったのだろう？　行き先は、あんなにも不確かなところだったのに。

二人で話しあう機会が一度もなかったのが、なんと悔やまれることか。わたしたちは友だちでもあった。わたしは彼を信頼することができたし、いつでも彼についていった。

手紙は、愛の告白と遺言のあいだで揺れているかのようだ。ほんとうに純粋。ほんとうに悲痛。そして前兆のよう。まるで死刑囚の最後の言葉みたい……。

常軌を逸したあんな役を引き受けたことから、彼はどんな地獄に向かっていたのだろう。どの行《ぎょう》からも、ユーリーの人柄のすばらしさが感じられる。なんと素朴で思いやりがあって、完ぺきで、情熱的で、誇り高く勇敢で、やさしい人だったことか。なんと申し分のない男性《ひと》だったことか。

周囲が何と言おうと、あなたのかわりになれる人なんて誰もいない。ね、聞こえる？　誰もいないのよ……。

大事な、大事なあなた。


四月四日（木）二十時五十分……

ユーリーが逝《い》って、一週間。

寝る前に、そこここの埃《ほこり》をはらう。入院して……事故があって……家のなかは放りっぱなしになっていた。前は、ユーリーがいつも手伝ってくれた。延々と続く会議で疲れきっているときでも。「それは女の仕事だ」とはけっして言わなかった。家事を分担するのを当たり前だと思っていた。

わたしは少しぼうっとしていたい。試練続きでくたくたになった頭を休めたい。でもできない。すぐに、まるで磁石に引きよせられるみたいに、彼の航空技術資格修了証書に目がいってしまう。あの人はこれを、食堂の整理だんすの上に飾りたがった。サラトフで手にした操縦士免許と、両親の写真のとなりに。その写真立てに、今、灰色の埃が薄くのっている。まるで遺灰のようだ。あの人の遺灰のよう……。

修了証書をもらったとき、あの人はとても誇りに思って喜んだ。この二月十八日、ジュコフスキー・アカデミーの教授たちから授与されたばかりだった。それに先だつ学位論文の公開口述審査は、「星の街」のなかの大教室でおこなわれ、義母アンナと義姉ゾーヤも見守った。義母は一九六一年四月十四日に、ユーリーの宇宙飛行成功の祝賀会がクレムリンで開かれたとき、党から買い与えられたあの黒いドレスを着ていた。ゾーヤは、ユーリーの支持者たちのなかでも、最も熱く彼を支持していた。

修了証書というこの一枚の紙を受けとるのに、あの人はどれほど努力し、苦労したことだろう。まさに長距離走のようだった。

宇宙飛行を成しとげたあと、大学に戻るようにと強く勧めてくれたのは、コロリョフだった。ユーリーが学業を離れたのは早すぎたし、ロケットに乗ったからには新しいロケットを作れるはずだと考えたのだ！

一九六四年、ユーリーは同期生たちの大多数とともに、ジュコフスキーに入学した。だが講義の合い間をぬって各国歴訪や講演、政治上の任務、さまざまな肩書に関わる仕事などをおこなわなくてはならず、そうした責任のなかった仲間たちは全員、彼より先に修了証書を手にした。教授たち（たいてい退役軍人たち）も、ユーリーの事情を考慮することはなく、何一つ彼は免除されなかった。それどころか、彼にはいっそうきびしかったのではないだろうか。えこひいきしていると思われたくなくて。または、自分たちのほうが下に見られているのではないかという、世間での彼の名声をねたんで。ユーリー自身は、先生方に少佐の肩章を忘れてもらおうと、制服ではなく私服で講義に出席していたのだが。

論文について、わたしが何か質問したり暗唱してもらったりするとき、彼はよく、ちょっとうなじを掻《か》いた。そのしぐさが、たまらなく好きだった。ときに神経質になり、ときに不安に駆られてもいたが、彼は確実に、何も書き落としがないようにと集中していた。何も混同していないように。何も見逃していないように。

最後の何か月かは、研究の仕上げに拍車をかけていた。研究テーマは、自動操縦ではない翼のある宇宙船、宇宙飛行機といったものだった。

その結果、ユーリーの成績は、最高点の「５」が三つ。考えうる最高得点だったのだ。すぐには彼も、それを信じられなかったのを思い出す。茫然として目は見ひらかれ、口も開いたままになり、ややあってすばらしい結果であることが脳に伝わると、ユーリーは跳びあがって喜んだ。子どもみたいに。

そしてその喜びを胸のうちにしまっておけなくて、一人一人にキスしてまわった。何かを根に持つ性格ではないから、教授たちのことも避けなかった。技師になったしるしの新しい徽章《バッジ》をつけるのに、上着を裏返して場所を探さなくてはならなかったときには、爆笑が起きた。上着はすでに勲章や略綬《りゃくじゅ》でいっぱいだったのだ。これほど勲章をもらった人は、そうはいない。でもユーリーには、それを鼻にかけるようなところは少しもなかった。謙虚で慎み深く、愛想のいい人だった。

祝いの場は、よくあったことだけれど、家まで続いた。同じ建物の住人みんなを招《よ》んだから、台所も洗面所も寝室も人であふれた。それから階段も、踊り場も。夜も更けて、娘たちを、おとなりのウスティニヤおばあちゃんのところへ寝に行かせようとしたときには、テーブルをドンと拳で叩《たた》かなくてはならないほどのにぎわいだったが、それも骨折り損だった。ユーリーが、娘たちと「いっしょにいたい!」と望んだから。アコーディオンとバラライカが、遅くまで響いていた。ユーリーはお酒もたくさん飲んでいた。

技師になったことでユーリーは、職業学校を選んだ十五歳のときの、自分への借りを返したのだと思う。そして、彼を知的な面でも向上させようとした「コロリョフ親父《おやじ》」との約束も、果たしたのだ。

どうしてあなたも逝ってしまったの、セルゲイ？
わたしのまわりはもう、あの世の人たちばかり……。

四月五日（金）十九時四十五分……

今日はほっとした。カマーニンが、「星の街」はわたしたちを追い出しはしないと書面で約束してくれたのだ。これで、ユーリーの仕事のおかげで二年前から住んできたこの真新しい建物の七階に、これからも住んでいられる。わたしはここからの眺めが好きだ。きびしい自然も、見晴らすことができる。この六年、大きくなってきた「星の街」という新興都市の様子も。街のなかに、小さな街がさらにできあがったのだ。

最初はどこにも、何にも似ていない場所だった。豪華なところなどまったくない仮設の建物に、みんないっしょに住んでいた。住居部分も食堂も教室も医務室もオフィスも店も、ぜんぶいっしょに詰めこまれていた。まるで「同じ釜の飯を食う」ようにして、一つの大きな共同体を作りあげていたのだ。軍人も一般市民も、教授も医者もパイロットも研究者も、大人も子どもも、いっしょに。

だがこの天空の街も、もし国が月への飛行をあきらめたら、どうなってしまうのだろう？ 去年、ソユーズ一号の事故でコマロフが死んでから、計画は中断されている。わたし自身は、自分勝手ではあるけれど、ほっとしていた。救われた気がしていた。アメリカに対するソ連の優位を示す、ただ一人の生きたシンボルだったユーリーは、たしかに陸《おか》でフラストレーションを感じていたが、これで彼はもう死ぬ危険から遠ざかれると、わたしは思ったのだ。

だからあの人たちは、今年のはじめ、あの人がミグで飛行訓練を再開する許可など出してはならなかったのだ。あの人たちの軟弱さと気まぐれが、ユーリーを殺した。もっとちゃんと彼を守るべきだった。彼の意に反してでも。彼が飛ぶ機会を持てないことに、文句を言ったり足を踏み鳴らしたりしたとき、聞き入れなければ、彼は軍隊をやめてしまうかもしれず、そうしたらあの人たちの立場はなくなる、というわけだったにちがいない。

いずれにしても、あの人たちはまちがいを犯した。問題が残されたままだったロケットにコマロフを乗せて、宇宙へ送り出したことで。それもただ、アポロ一号で大きな失敗をしたばかりのアメリカを、さらにいらだたせたいというだけのことで。

あれ、わたしったらどうしたの？　支離滅裂なことを言っている。エゴイストになっている。ユーリーは、その手で星々に触れたかったのだ。星々と親しくなって、絆《きずな》を結びたかったのだ。ほんとうに、ほんとうに飛びたがっていたのだ。空、スピード、アドレナリン、無重力、宇宙、地平線、エンジン音、アクロバット飛行――それらが彼の生きる燃料だった。わたしがあの人をすばらしいと思ったのも、そういう絶対的な情熱があったからだ。

あの人を引きとめておくのに、わたしは何をするべきだったのだろう？　何をするべきではなかったのだろう？　いや、引きとめておけたとしても、あと何年かのことだったかもしれない。マスコミには悩まされつづけている。ずっと見張られて、脅されたり、たのみこまれたりする。

電話が鳴る音で、鼓膜は破れてしまいそう。義母と義父も困っている。マスコミと衝突しなければいいが。いったいどんな奇跡で、わたしたちの電話番号があんなに広まったのだろう？　記者たちはみんな、わたしたちから何か内密の話をもぎ取ろうと躍起になっている。そしてわたしたちの写真を撮ろうとしたり、私的な写真を出させたがったり。幼いころのユーリーや少年時代のユーリー、休暇でのユーリー、妻や娘たちといっしょのユーリーを。

　その死の謎を解明し、報告して、彼の遺徳を讃えたいと彼らは言うけれど、それなら気がつくべきでしょう。わたしはそういうことを最も知らない立場なのだと。あなたがた以上に知っていることなんか、何一つない。それどころか、あなたがたより知らないのだ。わたしには誰も、何も、言ってはくれない。

　公式には、調査は進行中ということになっている。とはいえ、調査しているだけなのでは？　コマロフの事故死について、あの人たちがどんなふうに責任回避したかを見てきたから、そう思わずにいられない。

　マスコミには何も言わない。これまでも、わたしは表には出ず、陰に隠れてきた。自分を、娘たちを守るために。そしてこれからもそうしていく。

　エレーナとガリーナが「自分を強く鍛えあげ」、「何ものも恐れず、共産主義者《コミュニスト》の名にふさわしい人間になれるよう」、ハイエナたちからは遠ざけて、ふつうの子ども時代を送れるようにしてやらなくては。

　でも、パパを亡くした小さな娘たちに、いったいどうやったら「ふつうの子ども時代を送れるように」してやれるのだろう？

四月六日（土）二十三時五十分……

今回の事故で胸を締めつけられているいまもなお、後悔していないのは、ユーリー・アレクセーヴィチ・ガガーリンと出会ったこと。

あれは一九五六年の冬。わたしが生まれ育ったチカーロフで、あの人はまだ空軍基地の若い士官学校生、その士官学校で毎週土曜日にダンスパーティーが開かれていて、わたしは友だちのナージャに引っぱっていかれた（外の気温はマイナス八度ぐらい。通りはスケート場より寒かった）。

「人生は上をめざさなきゃだめ。で、上をめざすなら、KGBか軍の人と結婚しなくちゃ。未来を保証されてるのは、その二種類の人たちだけだから。野心や勇気や大胆さのある人は、そんなにいないとしてもね」

そのときわたしは二十二歳で、まだ急いで身を落ち着けることもないと思っていたが、十七歳で結婚していた母は、だいぶいらいらしはじめていた。それで母を安心させるためもあって、わたしはいちばんウエストの絞られたドレスを着て、いちばん踵《かかと》の高い靴をはいていった。

ユーリーとわたしは、ひと目惚《めぼ》れではなかったと思う。いずれにしても、わたしのほうは。でも話が進むのは早かった。もちろん、婚約するまでいろいろと考えなかったわけではないが、それでも事は一直線に進んだ。

最初の一歩を踏み出したのは、ユーリーだった。わたしが立食用テーブルからオレンジエードを取ろうとしたとき、近づいてきて、タンゴだったかワルツだったか、ダンスを申し込んだのだ。細かいことはもうよく覚えていない。覚えているのは、あの人が小柄で丸刈りで、半ズボンをはいていて、不器用だったこと。踊りながら何度足を踏まれたか、数えきれなかったほど。特にフォックストロットのとき。それでもわたしは彼に惹《ひ》かれた。全身から、本物のやさしさがにじみ出ていたから。人をあやつろうとすることなく、自然にイニシアチブをとれる人だったから。そしてロシアの男性には珍しく、いつもにこやかだったから。それもとてもあたたかい感じで。

　いったいどうやって次の日曜日にまた会うことになったのか、もう覚えていないけれど、まったく自然にそうなった！　クロスカントリースキーはどう？　と誘われたが、二人ともスキー板を持っていなかったので、結局映画を観《み》に行った。観終わったあと、カフェに行ったが、映画のテーマについて話が合わず、ほかの話でも波長が合わなくて、わたしは宙ぶらりんの気持ちにさせられた。それでもまた会うことにした。自分でもどうしてだかよくわからない。そしてなんと、わたしが彼を自宅に招くことになったのだ！　ユーリーはやっぱりすごい。

　それから十か月後、彼はわたしに指輪をはめてくれた。母がほんとうに喜んだ……そしてナージャも。今度は自分の結婚相手を彼に見つけてほしい、と期待して。

　ユーリーとわたしは、互いに補いあうような存在だったけれど、基本的な価値観は似ていた。必要ならいつでも話しあいをしたし、お互い尊敬していたし、頼りにしてもいた。何があっても。

　だから、宇宙飛行士になる過程で、何をしているのか言ってもらえなかったときには、恨めしかった。クリミアでの休暇中に、若い看護婦と浮気したのを許すときには、最大限の努力が必要だった。

　幸いにも、それからそういうことはなかった。一度きりの過ちなら許せる。でも二度は。もしまたそういうことがあったなら、離婚して、娘たちを抱えて出ていっただろう。

　自分を省《かえり》みるなら、わたしも昔、彼を裏切ったことがあったと言える。というより、自分勝手にしかものを考えなかったことが。北極圏のルオスタリに住みはじめたころ、もっとおだやかな気候の土地で働けないかと話していたとき、それなら軍をやめて、また鋳造工になってはどうかと思ったのだ。でもわたしが結婚したのは、金属工業従事者ではなく、パイロット。栗色のすてきな革ジャンパーを着て、将来が約束されていて。アルコール依存にはならず、ずっとわたし一人を大事にしてくれると保証されていて。

　そう思ったのは、士官学校でのダンスパーティーにわたしを誘ったナージャが言っていたから。戦闘機乗りにアルコールは禁止されてる、と。だからわたしは、彼の品行がもしよくなくなったら、思いきって上司に言って注意してもらうか、必要なら、彼のキャリアをふいにしてもいい、ぐらいに思っていた……。

　この七年に積み重なったものが悲劇につながったと思うと、彼をほんとうに民間人に戻してはならなかったのかどうか、よくわからなくなる。なにしろ彼はわたしを裏切った。お酒も大量に飲んだ。そしてついには飛行機事故で死んでしまったのだから。

四月七日（日）二十三時……

エレーナとガリーナは驚くほど成長している。もうあまり泣くこともない。事故のことを訊いてくることもない。成績は「5」ばかりだ。ただ、ゆうべは二人の動揺を感じとって胸を衝《つ》かれた。玄関のチャイムが鳴ったとたん、「パパーー！」と叫んで飛んでいったのだ。でもそこにいたのは、おとなりのウスティニヤおばあちゃんだった。二人のパパではなくて……。

ユーリーのたんすを整理していたら、シルクの下着とスコットランド綿[6]の靴下が六足出てきた。昔、モスクワでの「祝典」の数日後に、政府からのお祝いとしてオートバイで届けられたものだ。開けたときには、ユーリーもわたしも目をみはった。こんな贅沢《ぜいたく》は、ソ連ではありえなかったから。

ユーリーはほんとうにたくさんのお祝いをもらった。フランスのスポーツカー「マトラ・ジェット5」、グレーのフラノ地のスーツ、エスプレッソマシーン、手織りのペルシャ絨毯《じゅうたん》、アストラカンの毛皮帽、スイス製の純銀懐中時計。

磁器製の大きなお人形二体は、娘たちへのプレゼントとして、一九六一年七月、英国の女王陛下からいただいた。ユーリーが自分で大事に持ち帰り、娘たちは壊してしまうのではないかと心配したが、二人にちゃんとあげてとわたしが説得した。

英国滞在中、ユーリーは二つの大発見をした。一つは、一九六〇年代の英国は、ディケンズが描いたオリバー・ツイストやデイヴィッド・コパフィールドの時代ほど危険でも汚くもないということ。もう一つは、魚用フォークというものが存在すること。わが家、わが国では未知のこのテーブルウェアの使いかたは、エリザベス女王がじきじきに教えてくださったそうだ。

　彼のパスポートに押されたスタンプの数は、信じられないほど多い。たぶん百個ぐらい。日本、スリランカ、インド、ブラジル、エジプト、フランス、リベリア、オーストリア、トルコ、デンマーク、リビア、ポーランド、キューバ、キプロス、キュラソー[7]などなど。

　もう一つ信じられないような気がするのは、もし彼がサラトフで飛行クラブに入らなければ、宇宙のすばらしさを味わうことがなかったのはもちろん、ソ連から外に出ることさえ、けっしてなかっただろうということ。宇宙飛行をする前、彼が移動したのはクルシノとチュラタムのあいだだけだったのだ。

　そういえば、こんな話をしてくれたことがあった――旅客機に乗っていたとき、ファンがあまりにたくさん彼めがけて押しよせたため、傾きそうになった機体を戻すために、客室乗務員たちが席に戻るようにとあわてて注意してまわったことがあった、と。

　ユーリーは何にでも好奇心を示す人だったけれど、外国滞在に目を輝かしたのは、はじめのうちだけのことだった。しだいに時差がこたえるようになり、食べすぎるようになり、飲みすぎるようになった。寝る時間は当然めちゃくちゃになり、車に乗ればスピードを出しすぎた。

　カマーニンは彼に、日に三つまで講演をさせた。加えて工場や造船所、手工業の作業場、大学、店、展示会などへの訪問もあった。党にとってユーリーは、またとないプロパガンダの道具だったわけだ。

彼が訪ねていくと、その町の公共の建物の名称は、彼の名を冠したものに変わった。それに、いったいどれだけの彫像や壁画、記念建造物が、彼の栄光を讃えて創られたことだろう。どれだけの式典に彼は立ちあい、テープカットをおこない、幸運をもたらすためにグラスを割ったことだろう。街には金属工業の専門学校があふれるようになり、飛行クラブがつぎつぎできて、空軍のダンスパーティーはいつも満員御礼。「星の街」は伝説となり、誰もがいつの日か働いてみたいと夢みる場所になった。

ある晩、彼がふと口にしたことは、これからも忘れないだろう。

「ねえワーリャ、こんなにすごいことになるとは、思ってもみなかったよ。自分では、宇宙をちょっとまわって帰ってくるだけだと思ってたんだ！　それが、こんなことになろうとは」

四月八日（月）二十時三十分……

ユーリーの外国訪問については、わたしも知っていた……ぜんぶではないけれど、大体のところは。国の宇宙飛行計画からはずされないよう、彼は何も言うまいとしていたが、質問に答えてもらう形で、わたしはパズルのピースを埋めていくように大体のところをつかんだ。

宇宙飛行士候補生の妻どうしも、お茶を囲んでよく集まった。そして情報を交換し、内容をすりあわせ、把握した。誰も、何も不安に思わないですむように、まだ乳飲み子がいるなら連れてきて、話をした。仲間に不幸や災難が降りかかったとき、家庭の主婦たちがするのと同じように。

そのうち誰かがわめきだすと、レオーノフの奥さんがいつも冗談めかして、その場をおさめてくれた。

「そうそう、もっとおっしゃい。あなたの大声でかき消されて、みんなの声は盗聴器に入らなくなるから……」

そのころから、「敵」はニコライ・カマーニンという名だった。ソ連の宇宙開発計画の実質的な責任者で（そのため夫たちのボスでもあり）、わたしたちは「マタ・ハリ[8]ごっこをしたいのか」と子どものように怒られたが、次の四点を問いただすこともできず、ゲルマン・チトフの妻タマーラとともに、くやしさをこらえた。

四点とは、次のとおり。なぜあなたは、さからうことのできない夫たちの命を、もてあそぶかのようなことができるのか。夫たちをまるでモルモットのように実験台にして、恥ずかしいと思わないのか。そしてわたしたち妻は、このような状況でどうなるのか。子どもたちも、どうなるのか。

だがいちばん問題だったのは、わたしたちのほうは胃潰瘍《いかいよう》になるほど悩んでいたのに、チトフ、レオーノフ、ネリューボフ、コマロフ、ボンダレンコ、ガガーリンなどの夫たちは、ただ一つの目標しか見ていなかったこと――すべてに耐えて、自分こそが最初の宇宙飛行士になるのだ、と。

その思いが高じれば高じるほど、ユーリーはますますこちらの不安には気づかなくなり、あるとき、わたしの好奇心に仕返しでもするように、ふざけ半分でこう言った。

「ワーリャ、荷物の用意をしておいてくれ。宇宙に行くから！」

わたしは腹がたって、塩水が入った樽《たる》にでも彼をぶち込んでやりたくなった。そうすれば、少なくとも、恐ろしいロケットなど操縦できなくなるでしょうよ。

一九六一年四月十一日、打ちあげの前日にチュラタムから電話があったとき、〈賽《さい》は投げられた、もうあとには引けない〉と悟った。だがわたしはあまりにせっぱつまっていたらしく、ユーリーは困って、公然の秘密となっていたことを明かしてくれた。わたしは聞きながら、お腹がうずくように痛むのを感じていた。

「うん、もしかしたら僕になるかもしれない……ほかのやつかもしれないけど」

「もしかしたら？」ありえない。いちばん有能なのは彼だ。

「何もかもうまくいくから。心配ない」

「心配ない？」どうしてそう言えるの？　無事に行って帰ってきた人は、まだ誰もいないのに。

「いずれにせよ、打ちあげは十四日以降だろう……」

「十四日以降……」

そして十二日に打ちあげられたのだ。

大きな嘘《うそ》の数々。すべてわたしを苦しませないようにするためだったが、それでもやはり、大きな嘘が、いくつもあった……。

四月九日（火）深夜零時……

飼っていたペットのうちオウム二羽、ウサギ、モルモット三匹は手放すと、娘たちに告げた。もう世話をする気力がない。猫一匹だけを手もとに残す。娘たちは、自分たちが世話をするからといつも言うけれど、ケージの掃除も先延ばしにしてばかり。

先週わたしたちをモスクワまで連れていってくれた運転手のニコライが、明日の正午に引きとりに来てくれる。彼には、まだ手のかかる子どもが三人いるそうだが、小さな庭がついている一階に住んでいると言うので、ここより広いだろう。気管支が弱いとも言っていたから、動物によるアレルギーには気をつけてと言った。もしだめなようなら、考えなおそう。

ユーリーは、子どものころから動物が好きだった。生まれ故郷のスモレンスク州では、両親の家のそばで、牛たちが草を食《は》んでいたという。そのころから動物好きだったのだ。そして娘たちに、自分の留守が多いことの埋めあわせのように、ペットをつぎつぎプレゼントした。わたしが止めなければ、ここで動物園が開けただろう。

あるとき、ユーリーは突然《とつぜん》イイズナ[9]を持って帰ってきた。わたしを驚かそうとして。エレーナとガリーナは、大はしゃぎしたいのを隠しきれなくて、わたしは帰宅するなり何か変だぞと思った。そこへ、鍋からイイズナが飛び出してきて、大騒ぎになり、大笑いになった!

鍋にはユーリーと娘たちとで隠したのだが、飛び出したあとはなかなか捕まえられなくて、その晩はずっとイイズナとの鬼ごっこになった。結局わたしたちが追いつめて、イイズナは、開いて逆さになっていた傘のなかに逃げこんだ。それで捕まって、みんなにキスを浴びせられ、かわいそうに、木の葉よりもっと震えていたっけ。

風呂場の浴槽にユーリーがアヒルの子を入れていて、わたしが手をかまれたときには、そう笑いはしなかった。というか、もう苦笑いするしかなかった。親切なご近所さんたちに、ガリーナは街の犬ぜんぶにキスしてまわってますよと知らされたとき同様に。

でもそんな日々も、もう二度と帰ってはこない……。


四月十日（水）九時……

ユーリー専用の郵便番号は、まだ閉鎖されていないのだろうか。いまだに日に百通以上、彼宛ての手紙を受けとっていて、どうしたらいいのかわからない。大体は外国の消印で、日付は二週間以上前。事故の前ということだ。

わたしはそのまま開封せずに、ぜんぶ台所の引きだしにしまっている。そこには一九六一年四月十四日、わたしがフルシチョフから授与されたレーニン勲章もしまってある。理由はいまだにわからない。宇宙飛行士の妻に、いったいどんな功績があったというのだろう？　夫が心配で、日夜震えていただけなのに。そしていまはその遺灰を前に、涙を流しているのに……。

ファンからの手紙の山は、ユーリーを疲れはてさせた。これじゃそのうち、彼が机に突っ伏して頰をぴったりインク壺に押し当て、眠りこけているのを見つけることになるだろうと、よく思ったものだ。手紙のために、彼は幾晩も犠牲にしていた。そして健康状態も犠牲にしていたのだ。「人類初の宇宙飛行士」というレターヘッド付きの便せんは、次から次へとなくなっていった。

彼は手書きで、全員にどうしても返事を書こうとした。養子にしてほしいという孤児たちに。飼い葉が必要だと訴える農民たちに。セメントが足りないという工事現場の監督たちに。住まいを探している寡婦たちに。

加えて電話での頼みごとも、ひっきりなしだった。早く託児所を作ってほしい、友のために薬がほしい。生活困窮者に住む場所を、政治犯に寛大な措置を。

人々はユーリーのオーラに引きよせられ、ユーリーは彼らと苦悩を分かちあった。だがそのオーラはまた、彼を遠くに引き離しもした。据えられた台座の高みにあって、彼もまた、巻きこまれずにはすまなかったのだ——賄賂《わいろ》、不平等、狭量な言動、エゴの衝突、その場しのぎの企《たくら》み。

その座にいるようにと強く命じられ、自分が見たことを告発したいという思いと党への忠誠心とのあいだで、彼の気持ちは揺れた。すべては党のおかげだとよく知っていたから、なおさらだった。そうして彼の心は引き裂かれ、不安定になってしまった。あんなに大きなギャップは耐えがたかったと思う。

グジャーツク市から、先ほど電報を受け取った。市の名前をガガーリン市に変更したいとのこと。その祝賀行事に、いつなら娘たちと出席できるかと訊かれている。


四月十一日（木）二十一時……

この世のすべてに怒りを感じる。

フルシチョフ——ユーリーを人類初の宇宙飛行士に、その後は科学技術上の（さらにはイデオロギー上の）アメリカに対するソ連の優越を旗じるしにした友好大使に仕立てあげ、世界じゅうを駆けめぐらせたことで、エレーナとガリーナから父親を奪った。

ブレジネフ——一九六四年十月、フルシチョフを押しのけると、前政権が実現してきたことをことごとく覆《くつがえ》した。その第一が、ユーリーだったのだ。数えきれないほどの記者会見の場で、彼にばかり送られる賛辞が不愉快で、こう考えるようになったのだろう——ユーリーの功績を消し去り、後継者たちのほうに光を当て、やつのアイデンティティ、つまり飛行士という立場を奪ってしまえ。

カマーニン——あのひどい男。ユーリーのことを傲慢《ごうまん》だとか反抗的だとか、使用済みとか教養がないとか信仰がないとか移り気とか、さえないパイロットでアルコール依存だとか、言いふらした。ユーリーがアルコール依存？　社交上、飲んでいただけだ。それ以上ではなかった。（ごくたまにだったが）いっしょに出かけたカクテルパーティーでは、飲むふりをして、ウオッカを水とすり替えていた。それなのにそんなことを言うなんて、あんまりだ。夫とセリョーギンの事故についても、あの人は原因をもっとよく調べたほうがいい。

なにしろ、とんでもない噂《うわさ》をたくさん耳にする。ブレジネフの命令で、ＫＧＢがユーリーを消したとか（さすがにそんなことはしないだろう）、セリョーギンが操縦ミスを犯したとか（彼の職歴は非の打ちどころがないのだ）、ユーリーが泥酔していたとか（その朝彼に会った全員が、彼はしらふだったと証言している）、自殺だったのだとか（それにはわたしたち家族をあまりに愛していた）、外国軍にやられたとか（ＵＦＯってこともある？）、じつは生きていて精神科病院に入れられたとか（安易すぎる）、フロリダの奥地の豪華な別荘にいるとか。

今日の時点でもっともらしく思える仮説は（追加情報はないが）二つだけ。大きな鳥と衝突したか、原因不明の機体の不具合で、（パラシュートで脱出するより）胴体着陸するほうを選んで失敗したか。胴体着陸を選んだのは、機体が学校に墜落しそうだったのを避けるため。

さらなる調査を待ちながら、わたしは二つめの仮説を信じていたい。

ところで、これほど多くの噂が飛びかうなか、わたしはほんとうのことを一つ知った。そして打ちのめされた。ユーリーは、ソユーズ一号でコマロフを宇宙に送るのをやめさせるよう、十ページにわたる報告書を、レオニード・ブレジネフ宛てにまとめていたのだ。というのも、ソユーズ一号には、二百三か所もの構造的な欠陥が見つかったから。

そんな欠陥だらけの宇宙船に乗る任務など、最初から失敗を宣告されているのも同然だ。それをみんなが知っていた（コマロフ自身も）。けれど、一九一七年の革命から五十周年を盛大に祝って、自分の名にますます箔《はく》をつけようとしていた党第一書記の機嫌をそこねるようなことは、誰もしたくなかった。そして党は、ユーリーを犠牲にしたくはなかったので（ユーリーは何度も、コマロフのかわりに自分が行くと申し出ていた）、彼より年上のコマロフを、そのまま行かせた（コマロフも、ユーリーを行かせてはならないとかばった）。

結局ソユーズ一号は、宇宙でいくつもの問題を起こしたあげく、帰還時にパラシュートがきちんと開かず、目がくらむようなスピードで大地に叩きつけられて、爆発炎上した。その直前、コマロフがくやしさと憎しみの叫び声をあげるのが、無線で傍受されたという。

国葬の際、衆人環視の棺のなかには、踵《かかと》の骨と、高熱で焼かれた形のない塊があるばかりだった。なのに、職務怠慢や無能力のかどで、調べられたり左遷されたりシベリア送りにされた者は、一人としていなかった。

激しい怒りと、嫌悪と、悲しみから、ユーリーは国のあるパーティーで、グラスのシャンパンをレオニード・ブレジネフの顔に浴びせて、かたき討ちをした。その場は凍りついたが、相手の目には憎悪が燃えた。そしてその相手は、ユーリーの運命を支配している者でもあったのだ。だとしたら、その後ＫＧＢがユーリーに代償を支払わせようとしたということも、ありうるだろうか？

この国では、何が起きてももう驚かない。


四月十二日（金）九時七分……

わたしのユーラ、ユールシャ、ユールカ、ユーレンカ、ユーラシカ、ユリャーガ、ユールチェニャ、ユーラチカ、ユーレネチカ……。

七年前の今日の、ちょうどこの時間、わたしはガリーナにおっぱいをやりながら、エレーナと朝食をとっていた。あなたは？　あなたは見知らぬところへ飛び立った。二重の意味で、見知らぬところへ。帰ってこられるのかわからず、どんな未来が待っているのかもわからないところへ。

もしわかっていたら、あなたは飛び立たなかったかもしれない。

結果は前人未踏の快挙となり、わたしたちの人生は一変した。あなたが成しとげた宇宙での革命を、タス通信のユーリー・レヴィタンが伝えていたとき、もう何もかもこれまでのようにはいかなくなるのだと、わたしは観念した。そして、日常となった非日常からエレーナとガリーナを守るために、あらゆる手立てを講じた。光《ライト》の当たるところからは逃げた。旅行やツアーも、(ときにはあなたの意に反して)どうしてもという場合以外、行かなかった。新たな社会的地位による特権は、断わった。そしてわたしは、「星の街」の中央医療研究所で働きつづけた。

一九六一年四月十四日の祝典には、出席するしかなかった。ソヴィエトの新しい英雄を祝うため。「現代のスタハーノフ」のため。手紙であなたに書いたとおり、あなたの偉業を祝う盛大な祝典を、もしラジオで聴いていられたなら、わたしは何でも差し出しただろう。あなたも知ってのとおり、わたしは自分が目立つのはいやだから。でもよき妻、よき共産党員《コミュニスト》、よきソヴィエトの一員として、わたしは娘たちをウスティニヤおばあちゃんにあずけ、研究所の上司に休みを申請して、チャリティ公演にでも行くように身じたくをした。迎えの車が来たときには、生まれてはじめて感じるような不安に襲われた。

豪華なヴォルガ。群衆で燃えあがっていたかのような赤の広場。かたわらのニキータ・フルシチョフ。見知らぬ人たちが、群衆にむかって娘たちの父親の名をはっきりと告げたとき、そしてわたしの夫でもあるその人が、姿勢を正し胸を張って何百万もの人たちにほほえみかけたとき、わたしは悟った。わたしの半身であり、愛する人であり友でもあるあなたが、これからはもうわたし一人のものではない、わたしたち家族だけのものではないのだ、と。

クレムリン大宮殿のゲオルギーの間で開かれた大パーティーは、わたしにとっては地獄に続く入り口のようでもあった。あなたの目のなかで輝いていた喜びに、わたしは晴れやかな気持ちと同時に、打ちのめされる思いも味わった。いつもはむずかしい顔をしている政府高官たちが、あなたにキスする特権をわれ先にと笑いながら争っているのを見ても、心は晴れなかった。これほどの名誉や勲章や称号や褒賞《ほうしよう》を、山のように与えられ、祝われたソヴィエト国民は、いままで一人もいない。しかもこれほどの短期間、というより短時間に——百八分、一時間四十八分、伝統的な作りかたでボルシチを作るより短い時間に、したことで。

こんなの尋常ではない。そうしてあなたの慢性疲労も、たび重なったあなたの幻滅も、尋常なものではなくなっていった。あんなに美しかったあなたのまなざしを、暗い影に変えてしまった悲しみのヴェールも。

まだ三十四歳で、訓練中の平凡な飛行機事故で死ぬなんて、ばかげている。カマーニンも俗世の空気もばかげている。あなたがあんなにいい人でなければよかったのに。あんなに貧しく、素朴で、美しく、小柄で、決然となんかしていなければよかったのに。金属工業従事者に戻るように、わたしはもっと強く言えばよかったのに。

いま、世界じゅうがあなたの喪に服している。偶像《アイドル》の喪、聖画像《イコン》の喪、神格化された英雄の喪に。

でも、誰がほんとうのユーリーを知っているだろう？　半熟の目玉焼きはどうしてもうまく作れないけれど、住まいの建物の階段ごとのリーダーで、住人全員をマイナス十度の戸外へ避難させることができて、競技としての雪合戦が好きで、中高生みたいないたずらも好きで、酒の熱燗《あつかん》や、ヴィソツキー[11]の物悲しい歌を愛したユーリーを。

救助犬を連れた捜索隊が、血に染まった雪のなかから見つけたあなたの日誌に、こんな文章があった。ちょうど一か月前に書かれていた。

——飛びたい。それがいちばんの願いだ。飛行士は飛ばなくては。いつも飛んでいなくては。

その願いが、叶《かな》ったのよね。

でも、それであなたはどこへ行ったの。永遠に手の届かないところへ。わたしたちのすべてが終わってしまうところへ。

一九六一年四月十二日、悔やみきれない運命の日……。

（訳注）

1　ウラジーミル・セリョーギン（一九二二—一九六八）空軍大佐。

2　ロシアの丸い小さいギョウザ。薄い生地にひき肉や野菜を包んで、ゆでたり揚げたりして食べる。

3　（一九二七―一九六七）一九六七年四月、ソユーズ一号の帰還時に墜落して犠牲となった。

4　ブレジネフ（一九〇六―一九八二）は一九六四年に党第一書記に就任して最高指導者になると、国家元首にあたる最高会議幹部会議長のポドゴルヌィ（一九〇三―一九八三）、首相にあたる閣僚会議議長のコスィギン（一九〇四―一九八〇）、KGB（国家保安委員会）議長のアンドロポフらと集団指導体制を敷いた。

5　社交ダンスの一つで比較的テンポが速い。キツネ狩りのときの馬の歩みがその名の由来。

6　糸が繊細で、やわらかく絹のような光沢がある。

7　オランダ領であるカリブ海の島。

8　（一八七六―一九一七）伝説の女性スパイ。パリを中心に活躍したオランダ出身のダンサーで、フランス軍、ドイツ軍の高級将校を相手とする高級娼婦でもあった。第一次大戦中、二重スパイの容疑で捕えられて銃殺刑に処された。

9　イタチ科イタチ属。コエゾイタチともいう。

10　クレムリン大宮殿のなかでも最も豪華で大きく、現在も国家的祝典に使われている大広間。

11　ウラジーミル・ヴィソツキー（一九三八―一九八〇）ソ連の詩人、俳優、シンガーソングライター。

10　人類初の宇宙飛行士　――一九九一年四月十二日

ソ連　モスクワ　クレムリン

日付：一九九一年四月十二日　金曜日

発信人：連邦科学センター宇宙関係文書局局長アナスタタス・ジグロフ

受信人：ソヴィエト連邦大統領ミハイル・ゴルバチョフ

掲題：初の有人宇宙飛行三十周年を記念して――ユーリー・アレクセーヴィチ・ガガーリンについての機密文書第一一〇八〇八ＰＰＢ号に対する防衛機密解除の許可――要署名

案件説明：以下の証言は、一九六一年四月十三日、ノヴォシビルスク州クイブィシェフに位置する党地方委員会の別荘にて、セルゲイ・パヴロヴィチ・コロリョフ及びニコライ・ペトロヴィチ・カマーニン中将列席のもと、国家委員会委員長コンスタンチン・ニコラエヴィチ・ルドネフにより採録された。

一九六一年四月十二日、午前五時三十分、宇宙飛行士第一号ユーリー・ガガーリンは、宇宙飛行士訓練担当の医師エヴゲニー・カルポフ大佐によって起床させられた。そのときから、きわめて上機嫌であり、陽気で平静だった。たっぷりと休養し、「教わったとおりに」眠った。つまり熟睡した。打ちあげにむけて心身ともに準備ができているとの自覚があり、「ソヴィエトの科学技術を全面的に信頼して」いた。任務の成功が、彼には自明の理であった。

気象条件も最適であった。空は澄みわたっていた。ユーリー・ガガーリンにとって、打ちあげは「これ以上なく幸先《さいさき》がよかったのです」。

健康状態の確認のため、医師たちは前夜、彼の体のさまざまな箇所に検診装置をつけており、それを分析しはじめたが、どの数値も申し分なく、六十四を示した脈拍にいたっては非常に理想的であった。

朝のその検診と点検がすむと、ユーリー・ガガーリンはシャワーを浴び、食堂で朝食をとった。朝食は、肉のピュレとカシスのピュレのチューブ食に、コーヒーだった。

続いて基地の技術者たちがやって来て、飛行服《ジャンプスーツ》と、一人で着るには重すぎる宇宙服、それにヘルメットを身につけるのを手伝い、無理なく動けるように調整し、付属機器の固定、宇宙服の換気、通信機能の確認をおこなった。

その後、ユーリー・ガガーリンはバスに乗りこんで、ロケット発射場に向かった。同様の装備に身を固めた控えの飛行士、ゲルマン・チトフはじめ宇宙飛行士の一団、宇宙開発事業の主な責任者たちも同乗した。

発射場に到着し、バスを降りると、彼は握手をくり返し、求められるままにサインをした。公式の写真撮影をおこない、全員が顔をそろえていた国家委員会の面々の前で、スピーチをおこなった。ユーリー・ガガーリンは、内心このような熱狂と歓迎に驚き、とまどいも感じた。その後、苦労して人々のなかから抜け出ると、友人たちにむけてこう言った。「それじゃあ、みなさん！万人は一人のために、一人は万人のために！」

そして一人でエレベーターに乗ると、発射台の上に上っていった。上では技術者たちが待っており、技師オレグ・イワノフスキーの指示のもと、彼を宇宙船内の座席にしっかりすわらせた。機器と宇宙服の接続は問題なくおこなわれ、宇宙服の作動状況も良好、通信も双方向に間断なく機能した。

宇宙船出入り口のハッチを密閉するため、最初のボルトが締められはじめた。そのスパナの音を、ユーリー・ガガーリンは船内で聞いていた。このときもリラックスしており、「絶好調」でさえあったと述べている。地上管制基地からは、刻々と進展する作業の詳細が伝えられ、基地とユーリー・ガガーリンとのあいだで、規定《ルーティーン》どおりのやり取りが続いた。

アメリカ側への情報《じょうほう》秘匿《ひとく》のため、ユーリー・ガガーリンはコールサイン「ヒマラヤ杉」を、主任設計技師セルゲイ・パヴロヴィチ・コロリョフは「夜明け」を使っていた。

万事予定どおりに進んだが、不意にユーリー・ガガーリンの耳には、一度締めたボルトがはずされはじめ、やがてハッチが開けられる音が届いた。「外で何かがうまくいかなかった」とわかるまで、そう時間はかからなかった。いらだつことも怒ることもなく、無線マイクで理由をたずねると、セルゲイ・コロリョフは「しばらく辛抱してくれ」と答えた。

「大丈夫。電気信号の一つが来ないんだが、すぐにすべて正常になる」

だがそのためには、三十二個のボルトをすべてはずし、また締めなおさなくてはならなかったのである。

この間、ユーリー・ガガーリンは口笛を吹きながら、袖に縫いつけられた小さな鏡で、外の様子をうかがっていた。そして、気晴らしにヘルメットのなかへ音楽を送ってほしいと言った。

「一人で少し退屈になってきたから!」

だが音楽がなかなか流れてこなかったため、コロリョフはこう冗談を飛ばした。

「ミュージシャンたちが、楽器のチューニングに手間どってるんだな」

ややあって、ラブソングが流れてきた。思いがけない選曲で、ユーリー・ガガーリンはおおいに笑った。いきなりトラブルに見舞われたものの、あらためてスタッフへの全面的な信頼がよみがえった。コロリョフは、基地のテレビモニターに映るガガーリンの楽しげな様子を讃《たた》えた。

事態が復旧すると、発射にむけての手順が再開された。時間にじゅうぶんな余裕が見こまれていたため、発射時刻に遅れが生じることはなかった。

打ちあげ十五分前になると、ユーリー・ガガーリンは手袋を密閉し、ヘルメットの透明カバーをおろした。外ではロケット周囲の作業タワーが撤去され、その衝撃がヴォストークにも伝わって、船内はわずかに揺れた。

発射へのカウントダウンは「アメリカ式のばかげた演出」であるため、セルゲイ・コロリョフはおこなわず、点火の命令にむけて時計に集中した。

十五秒前。十秒前。一秒前。予定時刻ちょうどの午前九時七分、ロケットは打ちあげられた。

地上と船内のやり取りは次のとおりであった。

セルゲイ・コロリョフ／夜明け：「点火！」

ユーリー・ガガーリン／ヒマラヤ杉：「点火、了解」

セルゲイ・コロリョフ／夜明け：「予備段階、中間段階、エンジン点火。発射！」

ユーリー・ガガーリン／ヒマラヤ杉：「さあ行くぞ！《パイエーハリ》 体調よし。気分良好。問題なし」

セルゲイ・コロリョフ／夜明け：「よい旅を祈っている。万事順調であるように」

ユーリー・ガガーリン／ヒマラヤ杉：「みなさん、行ってきます！　それではまた！」

ユーリー・ガガーリンは宇宙船のコックピットから、ロケットの最初の二段がつぎつぎ点火される音を聞いていた。それはヒューという金属的な音から、しだいに轟音《ごうおん》へと変わっていったが、ミグの機内での騒音《ノイズ》より激しいということもなかった。もっとてつもない音を予想していたため、「少し期待はずれでした」。そして重力加速度、つまりG負荷が加わりはじめ、ユーリー・ガガーリンは上昇の様子に注意を傾けた。そしてもしもの場合の手順どおり、緊急射出にむけて準備を整えた。

G負荷はさらに強くなり、ユーリー・ガガーリンは座席に圧《お》しつけられた。もはや手も足も動かせなかったが、不安はなかったと述べている。その状態はすぐ終わると知っていたからだ。体もしだいに慣れていく。

ヴォストークは「じつにゆっくりと」上昇していったので、いつ離陸したのかほとんどわからないほどだった。機体全体が小さな振動にとらえられ、振動数は多かったが振幅は小さかった。光学窓の外には雲が、発射場が見え、じつにきれいな眺めだった。

「なんと美しいんだろう！」

打ちあげから七十秒後、振動の調子が変わった。振動数は減ったが、振幅は増大した。

「揺さぶられているような感じでした」

G負荷はさらに上昇していった。ユーリー・ガガーリンは無線マイクにむかって話しづらくなり、顔の筋肉がすべて「引っぱられていました」。だが「それほどつらくはなく、いつもと同じようでした」。つまり、パイロットがジェット機の操縦で感じる程度だったと述べた。

やがてG負荷が頂点に達すると、その後は急激に減少した。ユーリー・ガガーリンは何か大きな音を聞き、それから騒音のレベルが下がると、またも座席に圧しつける力が来た。そしてふたたび騒音のレベルは低下した。打ちあげから百十九秒後、ロケットの一段めが切り離されたのだ。百五十秒後には、ロケット頭部の覆《ノーズフェアリング》いも切り離された。

「宇宙へと昇っていきながら、機体はゆっくり旋回していて、まるで生きているかのようでした……」

ユーリー・ガガーリンは座席にすわったまま、光学窓から船外を観察することができたが、ロケットの一段めと頭部の覆いが、ヴォストークの航跡を逆にたどるように、くるくる回転していくのが見えた。その下には地球が見えた。視界は完ぺきで、地表の起伏や森林、峡谷、川、大河に、点在する小さな島々まで見分けることができた。シベリア上空からは、オビ川とイルティシ川が見えた。

「すごい、すばらしい！」

予定どおり、ロケットの二段めの燃料が尽きて、宇宙へ落下していった。激しい衝撃があり、小型の三段めが稼働しはじめた。

「スムーズで、ロケットは行儀よく飛行しはじめたかのようでした」

新たな加速が感じられたが、衝撃はなかった。

あらかじめ決められていたとおり、ユーリー・ガガーリンは無線で報告をおこないつづけた。彼は「ふんわりしたかろやかな」積雲を見た。地表に落ちる影が濃かった。三段めの停止は突然だった。大きな爆発音がして何もかもが揺れはじめ、小型の推進ロケットを備えた宇宙船《カプセル》があとを引きついだ。続いて、ユーリー・ガガーリンは無重力状態を感じた。手足が自分のものではないかのように浮いていく。

「奇妙で興味深かったです。すべてが浮かんでいました」

打ちあげからおよそ十分後、ヴォストークは地球の軌道に乗った。ユーリー・ガガーリンは、地球が「優雅に」まわっているのを光学窓から眺めた。遠くに地平線が、くっきりと「光り輝きながら」浮かびあがっている。直線ではなく、なだらかな丸みが目でわかる。感動しながら彼は、地球が「美しい青」であり、光は淡い水色から鮮烈な青、すみれ色、そして黒となって、漆黒の宇宙の闇に続いていると熱心に述べた。その神々しいまでの漆黒を背景に、星々が大きく、おごそかに輝きながら、流れるように移動していく。

地球の北緯三十度、ちょうど太平洋上に来たところで、カムチャツカ半島エリゾヴォとの無線連絡が突然途絶えた。ユーリー・ガガーリンは何度も周波数を変えてみたが、ソヴィエト極東ラジオ（祖国の歌「アムール河の波」が聞こえてきた）や基地局VSN・ヴェスナーの電波信号しか入ってこず、約十分、通信が断絶した。だがユーリー・ガガーリンは、ストレスのきざしさえ見せなかった。訓練時に教えられたとおり、動じることなく、観察したことを航行記録に書きつづけた。人間は宇宙でも書けるということを、必要とあれば証明するために。

海上を飛行しているときには、海面が青というよりグレーに見え、砂漠の砂丘のようにでこぼこして見えると描写した。波や波の谷間、海溝や流れもわかった。

人が宇宙で栄養を摂《と》ることができるのかどうかテストするために、用意されていたチューブ食もすべて飲みこんだ。

「体の状態については、何も異常ありませんでした」

ふたたび無重力状態になり、ユーリー・ガガーリンは上に吊《つ》られるような感覚を覚えた。シートベルトが体に食いこみ、胸郭がつぶれそうだった。だが耐えられる。鉛筆が浮かびあがり、漂う。そして日誌に報告の続きを書こうとしたときには、鉛筆がもう見つからなかった。

「今後、鉛筆はあらかじめ紐《ひも》で結んでおくほうがいいです」と彼は提案した。

航行記録が書けなくなったので、ユーリー・ガガーリンはかわりに録音機にむかってすべてしゃべることにした。磁気テープがそれほど用意されてはいなかったので、節約のため自動録音から手動に切りかえた。自動の場合、船内で何か物音がするたびに録音してしまううえ、そもそも船内はかなりの騒音レベルだったので、何メートルものテープをむだにしかねなかったのだ。

地球の陰には、非常に唐突に入った。光学窓からはもう何も、空も地平線も地球も見えなくなり、ただ闇が広がっているばかりとなった。

闇から出て、南米最南端のホーン岬上空を飛行するころ、ヴォストークは地球から三百七十キロという遠地点[1]に達した。ところが宇宙船は三百キロを超えないようにプログラムされており、後方の自動制御システムが故障した場合でさえ、三百二十キロまでである。三百七十キロとなると、地球に戻るのに五十日かかることになる。十日ではなくて。そして供給される酸素は、二週間分足らずしかない。

しかしこれはユーリー・ガガーリンには伝えられず、どのような危機におちいっていたのか、彼は知らないままだった。もっとも、本報告書作成のための会議で事実を知ったときにも、彼は顔色一つ変えなかった。

ふたたび陽の光が当たりはじめたとき、ユーリー・ガガーリンは気分が高揚するのを感じた。

「右の窓から地球の地平線が見えました。うっとりするように美しい光で、明るいオレンジ色に輝いていました。宇宙服のようなオレンジ色です。それが青に近づき、ついには虹の七色になりました。地球そのものの表面から輝く虹色で、下にむかって消えていきます。消えるとまったくの闇です。底知れぬその闇のなかを、星々が左から右へと流れるのを眺めることができました。言葉に尽くせぬほどの光景でした」

打ちあげがおこなわれてから、ユーリー・ガガーリンは一度も手動操作にたよることはなかった。速度、軌道、船内温度、湿度はすべて地上管制基地で制御され、宇宙飛行士として、技師や研究者たちから託された任務に集中することができた。船内の平均気温は二十度、湿度は六十五パーセント、ヴォストークは平均時速二万八千キロで飛行した。

そして地球の軌道を完全に一周すると、機体を減速させるための逆推進ロケットに点火がおこなわれた。ヴォストークは大気圏再突入にむけて正しく作動しており、ユーリー・ガガーリンは、落ち着いて地球帰還への準備をおこなった。

「右窓の日よけを下ろし、シートベルトを締めなおし、ヘルメットのカバーを下ろして、計器類の明かりが点灯するよう確認しました」

最大の危機は、それから起きた。逆推進ロケットの点火は予定どおり四十秒で終わり、機体は鋭く揺れた。ところが、それから十秒ほどで切り離される予定だった逆推進ロケットが、うまく分離しなかったのだ。「射出準備」の明かりも点灯しない。そして機体は激しく回転しはじめた。毎秒三十度ほどという速さで。

「何もかもがまわりだしました。足が上になったかと思うと、また頭が上になり、足、頭……。アフリカが見えたかと思うと地平線が見え、次には空が見えました。あまりに回転が速くて、太陽の強い光から目を覆うのがやっとでした」

この回転は十分のあいだ続いた。しかしユーリー・ガガーリンは、地上を心配させたり警鐘を鳴らしたりする必要はないと判断し、緊急事態ではないとみなして、「すべて正常！」という信号を送ったのである。ユーリー・ガガーリンは先を心配するより、次がどうなるかのほうが興味深いと考えていた。

午前十時二十五分に予定されていた機体の分離は、結局十時三十五分に起きた。宇宙船につながったままだったケーブルが、空力加熱により溶けて切れたのだ。突然の振動に続いて、乾いた音が響いた。計器類の明かりがすべて消え、「射出準備」の明かりが点灯した。

そして、宇宙船はいっそう激しく「独楽《こま》のようにまわりだし」、機体の耐熱外装《サーマルコーティング》が燃えあがったとユーリー・ガガーリンは述べた。そして、以後飛行の際には、機体を完全に保護する外装にするべきだとつけ加えた。そうでなかったために、ヴォストークの「耐熱外装が溶けた」ことを、ユーリー・ガガーリンは次のように述べた。

「あちこちでパチパチという音がしていました。焦げたような臭いが鼻をついて、妙な後味のような異臭が広がりだしました」

球状の宇宙船は、とてつもないスピードで降下しつづけた。

「機体は炎に包まれ、回転しながら地球に突っこんでいく火の玉そのものでした」

視界がぼやけ、「計器盤の表示がはっきり見えなくなりました」。心臓は割れんばかりに鳴って、意識も朦朧《もうろう》としてきた。そして「すべてが灰色に見えました」。このときが「飛行中、最も不安な局面でした」。

だが「幸い、制動装置がよく働いて、機体の速度は落ちていきました」。それでも、機体は三次元のあらゆる方向にくるくる回転していたが、「耐えられる程度のもの」となり、ユーリー・ガガーリンは意識をはっきり取りもどした。

高度七千メートルで、頭上の第一ハッチが予定どおり吹き飛んだ。ユーリー・ガガーリンは、座席にすわったまま射出され、その上にパラシュートが広がった。

「あっというまのことで、どこにもぶつかりませんでした」

衝撃もなければ、けがをすることもなかった。

「昔、飛行クラブで何度もおこなったのと同じように、私は宙を舞っていました」

ユーリー・ガガーリンは、森や畑、大きな街や鉄橋や川の上を飛んだ。

「すぐにヴォルガ川だとわかりました。訓練でよく飛びおりた地域だったのです。着陸しようとしているのはサラトフでした」

シートベルトで固定されていた座席も問題なくはずれ、座席の背に装備されていたパラシュートに続いて大型パラシュートも起動したが、第三の補助パラシュートは袋から出たものの、なかなか開かない。だがユーリー・ガガーリンは「もっと危険な状態」も経験していたので、落ち着いていた。

「落ち着いていて正解だったのです。結局ぜんぶ開きましたから！」

パラシュートで降りてくるあいだに、ユーリー・ガガーリンは緊急対策用具《サバイバル》を紛失した。無線発信機と救命ボートだ。地上に足をつけるまで、彼は雲の白く厚い層を何度か通り、着陸予定地点の三、四キロ先に、同様にパラシュートで落下したヴォストークが見えた。「地面に広がった白いパラシュートと、黒焦げになった球状の機体が、畑のなかで二つの点のように見えました」

折よく吹いてきた風で、ユーリー・ガガーリンはヴォルガ川の左岸へと運ばれた。救命ボートがなくなっていたので、もし岸ではなく川のなかへ落ちたら、装備の重さで沈んで溺死するところだったと彼は述べた。

十時五十五分、スメロフカに着陸。耕された柔らかな土だったため、音もなく着陸した。ユーリー・ガガーリンは自分の足で立っていることを、すぐには実感できなかった。そのあいだに背中のパラシュートが重く覆いかぶさってきた。予備パラシュートは足もとに広がった。まだなかば茫然《ぼうぜん》としながら、彼はそれらから空気を抜いてしぼませ、パラシュートの背負い革をはずし、体のあちこちにさわってみた。どこも負傷してはいなかった。

「つまり、私は無事だったのです！」

ユーリー・ガガーリンは、ヘルメットを取るのに六分かかった。ヘルメットのバルブが保護生地に引っかかってしまったためだ。この間、いまにも息が詰まりそうだった。

着陸に成功したことを報告するため、パラシュート降下中に見えた守備隊駐屯地のほうへ、彼は丘を登った。八百メートルの地点で、野菜畑で働いている女性と小さな女の子が見えた。電話があるところへ連れていってほしいとたのむため、彼は歩きつづけた。一方女性と女の子は、オレンジ色の宇宙服にヘルメットといういでたちの者が近づいてくるのを見て、恐れをなし、逃げだした。ユーリー・ガガーリンは両腕を大きく振って、呼びとめようとしたが、だめだった。そこで彼は叫んだ。

「仲間ですよ、同志、仲間です！　同じソ連の人間です！　怖がらないで、何も恐れることはない、こっちへ来てください！」

宇宙服のままでは、歩くのもままならなかった。

「あのように激しい降下のあとでは、なおさらです！」

ようやく女性と女の子は、危険ではないのだと納得して、近づいてきた。ユーリー・ガガーリンが宇宙飛行士の身分証明書を見せると、女性は安心して、彼女が働いている集団農場《コルホーズ》の電話のもとへ、連れていくことに同意した。女の子のほうは、パラシュートを見張るために、一人で残ることになった。

ユーリー・ガガーリンは、人類初の有人宇宙飛行を百八分で成しとげ、地球の軌道を八十九分で一周した。

（訳注）

1　軌道上で地球から最も遠ざかる位置。

謝辞

この本は、次の方たちがいてくれたからこそ……。

ファブリス・ドゥルエル（フランス・アンテールでのラジオ番組「デリケートな出来事《アフェール・サンシーブル》」の敏腕プロデューサー）、イヴ・ゴーチエ（必読の、ユーリー・ガガーリンの伝記作家）、ソフィヤ・コビリャンスカヤ（優秀なロシア人学生）、エドアール・モラッドプール（原稿の、鋭い最終チェック係）、エルヴェ・ベランジェ（見識豊かな航空技師）、エリック・ルヴィノ（インスピレーションを与えてくれた「ル・ポワン」誌連載記事の執筆者）、マリー＝オード・ボンニエル（「ル・フィガロ」紙の誠実な資料整理係）、グレゴワール・ドラクール（聞き上手）、ジャン＝ジョゼフ・ジュロー（ファン第一号）、フィリップ・グラツィアーニ（あらゆる苦役の友）、ベンとナセラ（「自分の家だと思ってくつろいでね！」）、そしてユブシのすばらしいチーム（「徹底的にやるんだ」）。

それから、もちろん、ジャン＝クロード・ラッテ率いる出版社の社員全員――カリーナ・オシーヌ（この企画で、ほとんど目をつぶって！――わたしを見守ってくれた）、シャルロット・フォン・エッセン（わたしに指針を与え、支え……慰めてもくれた）、そしてポール・ペルル（何一つ見落とさなかった）。

加えて、リュック（愛する人、そしてわたしのコーチ）、ランスロとエロイーズ（ユーリー・〈ガルガーリン〉のはじめからのサポーター）、ペネロープとパロマ（じつにそっと、でもたしかにそばにいてくれた）。

特別に、わたしのパソコンを盗んだやつ。おかげでこの小説の最後を考えなおすことができたのだ。

訳者あとがき

「地球は青かった」――一九六一年四月十二日に、世界初の有人宇宙飛行を成しとげたユーリー・ガガーリンの名を聞くと、この言葉を思い浮かべる人も多いのではないだろうか。だがこれは一種の伝説で、本人がそう言ったわけではないという。

当時、世界は東西冷戦のさなかにあり、ソ連は「鉄のカーテン」に覆われて、謎と秘密に満ちていた。人類初の宇宙飛行についても、国家機密だらけだったにちがいない。その後ソ連崩壊と情報公開《グラスノスチ》を経て、それなりに情報が世に出たわけだが、二十一世紀になったいま、明らかになった事実をもとに、物語としてのおもしろさをバラエティ豊かに盛りこみながら、世界初の有人宇宙飛行をスケールの大きな人間ドラマとして描いたのが、本作だ。

ガガーリンをはじめ、おもな登場人物は、総勢およそ二十名。実在の人物（妻のワーリャ、母アンナ、同僚の飛行士だったチトフ、宇宙船ヴォストークの設計技師長コロリョフ、宇宙から帰還したガガーリンに偶然手を貸した農家の女性）に加え、宇宙飛行の訓練所を辞職した医師とその孫、ガガーリンの大ファンの下水清掃人と、体制に批判的な心を隠し持つ研究者、ジャーナリスト、地元の学校の同窓生とその思い出話をせがむ足の不自由な女の子、通訳など、架空の人物たちもいきいきと入りまじる。

物語の幕開けは、二〇一一年四月十二日のニューヨーク。続いて時は一九六一年にさかのぼり、舞台はサラトフに移って、そこから一年ごとに、ヴォルゴグラードや当時のレニングラード、パリ、ソチ、モスクワと国境も超え、当時のソ連という社会の影を背景にしながらも、登場人物一人一人が、ガガーリンへの憧れや嫉妬、希望、師弟愛、つかのまの恋、そして一九六八年の最期までを群像劇のように語って、その夢と栄光と悲劇を少しずつ浮き彫りにしていくのだ。一度出てきた人物が、後から新たな形で再登場するのも、連作ならではの楽しさだろう。

時はその後、情報公開された一九九一年に飛び、ガガーリンによる宇宙飛行の全貌が、手に汗握る臨場感で描き出されていく。

「感動しながら彼は、地球が『美しい青』であり、光は淡い水色から鮮烈な青、すみれ色、そして黒となって、漆黒の宇宙の闇に続いていると熱心に述べた」(本書「10」より)

のちに伝説となった冒頭の言葉は、ガガーリンのこうした報告から生まれたのだろう。

このように、本作の文章には喚起力があって、情景描写も美しく、テンポもよく、どの章も、まるで映画を観ているように読み進むことができる。章ごとのエピソードは心あたたまる結末が多く、たとえガガーリン自身の生涯が悲劇に終わったのであろうと、飛ぶことを夢みた人がその夢をかなえたところで物語の幕が下りるので、読後もさわやかだ。

著者アンヌ=マリー・ルヴォルは、一九七三年に、なんと東京で生まれたとのこと(父方の祖父はエコール・ド・パリに属する画家で、日本で暮らしたこともあるそうだ)。名門パリ・ナンテール（かつてのパリ第十）大学を卒業後、ニューヨーク市立大学クイーンズ・カレッジで修士号を取得し、その後ジャーナリスト訓練開発センターなどを経て、ニューヨークでフリーのジャーナリストとして仕事を開始。二〇〇三年からはフランスのテレビ局「フランス２《ドゥ》」に勤務しつつ、執筆をおこなっている（思わず「なるほど」と膝を打つ経歴だ）。

作家としては、二〇一〇年に発表した一作めのノンフィクション『Nos étoiles ont filé（「わたしたちの星は流れ去った」といった意味）』（ストック社刊）で翌年のＥＬＬＥ読者賞グランプリとロータリークラブ賞を受賞。本作は三作めで、「ル・フィガロ・リテレール」誌、「パリジャン」紙、「ル・テレグラム」紙などで紹介された。執筆のきっかけは、二〇一六年にフランス人宇宙飛行士が、はじめて国際宇宙ステーションに滞在したことだったという。当時六歳だった息子さんがあれこれ知りたがったため、宇宙飛行士について調べるうちに、物語がふくらんできたそうだ。

そして今年は、ガガーリンの宇宙飛行から六十一年めとなる。少し前まで夢の話のようだった宇宙旅行が民間ですでに始まっているし、ＮＡＳＡによる有人月探査のアルテミス計画には日本も参加すると聞く。最大四名の宇宙飛行士のうち、少なくとも一名は女性として、ゆくゆくは火星の探査にまでつなげていくという。現在この地上には、感染症や軍事侵攻といった先の見えない問題が広がっているが、一刻も早く平穏な日々が戻り、さまざまな政治的思惑を超えて、人類の未来と幸福につながる宇宙の平和利用が進んでいくようにと願わずにいられない。

翻訳にあたっては、『宇宙への道～ガガーリン少佐の体験記録』（Ｙ・ガガーリン著、江川卓訳、新潮社）と『ガガーリン～世界初の宇宙飛行士、伝説の裏側で』（ジェイミー・ドーラン＋ピアーズ・ビゾニー著、日暮雅通訳、河出書房新社）がたいへん参考になった。ただ、本作はノンフィクションではなく小説であるため、必ずしも事実と一致しない部分もあることをお断わりしておきたい。

最後に、ロシア語翻訳家の奈倉有里さん、上智大学外国語学部のシモン・テュシェ教授、集英社文芸編集部の佐藤香さん、装画の原田俊二さん、装丁の田中久子さん、校閲の方々をはじめとして、お世話になったみなさまに、心からお礼申し上げます。

河野万里子

二〇二二年四月

アンヌ＝マリー・ルヴォル　Anne-Marie Revol

1973年生まれ。パリ第10大学（現パリ・ナンテール大学）を卒業後、ニューヨーク市立大学クイーンズ・カレッジで修士号を取得。ニューヨークでフリーのジャーナリストとして活動し、現在はフランスのテレビ局『フランス２（ドゥ）』に勤務しつつ、執筆をおこなっている。2010年、デビュー作のノンフィクション『Nos étoiles ont filé』にて、ELLE読者賞グランプリとロータリークラブ賞を受賞。その後フィクションも手掛けるようになり、本書は小説２作目にあたる。

河野 万里子（こうの・まりこ）

1959年生まれ。翻訳家。上智大学外国語学部フランス語学科卒業、同大学非常勤講師も務める。主な訳書にルイス・セプルベダ『カモメに飛ぶことを教えた猫』（白水Uブックス）、サン＝テグジュペリ『星の王子さま』（新潮文庫）、フランソワーズ・サガン『悲しみよ こんにちは』（新潮文庫）、同『打ちのめされた心は』（河出書房新社）、コレット『シェリ』（光文社古典新訳文庫）、ジャン＝クロード・グランベール『神さまの貨物』（ポプラ社）など多数。

装画　原田俊二
装丁　田中久子

ロシアの星《ほし》

2022年6月30日　第1刷発行

著　者　アンヌ＝マリー・ルヴォル

訳　者　河野万里子《こうのまりこ》

発行者　徳永 真
発行所　株式会社集英社
〒101-8050　東京都千代田区一ツ橋2-5-10
電話　03-3230-6100（編集部）
03-3230-6080（読者係）
03-3230-6393（販売部）書店専用

印刷所　大日本印刷株式会社
製本所　加藤製本株式会社

ISBN978-4-08-773518-5　C0097